长 篇 小 说

突围

吴春富 著

中国言实出版社

图书在版编目（CIP）数据

突围 / 吴春富著 . -- 北京：中国言实出版社，
2023.11

ISBN 978-7-5171-4675-9

Ⅰ . ①突… Ⅱ . ①吴… Ⅲ . ①长篇小说—中国—当代
Ⅳ . ① I247.5

中国国家版本馆 CIP 数据核字（2023）第 210100 号

突　围

责任编辑：宫媛媛
责任校对：张国旗

出版发行：中国言实出版社

地　　址：北京市朝阳区北苑路180号加利大厦5号楼105室
邮　　编：100101
编辑部：北京市海淀区花园路6号院B座6层
邮　　编：100088
电　　话：010-64924853（总编室）　010-64924716（发行部）
网　　址：www.zgyscbs.cn　电子邮箱：zgyscbs@263.net

经　　销：新华书店
印　　刷：徐州绪权印刷有限公司
版　　次：2024年2月第1版　　2024年2月第1次印刷
规　　格：710毫米×1000毫米　　1/16　　17印张
字　　数：280千字

定　　价：58.00元
书　　号：ISBN 978-7-5171-4675-9

序一

挽　歌

文 / 苍耳

　　大凡每个人内心都珍藏着人生的记忆。记忆力是类似酒窖那样的容器，时间是它的酵母。一个人独自回放记忆，那叫回味、反刍，往往又与梦境缠裹在一起；当你把它们说出来后，大都被称作故事——口语同样具有奇特的编码功能，本来如此的事，因此有了非如此不可的逻辑性；而一旦落笔叙述点什么，记忆便有了成为散文与小说的可能。这是我在读春富长篇小说《突围》时所想到的。

　　春富这部长篇小说应该是他的第四部了。记得他的长篇小说处女作《生产队长》研讨会的地点选在孔城镇桐梓村村部，参加研讨会的除了评论家和作家以外，更有村支书、村主任和村民，感觉特别接地气。后来春富说，小说大受本地村民欢迎，很是畅销。如今每年出版的图书千万种，真正为农民所喜闻乐见的却少之又少。那个早春河柳刚刚爆芽，我们去桐梓村在旷野迷了路，仿佛从新世纪返回 20 世纪 70 年代的贫瘠乡村，其间布满了看得见或看不见的沟沟坎坎。

　　在时代的裂变面前，我们常常陷入失语。而我们所经历的时代裂变，又是所有时代变迁中最剧烈、最不可思议的。尽管记录这个时代的文字浩如烟海，但是能揭露真相、直抵人心的文字又有多少呢？村民们愿意放下

突　围

麻将，有兴趣捧读小说《生产队长》，正是冲着这个曾经最熟稔而如今又最陌生的词"生产队长"而来。春富告诉我，他写的就是耳濡目染的父辈的事，甚至就是发生在父亲身上的事，那些往事像毛毛虫在心里爬呀爬，不写不行。我在研讨会上说，春富长期在乡镇基层做实际工作，能聚精会神写一部小说不容易，研讨会就冲着处女作和底层写作的精气神去的。

如今春富拿出了他的长篇新作《突围》，如此勤奋不能不让人惊讶。这部小说以一个叫"长青洲"的江心洲为环境，时间跨度却在二十年以上，恰好涵盖了三农改革与市场经济快速发展的历史时期。小说主要写了两个人物：刚从学校毕业、被分配到长青洲工作的赵正田（医生）和王红雷（教师），并以两个人物为叙述视角，写他们在长青洲的情感纠葛与职业生涯中的人际冲突和事业困厄，其中的阴差阳错、顺逆悖常、荒唐可笑皆在一地鸡毛中，理想在现实面前慢慢破灭，爱情失而复得却遍体鳞伤，以至于两位主角不得不先后设法逃出长青洲。当然进去容易，逃出就没那么容易了——为了逃出，小说写了一连串啼笑皆非的尴尬事。

春富曾在乡村中学做过教师，后来又被调到乡镇工作，这部小说凝集了他不断"突围"、不断提升的生活经历与人生体验，有他自己的影子。"长青洲"在二三十年的时代裂变中慢慢边缘化了，被遗忘了，"长青"从这个角度看无疑是一个反讽，然而在赵正田与王红雷心底仍有"长青"的一角。整体地看，这部小说可以视为一曲挽歌。

春富嘱我写几句话，笔者不揣浅陋管窥之，不妨作引玉之砖。

是为序。

二〇二一年六月二十五日夜

[苍耳，作家，评论家。曾获香港《现代诗报》首届世界华文诗歌临工论文奖（1993 年），《诗歌报月刊》"中国当代诗坛跨世纪实力诗人诗歌集结"银奖（1994 年）等]

序二

绿　洲

文／张其勤

　　绿意浓浓的五月，首次在肥城见到吴春富先生，他便嘱我给他的长篇小说《突围》写个序，我自觉才疏学浅，无法胜任。不是谦虚，皆为实情。一来与吴先生相比，我年纪尚轻，人生阅历与先生无法相比，没有资本。二来他已是出版了多部长篇小说的大家，而我还在中篇和短篇小说上徘徊，基本上没有什么建树，充其量仅为初学者，哪有资本给他人作序呢！要知道，为人作序者，须为行内大成者或德高望重者，而我虽已近天命之年，却首次受人之邀做此事，心里定是诚惶诚恐的。

　　但吴先生的热情、真诚和执着的精神打动了我。我原以为他只是说说而已，可他在回到桐城不久，便把长篇小说《突围》的电子版发给我。我知道他是相信我的，这一份信任给了我力量，受人之托，忠人之事。我要在炎热的夏日成为这本书的忠实读者，还要对本书提点想法和建议，我想不能称之为序，最多算本书的读后感吧。

　　长篇小说《突围》讲述的是青年教师王红雷和青年医生赵正田从院校毕业来到长青洲的工作史和成长史。其实也可以理解为工作成长史，即在工作中成长，在成长中工作，这里面写尽了工作、爱情、事业和家庭。看似平淡无奇的家长里短，却在这平淡无奇中道出了青年人成长的辛酸、苦恼、幸福与得失。

小说的构思和整体布局十分巧妙。写两个不同性格的年轻人：一个学文，性格外向，单纯开朗，诗情画意，心不藏奸，口快心直；另一个学理，执着善良，单纯理性，但因爱情的波折，不断做出改变。

两个人的成长史便形成了本作品的两条主线，一明一暗，相得益彰。在一个孤岛上生活、工作、成长了一二十年，说长不长，说短也不短，这就是他们的青春，也是我们这一代人的青春。

一代人不理解一代人，就像我们小的时候，大人和我们讲述三年困难时期饿死人的事，我们听了觉得很遥远。而当我们对着自己的孩子说我们的成长史，是不是孩子同样也觉得遥不可及呢？答案是肯定的，所以，我们记起了前辈人跟我们说的三年困难时期的现象，后辈人也将会知道我们当时生活在怎样的年代。小说《突围》给出了我们这一代的生活样本，才让下一代人有读此书的必要。作为经历过类似事件的我们这一代，小说的引领功力达到了空前的程度。每个年轻人，每年的大学毕业生，都有自己的青春和梦想，而一旦梦想被现实照亮，每个人的心理便发生了不同的变化。像王红雷，一个有诗意的语文老师，他眼中的长青洲是美丽的、善良的、缥缈的和富有诗意的地方，他对生活的不放弃、不抛弃，爱生活、爱他人，让他活得有滋有味、自得其乐。对待爱情，他能够充满想象，自然、不强求，所以他活得就相对轻松些。而卫生院医生赵正田与他形成了鲜明的对比，他的表面冷静和内心不甘形成了强烈对比，尽管他想找到真爱，但在现实面前，他的选择更加现实，当现实一再伤害自己时，他又选择了退却。他内心喜欢丹丹，因为丹丹的现实身份，他选择了彩云，而当彩云背叛他时，他选择了逃避。所以，赵正田的经历是让人痛心的，还好，他最后终于和两次婚姻都失败的刘桃走到了一起，也算是个中性的结局。现实中，我们有太多赵正田们在不易地活着，所以他后来的改变，也就显得顺理成章了。

王红雷虽然阳光一些，但在现实中，却同样不敢与一些邪恶的东西较量和斗争，这也许就是文人或诗人软弱的性格缺陷所致。小说中尽管也写了他的斗争精神，但他也终究拗不过现实，在现实和小人的夹缝中苟活着。人活在现实中，每个单位都有孙恒之流，这种小人的邪恶，助长了单位的歪风邪气，搞得人心惶惶，领导为了一方平安不敢动他，平常百姓怕被陷害不敢理他，这样的环境里，小人得志，他们翻手即云覆手即雨，把单位搞坏，把人心搞散，再加上一些领导不作为，睁一只眼闭一只眼，选择性地忽略，让一个原本发展尚好、良性循环的单位走向了败落和死亡的低谷。小说也应该笔触现实、直抵人心的。这里面夹杂着作者对此事的愤慨和不满，周校长最后得癌症也有些"罪有应得"，也算是小说戏剧性的一个"果"，孙恒的坏虽没有受到致命性惩罚，但从王红雷和赵正田重返长青洲时，王红雷不想理他而又同情他，可以看出作为诗人的王红雷的嫉恶如仇与善良。他知道宽容别人，为他人着想，于是，现实中的气与恨方可烟消云散。

对比着叙述两个性格、职业有较大差异的年轻人，让小说有了更强的可读性。就像在餐桌上吃饭，荤素搭配，食客才能大快朵颐。小说中对长青洲的日、月、天、水、沙滩的描写非常地细致，使人如临其境，让读者对长青洲的自然环境有了更多的了解，同时也是作者对自我成长的暗示，人生哪能事事如意，阴晴圆缺方为本。王红雷是这样，赵正田是这样，我们每个人也都是这样。

长青洲，是我们每个人成长记忆的真实写照，因为每个年轻人心里都有自己的一片"长青洲"，在那片狭小固守的心灵地段里，需求认可和保护成为渴望，里面包含着太多的酸甜苦辣，突围出去，你就成了汉子。同时，若干年后，真正能勾起这一生回忆的，还是你心中那片永远绿色的"长青洲"。

［张其勤，安徽省文艺评论家协会理事、安徽省文艺评论家协会民间文艺评论专委会委员、安徽省作协会员、安徽省报告文学学会理事，阜阳市文联四级调研员、阜阳市作协副主席兼秘书长］

目录

一　　　　　　　　　　　　/ 1

二　　　　　　　　　　　　/ 4

三　　　　　　　　　　　　/ 48

四　　　　　　　　　　　　/ 79

五　　　　　　　　　　　　/ 116

六　　　　　　　　　　　　/ 147

七　　　　　　　　　　　　/ 193

八　　　　　　　　　　　　/ 224

九　　　　　　　　　　　　/ 250

　　浪从上游翻滚下来，跌入谷底，神奇地蹿了上来，又往下游翻滚而去。波涛中，一个圆滚黑亮的物体跃上浪头，迅即跌了下去，然后又跃上浪头，跌了下去。

　　这物体俗名"江猪"，雅名"江豚"，头部钝圆，额部隆起稍向前凸。未到过长江的人第一次见到，还以为它是水怪。赵正田知道它是江猪，他看江猪已经看了近二十个年头。第一次看江猪，没有看清楚，也以为是水怪。

　　目光追随江猪，远去是滔滔江水东流的方向。赵正田望着，面部显得有些舒朗。王红雷陪着赵正田，眉宇间隐含着深深的忧郁。一只鸟儿从眼前飞过，拽回了赵正田的目光，赵正田转而望向了正前方的长青洲。王红雷目光也随之转向了长青洲。

　　翁翁郁郁的林木覆盖了长青洲，里面什么也看不见。

　　洲显得有些神秘。

　　其实洲上的一切赵正田一清二楚，洲上有村庄、有人家，有事业单位，还有政府机关。他近二十年就工作在这洲上。

　　这洲叫长青洲，意思是四季常青的洲，事实上并非如此。别看现在树木葱茏，到了秋末照样落叶，洲四周的树木赤条条、灰蒙蒙的，叫长青洲就有点牵强。不过长青洲上的人都喜欢这个名字，因为"长青"二字让人感觉有生机。

突 田

除了夏季涨水，长青洲北边的沙滩柔软得就像沙发，县城里就有人周末过来，在沙滩上晒太阳、睡觉、拍照、奔跑嬉闹。长青洲美丽怡人，适合开发旅游，政府已经想到，前几年招商试开了茶楼，不过倒闭了。

洲面积不大，可行政区划为乡。坐渡轮过去，沿圩堤向西走一截路，下圩堤，再向南走一截砂石路，就到了乡政府所在地。路的走法赵正田太熟悉了，熟悉得他下了渡轮闭着眼睛都能到乡政府。

主江在洲的南面，沙滩这边江是夹江，浪相对小一点。赵正田与王红雷站的位置早些年是小轮码头，有很多屋，现在除了渡轮，见不到一间屋了。

赵正田忽然间觉得心里空荡荡的，面部也由舒朗变凝重。

尽管望不到里面，赵正田还是不甘心，他仰起头来望那片树林，想高越树林竭力望见里面的村庄、人家。无论他如何努力，就是望不见里面。他异常地失望。转过身，他不甘，又将身体转过来，目光又投向那片树林。

这一望，也许是最后一望，赵正田心里就像江水一样地波涛起伏，汹涌澎湃。他就要离开这个生活与工作了近二十个年头的长青洲到市里去了，到离这里三百里路远的市里去了。

一个浪头打过来，哗！大大小小的浪花旋转着，飞舞着，破碎开来。长青洲在赵正田目光中模糊起来。

二十年前，从南山中医学院毕业的他被分到了与家乡邻近的这个县。到卫生局报到时，他充满了自信。当年像他这样有本科文凭的大学生很稀少，一般都会被分到县中医院，即使不被分到县中医院，也会被分到城关镇医院。然而让他大失所望的是，他竟被分到了长青洲卫生院，被当作乡村医生来对待。拿介绍函时，他傻了。

怎么不把我分在县城？赵正田沮丧地询问卫生局负责分配的人。

长青洲就在县城边上，那里卫生院就缺像你这样的医生！那人笑呵呵地说。

那里就缺像你这样的医生！特别是"就"这个着重的字眼深深地打动了赵正田。他想，卫生局如此安排，一定是看了自己的档案，把五年全优的中医科毕业生安排在最需要的地方，是把自己当成好钢。

这是卫生局对自己的器重，赵正田这样一想，情绪好了很多。

再者赵正田清楚，基层需要有学识有本领的医生，需要能解除病人痛苦的医生。自己学医的初衷不就是为了解除病人的痛苦，为了像母亲那样的病人能得到及时救治？

赵正田家离乡卫生院二十里路，院里有三个医生，一个中专毕业，一个是赤脚医生转的，还有一个是祖传中医。

记得上初二那年母亲肚子痛，强忍着，实在受不了，父亲用大板车拉母亲到乡卫生院。当时给母亲看病的正好是赤脚医生，他问了情况后，在纸上画了些字符，让拿药回家。结果，药没有吃完，母亲疼死了。赵正田后来学医知道，母亲得了阑尾炎，需要动手术，卫生院做不了手术，应该建议上县医院。

然而那个医生没有建议，结果母亲阑尾炎化脓破裂，腹腔感染，丢了性命。

母亲不该死的！这事赵正田想起来就痛惜！

一

　　二十年前，王红雷与赵正田同时被分配到长青洲。长青洲是江心洲，在江中，江的北岸不远就是县城，也可以说，长青洲就在县城边上。王红雷对被分到长青洲的感觉与赵正田截然不同。作为南山中医学院毕业生的赵正田觉得被分到长青洲不尽人意，而作为师范毕业生的王红雷觉得能被分到离县城不远的长青洲心里非常地满足。乡村学校缺教师，特别是山区学校更缺教师的情况他清楚。王红雷家乡的小学五个年级，只有两个教师，而且还都是民办教师。复式班教学，一二三年级在一起，四五年级在一起。教师上完了这几个低年级，再上另外几个高年级，轮番转。满足，还有一个原因，王红雷想象长青洲是一条舟。"让我们荡起双桨，小船儿推开波浪……"长江多有诗意啊！江中荡舟多有诗意啊！

　　在长青洲上工作，在这诗意盎然的地方工作，生活肯定是诗意的、有情调的。王红雷想。王红雷热爱诗，毕业前已经在市报发表过七八首诗，被同学们称为诗人。

　　关于王红雷对诗的痴迷，有个搞笑的段子。那还是初三下学期的时候，学习已经很紧张了，同学们都绷紧了弦，因为大家清楚，考不取就意味着回家种田，面朝黄土背朝天，不过王红雷似乎没有意识到时间的紧迫。有天上午语文课，同学们都在聚精会神地听，王红雷却低着头写起诗来。

　　语文老师讲完了，他认为自己讲得很透彻，转过身来得意地问，同学们可掌握了？

同学们兴奋地说，掌握了！

唯独王红雷低着头。语文老师注意到王红雷在纸上写着什么，他好奇，走下讲台想看个究竟。同学们目光都转向王红雷。同桌知道王红雷在写诗，见老师过来，急忙用胳膊肘杵王红雷，然而王红雷没有反应。

语文老师走近，见王红雷在写诗，一把抓过纸，猛劲地撕扯，斥责：你胆子不小，课堂上敢写诗！现在是什么关头？

我来了灵感！王红雷涨红着脸说。

你等着过几天回家扛锄头杆！语文老师嘲弄。

至于王红雷写的诗标题是什么，内容是什么，无人知晓。不过"我来了灵感"这个情节成了日后同学们评价王红雷稚气、单纯的一个段子。

语文老师说话不灵验，几个月后王红雷考取了师范，没有回家扛锄头杆。

到长青洲，得从县城坐三轮车到江边码头。车站门前往左的位置杂乱地停靠着七八辆土灰色脏兮兮的三轮车。每辆车子一个司机、一个拉客的妇女。王红雷两样行李，一个新打的木箱子，里面装着他喜爱读的诗，还有一床被塑料皮包裹起来的被子。

他出现在车站外围时，两个妇女像见到了猎物，百米冲刺般地跑向了他。一个抢过他的箱子，一个扛起他的被子，放到了各自的车上。

你们这是？这是？王红雷诧异。

坐我车子！坐我车子！两个妇女将东西放下后，一人拽起了王红雷一只胳膊。

你们别拽我！我是搭客车的！我是搭客车的！被拽得有些难受，王红雷赶忙找由头摆脱。

你真是搭客车的？妇女被他的谎话骗住了。如果真是搭客车的，再拉也是白拉。

真是搭客车的！王红雷语气显得极为真诚。两个妇女相信了他，同时放开了手。他大好的心情损伤了一半。

刚把箱子与被子拢到一起，就见两个妇女拉起了另外一个年轻人。这

突 围

年轻人与自己同样的行李，年龄比自己显得略大些。

这年轻人有脾气，被拉得生气，怒指两个妇女：把我的东西给我！把我的东西给我！我谁的车子也不坐！妇女见年轻人暴怒，只好不情愿地将行李还回。

你去江边方向？王红雷主动上前搭话。这年轻人瞧了瞧王红雷，又瞧了瞧王红雷的行李，点点头。我也去那个方向！王红雷热情地攀话。年轻人又瞧了瞧王红雷，瞧了瞧王红雷的行李。

你也去长青洲吧？王红雷进一步试探。"也"字等于告知自己是去长青洲。

你也去长青洲？这年轻人脸色和缓。

去！去那里！我师范毕业，分配到那里，今天去报到！王红雷显得很兴奋。

哦，我也被分配到那里，也是今天去报到。这年轻人语气淡多了。

那以后我们有伴了！王红雷愈发地兴奋。第一天报到就偶遇到将在同一个地方工作的人，在他看来，太有诗意了。

有伴了！这年轻人被王红雷的情绪所感染，脸上露出了笑容。王红雷伸出了手，这年轻人也伸出了手。这年轻人开始还担心到长青洲孤独寂寞，现在看来不会了。

这年轻人就是赵正田。

赵正田与王红雷歇息了一会儿，一辆三轮车开动，车主不放弃客源，招手说走哦走哦，两人上了车。

车子开到小轮码头边。

宽阔的长江横在面前，江水确如文字描述的那样波涛滚滚。王红雷见到长江开始兴奋，啊！他情不自禁地张开了臂膀，像要拥抱长江，又像要赋诗抒发情感。

赵正田还未从不快的阴影中走出来，他望着滚滚奔流的江水皱起了眉头。

目光扫到江中间的洲，浓绿浓绿的，像一块巨大的翡翠，又像一片硕大无比的树叶。

贴近洲的江水浓绿，较远淡绿，远了呈黄色。

"春来江水绿如蓝"，王红雷心头冒出了白居易这句脍炙人口的诗。想想现在是初秋，不贴切，他自嘲地笑了。

这应该就是长青洲了。两人心里同时说。

望着长青洲，两人心理活动完全相同，又完全不同。相同的是两人都想到了恋人。不同的是，王红雷想，自己工作在这样诗意的地方，对恋人有吸引力；赵正田想，自己工作的地方被江水阻隔，恋情不知会不会也被阻隔。

无论是师范还是中医学院，女生都是"珍奇动物"。王红雷长得不是太帅，口才也不是太好，不过他会写诗，诗朗诵也棒，吸引了同班个子小巧却有一双葡萄大眼的姚玲玲。姚玲玲从小就对文学感兴趣，也喜欢写诗，诗也写得动情优美，不过火候欠佳，发表不了。人以群分，经常接触，王红雷给她指点，两个人就好上了。

姚玲玲父亲是乡干部，通常师范生毕业会被分配教小学，可是姚玲玲一毕业就连跳两级，被分到了高中，在生物实验室上班，一点诗意也没有。

这样的安排冥冥之中拉开了两人之间的距离，只不过王红雷头脑简单，未想到这一点。

　　玲玲，长青洲就像一只泊在江中的船，自在摇曳。玲玲，长青洲的沙滩就像温软的床，我们可以躺在滩头上晒太阳。

王红雷想报到后就去见姚玲玲，向她描述长青洲的诗意浪漫。

赵正田学习成绩好，门门功课优，是院学生会学习部部长，恋人刘桃是邻班学习委员。两人经常接触，赵正田话少，刘桃觉得他特别成熟，有味道，因而爱上了他。

刘桃被分到了邻县的一个镇卫生院，镇离县城只有三十里路。镇上有一个化工厂，还有一个机械厂，规模都很大，厂子里新近分来了几个大学生。

刘桃分配得显然比赵正田好。即使两人将来成家，家也不会安在长

突 围

青洲。

赵正田被困在洲上，而刘桃在交通便利、接触人多的镇上，这样无形之中给感情埋下了隐患。

两人开始还以为坐小轮去长青洲，王红雷为此有些得意，他又在心里想着如何向姚玲玲炫耀。一只五六米长的木船从洲那边过来，岸上的人纷纷上船，他们这才明白过来。逆水而上，船工划得很艰难。

王红雷一点不懊恼，相反他产生了一个浪漫的想法，他想国庆节邀姚玲玲过来，借一条木船，找一个学生家长，沿着洲四周划。

赵正田坐在缓缓移动的木船上，皱着很深的眉头。

长青洲卫生院与乡政府相隔不远，一长排平房，坐北朝南，黑砖黑瓦。诊室与药房、注射室在西边，宿舍在东边。

前面有个场子。场子前面有个池塘，池塘上面是墨绿色的漂浮物。屋后面有五六畦菜地。小白菜寸把高，空心菜郁郁葱葱，豆角子吊在架子上，南瓜藤随心所欲地侵略着地面所有缝隙。

菜地不远处又是池塘，上面也是墨绿色的漂浮物。

院长郑平路细长的个子，笑眯眯的，他带着赵正田在瓦房前后转。转到豆角架子边，微笑着问，小赵，你可谈对象了？

谈了。赵正田有点自豪地答。

郑平路见赵正田如此回答，笑容淡了点。

做什么的？

与我一样。

也当医生？郑平路似乎不相信。

嗯。

在哪里？

在一个镇卫生院。

你们是同学？

嗯。

你晚上就在我家吃饭。郑平路平淡地对赵正田说。赵正田不知道如何说才合适，只好对郑平路笑了笑。

郑平路家在平房最东边，两间屋，一间屋在边沿，挡风雨，伸出了些，被隔成两小间，里面是卧室，外面是厅堂。条几上摆放着个红壳子的黑白电视机，一看颜色，赵正田就知道这是黄山牌电视机，12 吋的。在中医学院看排球赛，学校提供的就是这种电视机。

坐！坐！院长老婆胖胖的，对新来的赵正田非常地热情。

他脑子里晃动着黑牡丹的面孔。

刚来时下堤不远处有一个长方形的池塘，塘面上墨绿色的漂浮物齐刷刷地排列，犹如夏夜里的繁星。穿着彩色衣裳的少女半蹲在水面的一只只木划子上，身体前倾，边忙活边说笑着。

一个性格活泼的少女看到了他俩，兴奋地喊：喂！你们看，我们长青洲又来大学生了！瞬间所有的少女都停止了手中的动作目光齐刷刷地射过来。

赵正田与王红雷瞄见了其中的一个少女。

黑牡丹！王红雷脱口而出。

黑牡丹！的确！黑牡丹！赵正田认可王红雷的话。

丹丹，你心上人在看你！一个脸蛋方正的少女开起了黑牡丹的玩笑。

你心上人哟！黑牡丹回击！

你心上人哦！要不然人家怎么朝你脸上看？脸蛋方正的少女嘴巴不饶人。

哈哈哈！少女们一起疯笑起来。

被称为"黑牡丹"的少女名叫丹丹。细长圆溜如鹅蛋的脸，黑里透红的皮肤，两根细短的辫子搭在前脖子上。

洲上还有这样美丽的少女，赵正田的心情顿时好了不少。恋人刘桃相貌谈不上漂亮，可皮肤白皙，个子高挑，穿着连衣裙袅袅婷婷，气质在中医学院女生中首屈一指。

我回来了！人未到，声音到。清脆的声音在门外响起，把赵正田的思绪拉回。

他朝门口望去，惊喜，只见黑牡丹站在门口。

长青洲虽被江水隔离，可麻雀虽小，五脏俱全，上面的单位一个不缺。

派出所、学校、财政所、国土所、银行、邮政均有。

在那个年代，"单位上的人"很有吸引力。少女怀春，洲上少女都有一个梦想，都想与这些单位上的外来的小伙子谈对象，这些小伙子不仅气质好、有文化，而且最有吸引力的是有工资、有保障。

咦！是你！丹丹像赵正田一样地惊喜。

你们见过面？郑平路问。

刚才在堤下。黑牡丹抢着答。

菜端上来了，黑牡丹眼睛不时地瞟向赵正田，还不时地发出咻咻的笑声。郑平路瞪了黑牡丹一眼，意思是女孩子应该懂得含蓄。

黑牡丹是郑平路的掌上明珠，就像池塘里养的珍珠一样。赵正田第一次到洲上来不清楚，刚才少女们在种蚌。

长青洲学校和卫生院一样，也是一长排砖瓦房。卫生院前面有空场子，学校没有，走廊前面是一条水沟，不过水不深。

接待王红雷的是校长，脸庞黑黑的，个子矮墩墩的。在路上遇到了黑牡丹，现在见校长脸又黑，王红雷心里嘀咕，怎么长青洲人都黑？其实王红雷看法偏颇，长青洲上人长得黑的并不多，只不过几个长得黑的恰好都被王红雷撞上了。

校长自称姓叶。后来王红雷知道他名逸铭。叶逸铭打开一个房间，王红雷朝屋里扫了一眼，只见一个带抽屉的长条桌子，一个洗脸架子，一张架子床。床上面有很多学生作业本。让王红雷意外的是，床上还挂有蚊帐。

房间是一整间屋子隔开的，土坯没有砌到顶，这个房间教师发出的声音那个房间教师能听得清清楚楚。

那边住着女教师李雁，前年师范毕业被分配到我们学校来的。叶逸铭介绍。

哦！王红雷应了一声。以后要与这位女教师"共处一室"了，王红雷在想。

叶逸铭招呼：走！到我家去！

叶逸铭人虽黑，可是有情调，他在走廊前面用砖块码了个小花池子，里面种植了好养的太阳花，八月底，太阳花开得茂盛，倒也给他家门前增添了不少亮色。

> 如果我能让长青洲的太阳花开得更长久一些
> 我要摇动每一滴露珠
> 把我身上所有的光亮
> 都反射到她们身上
> ……

王红雷爱好写诗，见到红艳艳的太阳花，诗情就上来了。

你什么学科见长？王红雷沉浸在诗意里。

你什么学科见长？叶逸铭又问了句。

语文。王红雷转回来了。

数学呢？叶逸铭追问了一句。

数学也还可以。王红雷不明白叶逸铭问话的意思，他头脑简单，想借此炫耀一下。

英语怎么样？不行！不行的！王红雷急忙摆手，他英语真的不行，中考英语考得很差。

叶逸铭问话是有目的的，为着好安排课程。几天后，王红雷被安排教两个初中班的语文，称猪肉搭骨头，还附带教一个小学班的数学。长青洲人口少，就一个学校，初中与小学连在一起。

王红雷后悔死了，当初为什么要说自己数学也还可以呢？还好说英语不行，要不然还让教英语。

初来乍到，王红雷就感受到了长青洲上孩子们的活泼，还有对他火一般的热爱。

长青洲上的孩子经常上县城，还有天天都能见到在江上行驶的各种各样的船，包括大轮与小轮，见过世面，他们一点也不怕老师。

这在下课时表现得尤其明显。

他带初一班的语文。初一班有三四个男生一下课就像跟屁虫一样跟到他房间，老师这，老师那的，哇里哇啦个不停，让他在感受到长青洲上孩子们可爱的同时，享受到在长青洲上工作的快乐与当教师的职业荣耀。

一个叫苏大明的与一个叫孙小兵的一"大"一"小"两个学生，"痞痞的"，每堂课后必到他房间，每到房间必往他床沿上一坐，而且还在床沿上磨蹭一下屁股。

裤子上的灰土都磨蹭到床单上。王红雷是爱干净的人，刚来也不好批评这么热情的学生。

老师，你还没有看过大轮吧，那大轮上有红红的"东方红"三个字，好几层楼高，上面下面都是旅客！

老师！在我们长青洲南面就可以看到大轮，大轮上好多好多的人，有的往上游武汉那边开，有的往下游南京上海开！

老师！不信的话，星期天我带你去看！

老师！不仅有大轮，还有小轮和船队！船队老师没有看见过吧？一个拖头拖着七八条甚至十来条驳船，好好玩的！

老师……

老师……

孩子们吵吵闹闹，报功似的向王红雷介绍长青洲的新奇之处。

还没有在长青洲上走走，通过学生的介绍，王红雷对长青洲的新奇已有了初步的了解。

在孩子们眼里、心里，他们的长青洲是宝洲，珍奇无比。

老师！我家船正好从下游上来，靠在洲上，星期天我带你上我家船上去，看看船是什么样的！苏大明兴奋地对王红雷说。

老师！是的！他家船正好回来！他家船边上还有扳罾的船，扳罾好玩，老师星期天去看看扳罾！孙小兵两边脸兴奋得发红。

老师……

老师……

学生们热烈的话语不停地往王红雷的耳朵里灌，诗情的王红雷情绪被感染，他也像学生一样兴奋异常。

星期天他打算去苏大明家家访，顺便看看苏大明家的船什么样。

一大早，苏大明与孙小兵还有另外两个学生就跑到学校喊：王老师！

我们来接你了！

长青洲上的孩子们真是热情！王红雷想。

孩子们把他包围在中间，他随孩子们来到长青洲北岸。这边是夹江，避风浪，在夹江捕鱼的船，以及跑运输回长青洲的船都在这里停泊。

现在是阳历九月份，水势大，水位高，船只都停在埂边，有里把路长。在阳历十一月份以及来年的五月份间，水位低，埂下二十米都是沙滩，船只停靠离埂稍远。

船只大大小小，以木船为主，条把小铁船夹杂其中，时代进步，起先王红雷想象的竹筏一只未见到。外围江面上缓慢地移动着几条扳罾的船，船的前面撑着一张巨网，船往前撑一点，巨网就往前伸一点，并不停地起落，这情形就像铁犁在翻动土地。

老家扳罾，都在岸上，罾也很小很小，一口锅那么大，现在这罾有一家屋面那么大，而且还是移动的，这让王红雷觉得很新奇。

我家的船在那儿！那是我家的船！苏大明极其兴奋地嚷。

王红雷本来好奇地在看罾船，听苏大明嚷，目光收回，顺着苏大明的指向望过去，只见苏大明家的船是一条木船，九月的阳光还比较烈，加上木船表面刷桐油不久的缘故，局部闪耀着明亮的光。

苏大明往船上小跑，边跑边嚷：爸爸！妈妈！爸爸！妈妈！老师来了！老师来了！我们王老师来了！

看他跑得多快！哈哈！哈哈！孙小兵等几个孩子手指着苏大明笑起来。

老师来了啊！老师来了啊！苏大明父母从船舱里钻出来。

船头很干净，一个废痰盂里面养着一盆红得耀眼的太阳花，还有废火钵子里面养着几棵绿茵茵的葱。船上这么小的地方，还养花，诗情的王红雷感觉渔民生活很有情调。

热爱生活不在乎所处环境与空间大小，而在乎生活态度，渔民的生活态度对于王红雷的人生观有一定影响。

船舱里有小木桌，有小凳子，擦抹得一尘不染。被子叠在一角，齐齐整整的。家就是船，船就是家。王红雷对船有了全新的认识。

我们常年不在长青洲，老师就是父母！苏大明父母泡茶递烟并留王红雷吃饭，热情得不得了。王红雷感受到了渔民的淳朴与盛情。

苏大明的父亲在罾船上手提了几条王红雷从未吃过的小鳜鱼回来，手指一划拉，鱼肚子里面东西全出来了，放江水里摆摆。船尾放着缸灶子，苏大明的母亲把劈好的尺把长的柴火往缸灶子里塞，先大火，然后小火，煮到收汁盛起，端到船舱里面的桌子上。

鳜鱼香味扑鼻。

苏大明父亲掏出一瓶酒，拉着王红雷喝。王红雷说我不会喝。苏大明父亲说，长青洲上湿气重，老师你听我的，喝点酒对身子有好处。

王红雷喝了一口，感觉不错。

吃！吃！这鱼鲜！苏大明父亲不停地劝。

王红雷夹了一筷子鳜鱼放入嘴里，啊！好鲜！他心里说。

被拉着喝了大约二两酒，王红雷满脸通红，晕乎乎的，苏大明父亲与苏大明搀扶着王红雷下了船。

长青洲上人淳朴、热情、好客。这次与渔民接触，让王红雷对长青洲多了一份热爱。

一个细瘦的汉子狠劲地拉着一辆大板车，汗珠从额上往下滚，顾不得用手抹。后面跟着一大帮人。大板车上面躺着一个中年妇女。大板车停下，后面的人赶上来抬起中年妇女。

医生，快救救我女儿哦！凄厉的哭喊声从外面传来。赵正田好奇地朝窗子外面望。医生，快救救我女儿哦！一个披头散发的老年妇女跌跌撞撞地进了诊室，拽着赵正田衣袖往地上一跪。

你这？刚走上医疗岗位就遇到这事，赵正田有些不知所措。

咋搞的？咋搞的？郑平路拨开拥挤的人群。

院长啊，那个不要脸的江支应害得我家女儿喝了农药，你快救救我家女儿吧！老年妇女放开赵正田，往郑平路面前一跪。郑平路明白老年妇女口中的那江支应指的是谁。

中年妇女被抬进了隔壁一间屋，里面放着两张单人床，床单有些旧也有些脏，中年妇女被放到了床上。赵正田看了一眼这妇女，只见脸色乌紫像猪肝，嘴巴很脏，上面糊着泡沫。

浓烈的农药味道扑向赵正田鼻息，他喉咙里咕噜了一下，要呕吐。

郑平路看了看中年妇女的脸色说，情况很严重，要洗胃，卫生院做不了，抓紧送县医院！

院长，好人哦，救救我女儿哦，到县医院还要过江，时间等不及哦！老年妇女又在院长面前跪了下来。

不是我们不救，是情况太严重，救不了！郑平路双手一摊，表示无能为力。

救救看看吧！赵正田怕拖不得，他望着郑平路，小心翼翼地问。郑平路白了赵正田一眼，赵正田身体本能地一缩。

院长救救她吧！她是我妹妹，一时想不开，喝了农药。细瘦汉子可怜巴巴地乞求。郑平路又狠狠地瞪了赵正田一眼。赵正田避开了郑平路的目光。

院长救救她吧！围观的人群也发出了乞求声。

那就试试，出了人命卫生院可不负责任！郑平路怕救不过来，家属找事，急忙申明。

不让卫生院负责任！不让卫生院负责任！细瘦汉子与老年妇女连忙保证。

那快！搞肥皂水来！郑平路对这类救治很有经验。赵正田慌忙去弄肥皂水。

在中医学院，赵正田学过洗胃的方法：一是催吐洗胃法；二是胃管洗胃法。在长青洲卫生院，第二种方法条件不具备，只能用催吐的办法。人命关天，赵正田小跑着弄来了一大盆肥皂水。

用肥皂水洗胃，这种方法赵正田在家乡卫生院见过。邻居朱五四一只脚残疾，走路有些瘸，母亲用妹妹换亲给他娶回个老婆。这女人模样儿俊，瞧不起朱五四，与队里一个姓方的俊汉子好上了。姓方的汉子常常趁他出门，溜进他家。队里人风言风语，朱五四感觉很羞辱。可是他身板不硬朗，打不过女人，更打不过那姓方的汉子，只好忍气吞声。有一天，女人指派他到小猪集买猪，他有些不放心，怕自己前脚走，姓方的就进门，可女人对他瞪着眼，他不得不去，待他买了小猪急匆匆地回到家，只见汉子正在他床上翻腾。

欺人太甚，朱五四又没有办法。咕噜咕噜！他将半瓶农药喝了下去。还好，朱五四家就在卫生院附近，到了卫生院，医生就用这土办法给他洗了胃。当时赵正田十二岁，跟着母亲屁股后面到卫生院里看热闹，见到了肥皂水洗胃的情景。

郑平路让细瘦汉子托起妇女的头部，让赵正田灌注。赵正田舀了一搪瓷缸肥皂水，把妇女嘴巴掰开，将肥皂水灌了下去。妇女无知觉，头后仰着，嘴巴朝上，很听话地张着，任由赵正田一搪瓷缸一搪瓷缸地往里灌。赵正田清楚，灌注到一定程度，就要机械地搅动她的喉部，引起强烈不适反应，以便她将胃内的农药呕吐出。出乎赵正田意料，当他再一次灌注时，妇女突然有了知觉，头一歪，哇的一声，胃液从口中喷出，喷了赵正田一脸。赵正田抹了一把，黏乎乎的。

脏死了！

事后了解到，这个妇女喝药水的情况与朱五四相似。妇女的男人是长青洲养殖公司经理江支应。村民在养殖公司上班，活轻巧，还有工资。不少俊俏妇女与小姑娘都跑到养殖公司的珍珠场上班，一个脸上有些微雀斑的女人也在里面上班。

江支应个子矮，眼睛小，不起眼。可他打扮起来也还人模狗样，他常年穿西服，系领带，头发梳得苍蝇都站不住。别看他眼睛小，可是光亮，与俊俏的女子一说话就变大，淌出淫邪的光。雀斑女人脸上的雀斑性感，特别是那双眼睛一眨一眨的，勾人，看谁都像对谁有意思，令人想入非非。可很多男人想打她的主意却难得手。

雀斑女人在珍珠场上班，江支应不费吹灰之力就上了手。江支应让雀斑女人烧开水，这活儿清闲得不能再清闲，谁都想干，可只有她能干到。

干这活是有代价的。

场部里有一幢旧式的木阁楼，一楼办公，二楼江支应在上面放了张床。下午江支应女人也就是那个喝农药的中年妇女上到二楼来找自家男人，敲了半天门才开。

江支应女人生疑，进屋四下查找，没找着什么，拉开门，发现雀斑女人躲在后面。女人用手抓雀斑女人脸，雀斑女人头一偏，没有抓到。女人再抓时，江支应一把捏住了女人手。雀斑女人趁机溜了。女人气不过，对外死命地喊，你这个不要脸的，大白天跑到楼上来偷人！这岂不坏了江支应的名声？江支应气急败坏，狠狠地扇了女人一巴掌。女人气不过，跑到家，咕咚咕咚，喝下了半瓶农药。

忙碌了半天，女人被救了过来，郑平路提醒赵正田，以后遇到这类麻烦事，一律往县医院推。医生就是救死扶伤的，初出校门的赵正田听了郑平路的话有些懵懂。

在长青洲卫生院上班还是很悠闲的。大病洲上百姓一般过江到县医院去看，稍大一点的病郑平路就推了，百姓也只得到县医院去看，只剩下一些简单常规的病。

与赵正田相比，王红雷就忙多了，从这个班下来水还没来得及喝一口就得到那个班去，还要改作业，几乎喘不过气来。

好在他年轻，精力充沛。

吃过晚饭，放松下，王红雷到卫生院来玩。晚霞还在西天晒着，赵正田屋里就亮起了灯，王红雷推开门，只见赵正田正在信纸上写着什么，一页翻过来的信纸弓着。见王红雷进来，赵正田急忙把弓着的信纸翻过来，然后把整沓信纸扣过去。

有什么秘密不能给我看，还把信纸扣过去？王红雷打趣。

没有什么，给一个同学写信。

是女同学吧？王红雷开玩笑。

赵正田点点头。

在追她？王红雷感兴趣地问。

不是！我们谈了两年了。赵正田淡淡地答。

谈两年了还写什么信？王红雷不解。他与姚玲玲好，很少写信，有什么话就当面表白。

不清楚她那边什么情况，想了解一下。赵正田如实说。除思念刘桃外，赵正田还有些担心刘桃，想问问那边情况，约一下，国庆节到她那里去。

你为什么不约她到长青洲来？王红雷诗性浪漫，他一直认为长青洲是

突　围

宛如桃花源的地方。

她不会来的，我了解她，她的心向往着城市。赵正田说这句话时，神情有些黯然。

见赵正田心情不太好，王红雷便没敢再问。

九月的天气，有些热，房间里闷。王红雷提议出去逛逛。

两个人来到北边的江堤，夜幕已经降下来，黑布一般。朝北望去，不太远的地方，大片的灯火，自西向东铺展。

那个地方是县城。

夜晚的江水非常安静，似乎奔腾了一天，累了，在歇息。江边水中亮着一排灯火，这是渔民的生活船，有些是洲上百姓的，有些是外来的，哪里有鱼，渔民的船就划到哪里，停泊在哪里。

你看这夜色多美呀！王红雷来了诗性。

是美！赵正田附和。

在这里生活真有诗意！王红雷感叹。赵正田没有应声，此刻他脑子在想着刘桃，想她现在在做什么呢？在值班，还是到镇上文化站跳舞去了？他了解刘桃，刘桃喜欢跳舞，在中医学院，刘桃舞跳得特别好。

我与我女朋友约了，国庆节她到长青洲来。王红雷打破了沉闷。

你有女朋友？赵正田转脸望着王红雷。

有！王红雷自豪地答。

叫什么名字？

姚玲玲！王红雷答的声音很响亮，就像铃音一样。

铃铃！铃铃！这名字响亮。赵正田赞。

不是铃声的铃，是折玉旁的玲。

哦，折玉旁的玲很不错呀，有女人味。赵正田来了兴致。

你女朋友叫什么名字？王红雷好奇地问。

刘桃。

这名字也好呀，你想呀，桃，桃花，"面若桃花，目如秋水""人面不知何处去，桃花依旧笑春风"，这名字有诗意！听王红雷如此解读，赵正田心情开朗，笑了起来，只是夜色遮蔽，王红雷观察不到他脸上的表情。

姚玲玲做什么的？赵正田问。

教师，在高中实验室。王红雷以为赵正田一定会夸他，你女朋友这么能干，在高中，没想到赵正田不仅没夸，反而沉默。赵正田此时心里又涌起隐忧，不过不是为自己，是为王红雷，他感觉王红雷的爱情不牢靠。

王红雷这个国庆过得可谓甜蜜无比。

姚玲玲如约来到长青洲，她感觉江中这样的"小岛"非常有趣。她像王红雷一样富有诗情，张开嘴巴夸张似的大口呼吸着长青洲的新鲜空气。

国庆节教师们都离开了学校，只剩下了王红雷一人。王红雷就希望这样，没有其他教师在，他可以与姚玲玲尽情地过二人世界。

王红雷与赵正田一样，都把愿望放在床沿上。他事先设计了两套方案，优先方案是床沿，其次是桌边。他先坐在床沿，引姚玲玲也坐床沿，可是姚玲玲坐到与办公桌配套的木椅子上。第一套方案一时实施不了，王红雷开始实施第二套方案，他搬了一把椅子，坐在了姚玲玲身旁。

学校配置，每个教师房间只有一张办公桌与一把木椅子，王红雷现在坐的这张椅子是预先放在房间里的。

姚玲玲翻了一会儿抽屉，抽屉里没有什么稀奇物品。她停止了翻弄，将手搭在桌子上，翻起了王红雷精心放置的诗集。

想你的时候
天总是黑得很早

这时
我与你就坐得很近了
像两棵并排坐着的树
月光伸出银色的舌头
甜滋滋的 舔着我们的衣袂

然后我们开始说话
很啰唆很冗长的

突 围

仿佛永远也说不完的话

大多时候我们什么也不说
你静静地开花
我静静地长叶

命运
这总让我想到一种命运
总觉得很久很久以前
我们就相依为命
那些流盼的美丽和困惑
使我们的屋子里有了某种暖意

从此，我常常写不出诗来
写不出诗来我才知道
那个日子正好是
你望着我笑了又笑的
春天的黄昏

　　写得如何？王红雷得意地问。姚玲玲笑而不语。不说话就是我写得好了！姚玲玲微笑着点点头。

　　王红雷受到鼓舞，他靠近姚玲玲，将手搭在了姚玲玲肩膀上。姚玲玲未推开他的手。王红雷进一步，将搭在姚玲玲肩膀上的右手滑了下去，热热的感觉。不用说，他触到了姚玲玲身体上柔软而有弹性的地方。

　　国庆节后，王红雷抑制不住喜悦地来到卫生院，他急于与赵正田分享恋爱的甜蜜。

　　这次去与刘桃亲热了吧！他笑盈盈地准备开腔，见赵正田苦着脸，便收住嘴。赵正田指了指椅子，示意他坐。王红雷瞅着赵正田的脸，怎么了？小心翼翼地问。赵正田没有回答王红雷，把目光投向墙壁。王红雷猜测，这次赵正田到刘桃那儿，肯定闹了不愉快。

国庆节赵正田迫不及待地来到刘桃的卫生院，目光在刘桃房间转悠了下，就准备往床沿上坐，哪知刘桃将椅子拖了一下，意思是让他在椅子上坐。

同样是坐，床沿上坐与椅子上坐亲近程度截然不同。床上坐，是把他当成这间屋的半个主人，椅子上坐，说明两个人感情还没有到那个程度。

刘桃这举动不知是无意还是有心，赵正田对这一举动异常敏感，他感到刘桃在冷淡自己。他瞟了刘桃一眼。刘桃意识到自己的举动让赵正田多心了，急忙解释，刚换了床单。赵正田朝床单瞄了一眼，像是新的。

赵正田坐在了椅子上。刘桃坐在另一把椅子上。

大学时的情景清晰再现。毕业前的一个周末下午，看完电影后，赵正田送刘桃回宿舍，刘桃让赵正田坐，边上有椅子，赵正田却往床沿上一坐。刘桃嗔叫，床单是新换的哩！赵正田准备往椅子上挪，刘桃忙按下他，算了！算了！然后坐在他边上。

同样是换了新床单，同样是坐床沿的问题，仅仅几个月，不在一起，态度就有了变化，一种是嗔叫，一种是面无表情。这种态度上的变化，虽然很细微，可是在敏感的赵正田看来，他们的感情已经有了问题。

来时路上的期盼看来要打水漂。期盼什么呢？与刘桃亲热。以往赵正田先有意往床沿上一坐，紧接着刘桃坐在他身旁，赵正田往刘桃身边挪，这样两个人就紧贴在了一起，赵正田的目的也就达到了一半。接下来，顺理成章，赵正田闻着刘桃身上花香一样的气息，把刘桃娇嫩的手团在自己手心里。再接下来，一只手托着刘桃的手，另一只手开始抚摸，感觉就像抚摸一件玉器。玉器是没有温度的，可刘桃的手热热的。他抚摸了一阵，心里就有了水即将烧开的感觉，他呼吸短促起来，一把抱住了刘桃。

赵正田拥抱过刘桃，多次拥抱过。最热烈的一次是离开学校的前两天，宿舍的其他三个女生没了踪影。赵正田来到刘桃宿舍，两个人拥抱在了一起。初夏的日子，两人都身着薄薄的衣裳，紧紧抱在一起，也许是挤压的缘故，赵正田感觉到两团软软的柔柔的东西跳动着揉搓自己的胸膛。他瞟了刘桃一眼，只见刘桃幸福地闭着眼。

突 围

时间就这样地凝固住。

王红雷见赵正田朝墙壁上望，他也朝墙壁上望。望到墙壁上有一个像新结的大蜘蛛网，网上有两只蜘蛛。这两只蜘蛛很有意思，一只从网中间的位置往左边移动，另一只也跟着往左边移动，快接近时，以为第一只蜘蛛不会动，哪知这只蜘蛛开始绕圈运动。

第二只蜘蛛肯定会失望的。自己要是第二只蜘蛛也会失望的。王红雷想。他收回目光，朝赵正田望，赵正田眼里似乎有些悲凉。

意识到冷落了王红雷，赵正田收回了目光，问，你要不要喝水？

王红雷站起来，说，我自己来。寻找茶杯。在壁橱上找到，倒了点水，晃了晃，倒到门外。接着倒了满满一杯水，大口喝了起来。

你还好吧？赵正田问。

还好！王红雷本想响亮地答，可他见赵正田心情不好，有意将声调放低。

哦。赵正田轻轻地哼了声，思绪又回到与刘桃在一起的情景。

赵正田与刘桃在房间说了一会儿话，屋外响起了猛烈地敲搪瓷缸的声音。刘桃伸头朝窗外望了望，只见好几个年轻医生敲着搪瓷缸往食堂方向去。

走！我们吃饭去。刘桃站起来对赵正田说。赵正田随之站起来。

刘桃在前，赵正田在后，两人向食堂方向走去。食堂在卫生院西北角的方向，一排平房。两人走在路上，不时有人与刘桃打招呼，还有人与刘桃开玩笑，问，你男朋友吧？赵正田希望刘桃大声地答，是！然而刘桃只是微微一笑。赵正田很失望。他了解刘桃，她不是内向的人，如果觉得事情荣耀，她会主动地告诉别人。现在不答，意味着她不愿在别人面前介绍自己，或者说，自己不是她的荣耀。

一定有缘由的，或许不在一起二人之间已经产生了距离。

一个穿着休闲服、剑眉星目的小伙子敲着搪瓷缸从后面大踏步赶上来，平行时，他瞟了一眼赵正田，然后对刘桃微微一笑。刘桃对这小伙子也微微一笑。

赵正田的心往下一沉。赵正田感觉刘桃与小伙子之间的笑似乎有些微妙，这种微妙是什么，他一时找不到合适的词来描述。

饭厅里，赵正田目光时不时瞟向小伙子，小伙子目光也时不时瞟向赵正田。目光对视，赵正田不示弱，死死地盯着小伙子。小伙子似乎心虚，收回目光。

回到房间，赵正田装作不经意地问，刚才那个"老几"是做什么的？

哪个"老几"？刘桃装作不知道地问。

噢！就是那个对你笑的家伙。这次赵正田改口"家伙"，内心的不快完全显露在了话语中。

你问人家做什么？刘桃抬起脸，有些不满。

就是随便问问。赵正田觉得问话口气过分了些，急忙掩饰。

他在边上的机械厂上班，厂子里没有食堂，他伯父又正好在我们卫生院，他就在我们食堂打饭。刘桃解释得很合理，赵正田不好再问。

……

王红雷见赵正田情绪相当低沉，觉得再坐下去不合适，连喝了两口水起身告辞，说，晚上菜多把了盐，太想喝水了。赵正田站起来，没有送。

月亮出来了，挂在东边天上，与地面成四十五度角，王红雷在量化月亮升起的高度。

月辉淡淡的，像乳汁一样，倾泻在了王红雷的脸上，王红雷感觉很舒服，他用手抹了一把，然后放在眼前看。

我要睡了！在哪里睡？姚玲玲问。

在隔壁睡。王红雷手指了指上方。

姚玲玲抬起头，只见隔壁上头是通的。

谁的房间？姚玲玲很好奇。

李雁，李老师的房间。王红雷答。

你跟女教师住一个大房间呀？姚玲玲很惊讶。

李雁毕业就结了婚，在县城有房子。丈夫是大学生，在县链条厂工作，链条厂是国有企业，效益不错。她星期一来，周末离开。

王红雷抑制不住内心的喜悦，离国庆节还有四五天，他就带有点炫耀地宣布，国庆节我女朋友来。

教师们都恭维他说，好呀，王老师，你女朋友漂亮吧！

还可以吧！王红雷大咧咧地说。

吃你的喜糖哦！

还早哩！

教师们说，国庆我们都不在学校，多好的机会让给你王老师，你把生米做成熟饭，不就行了，哈哈！

王红雷急忙摆手说，那哪行！那哪行！

你这傻子！教师们指着王红雷，哄笑起来。

王红雷猛然想起来，央求李雁：李老师，你把房间钥匙给我行不行？到时我女朋友来了在你房间住！

教师们起哄，不能给！不能给！

李雁老师手一摊，王老师，不好意思，不是我不给，是我不能给，给了大家有意见！

哈哈哈！教师们齐笑起来。

说归说，李雁走的时候还是把钥匙给了王红雷。

学校不像卫生院，教师房间与教室在一起，大致是教室、房间、教室、房间，老师与学生在一起，便于管理。李雁房间在后面，门开在教室里，到李雁房间需要经过教室。王红雷拿着手电筒在前面走，姚玲玲跟在后，两人穿过教室，来到李雁房间门口。王红雷摸出钥匙，插进去，拨了几下，门开了。走进去，闻到了一股淡淡的香气。李雁老师爱打扮，衣服上常洒有香水，房间里也洒有香水。

虽然两人隔壁，而且上方是通的，王红雷夜晚能听到李雁房间撩人的声响，可是作为年轻的异性，王红雷从来没有进过李雁房间。现在借着姚玲玲来，王红雷进了李雁的"闺房"。

姚玲玲到长青洲来，王红雷选择性地带她逛了几处地方，想给她留下美好的印象，让她觉得王红雷工作分配的地点不错。

珍珠养殖水面是一处。长青洲最大的特色就是水面，珍珠养殖水面有好几处，见到丹丹的那处水面并不大。来的时候姚玲玲见到那些墨绿色的浮子，尖叫，这多像天上的星星呀！大眼亮闪得像天上的星星。

像星星！的确像星星！我第一次见到，也是这么认为。王红雷见姚玲玲高兴，心里也非常地开心。

好漂亮！好有诗意！姚玲玲点着头赞叹，她陶醉在了这诗意的情境中。

是的，是有诗意！王红雷高兴地附和姚玲玲的话。

你可写诗了？姚玲玲偏过头问。

写了！写了好几首哩！王红雷回答。

那等下给我看看。姚玲玲说。

这里水面窄。王红雷平放手臂，自左至右转了一下。

这水面还窄呀？姚玲玲很少见到如此大面积的水面，以为这已经很广阔了，没想到还有更大的，所以她吃惊。

窄哦！西南面洲头位置有一片广阔无垠的水面哩！王红雷像将军似的在姚玲玲面前用力地划了一下。

真的呀！姚玲玲吃惊地睁大眼睛。

真的！王红雷语气肯定。

那你带我看看！姚玲玲要求。

好的！好的！王红雷答应。姚玲玲对长青洲的兴奋度如此高，王红雷心里异常地快活。在他看来，姚玲玲越兴奋，越说明他工作的长青洲不错，他越有自豪感。

第二天清晨两人起得都很早。姚玲玲看样子睡得很好。看姚玲玲睡得好不好，就看她那一双大眼，亮闪闪的，水亮亮的，就说明睡得好。王红雷睡得不是太好，上半夜没有睡着，脑子里转悠的都是姚玲玲。

开始睡的时候，他还与姚玲玲透过上面的空隙说话。问睡李雁的床舒服不舒服，开关线可知道在什么地方。姚玲玲也问王红雷。问你与李雁老师隔壁，上面是空着的，她房间里的声音你是不是全听着了。王红雷答，她房间有声音我能听到，不过很多声音模模糊糊的，辨不清。

姚玲玲又好奇地问了句，那你们睡觉时可说话？

不说话的，从不说话的！王红雷语气坚决地答，他怕姚玲玲误解，他知道女孩子在这方面一般都小心眼。

我有点不相信！姚玲玲在那边笑。

突 围

真的不说话的！王红雷强调。王红雷说的是实话。李雁老师在说话方面相当注意。

姚玲玲又提出了一个好奇的问题，你如何把李雁老师说动，她把钥匙给了你？

李雁老师很大气呀，我说你来，没地方睡，她就把钥匙给我了。王红雷诚实地回答。姚玲玲似乎没有问题再问，睡了——到长青洲来虽然有新鲜感，但还是有点累。

王红雷听了一会儿没有动静。下半夜时进入蒙眬状态，隐约听到姚玲玲拉响了开关。他大脑沉得厉害，眼皮也沉得厉害，想努力睁开眼皮，但就是睁不开。

姚玲玲清晨起来就拽着王红雷带她去洲头。王红雷昨天的话给她留下了悬念。

从学校往西走，穿过两个村庄，上了一个堤埂。哇！姚玲玲大叫了起来。一大片水面被箍在一个三角形的圩内，远远的尖尖的部位就是洲头。两条若隐若现的细埂将水面切割成三块，墨绿色的珍珠浮子从眼前向远处铺展。

这些珍珠浮子仿佛银河系里繁密的星辰。

正好少女们今天在这块水面种蚌，姚玲玲的声音很响，与水面产生了很大的摩擦，惊动了她们。

哇！这女的好漂亮！

她是谁呀？

你不认识那男的呀？学校前不久刚分来的老师呀！王老师！王红雷！丹丹在种蚌的少女之中。她认识王红雷，王红雷经常到卫生院去找赵正田。

这女的肯定就是这王老师的女朋友了！少女们叽叽喳喳。

哇！这么多漂亮的女孩子呀！姚玲玲惊叹长青洲上这强大的美少女阵容。王红雷听姚玲玲如此夸奖，心里美滋滋的，仿佛这大把的美少女都属于他，他有足够的资本引以为傲，让姚玲玲也吃点微醋，从而把他当宝贝。

你在这中间挑一个呗！你看那个黑黑的女孩子长得多好看！姚玲玲朝王红雷抛来一个微醋的眼神，然后咯咯地笑。

那女孩子是卫生院院长家闺女！叫丹丹。王红雷介绍。

你怎么知道的？才这么短的时间就把人家的名字都搞清楚了？姚玲玲有点嫉妒了。

你别用审视的目光望着我好不好？我经常到卫生院去，自然认识她。

你经常到卫生院去？姚玲玲瞪着葡萄大眼问。

我与卫生院赵正田赵医生今年一道分来，我们两个人互相走动，所以常到卫生院去。王红雷解释。

哦。姚玲玲对王红雷的解释感到满意。

水面上飘来一阵笑声。她们在笑什么？姚玲玲好奇地问。

笑你呗！王红雷逗她。

笑我什么！瞎说！姚玲玲骂。

笑你漂亮呗！

就你会说！呵呵！呵呵！姚玲玲高兴地笑起来，两边脸颊像扑了红粉。

姚玲玲一脸笑容与王红雷走下了堤埂。

还带我到哪儿玩？姚玲玲把手主动地伸向了王红雷。

带你到洲头去，那里的风景非常非常美！王红雷拉住姚玲玲的手。

姚玲玲的一双葡萄大眼闪耀着晶莹的光亮，显然王红雷关于洲头的简短描述打动了她，她对洲头充满了憧憬。

王红雷意识到长青洲像一双看不见的手扼住了赵正田爱情的脖子。两人有缘一起分配到长青洲来，他觉得自己无论出于义气还是道义都应该帮助赵正田稀释心中的郁闷。

一醉解千愁，他想到了与赵正田喝酒。

下午四点钟的时候，王红雷来到卫生院。赵正田正在给一个村民看病，见到王红雷，感觉那晚怠慢了他，急忙招呼他坐。

让赵正田给看病的村民，高瘦的个子，嘴巴有点向前伸。

村民说，我头晕，不会血压高吧？赵正田拿出血压计，示意村民挽起袖子。村民挽了几次，袖子都掉了下来，赵正田帮村民把袖子往上卷。

血压是高了点。赵正田看了血压计，对村民说。

变 田

村民有些不相信，问，真高呀？你看我这么瘦，血压怎么会高呢？

血压高与胖瘦没有关系。赵正田解释。

哦？那因为什么血压高？村民问。

赵正田看了看村民发黄的手指，问，你抽烟很凶吧？

村民来了兴致，竖起两根手指，得意地说，我一天两包。

赵正田温和地望着村民，说，我给你开点降压药，你要控制抽烟。顿了顿，叮嘱，酒也要少喝。

村民又开始得意，炫耀说，我一天喝三遍酒。

不能那样喝！赵正田语气开始变得严厉。

多年习惯了。村民不好意思地一笑。

习惯也要改！赵正田又提高了语气。赵正田给村民看病，语气很少严厉，即使严厉，也是相对平时而已。

村民走后，王红雷望着赵正田的脸，说，正田，我们过江去喝酒如何？

在上班哩，不行哦。赵正田浅笑了下。就赵正田内心来说，是笑不出来的，怕又怠慢了王红雷，只好强挤出了点笑容。

你向院长请个假，就说到城里有个事，院长应该会同意的。王红雷提示。

赵正田想了想，说，好，我与院长说说。哪知与郑平路一说，郑平路答应得很爽快，说，年轻人，要要，正常！正常！

王红雷听赵正田转述，觉得郑院长这人很有人情味。

两个人一阵疾走，来到渡口。此时的渡口沐浴在一片黄晕之中。江水像个温顺的孩子，任黄晕恣意抚摸。艄公的脸黄亮亮的，用手一抹，能抹出一层油彩。

> 夜色还未来临
> 多彩的油墨伸出多情的双手
> 水声轻柔
> 与艄公的私语只有他们自己能听懂

……

王红雷来了诗情。

这是最后一渡了，你们过去不能回来了。艄公认识他俩，提醒他们道。

没事的。晚上我们不回来。王红雷抢着答。

波光粼粼，辐射开来，像要跳跃到船上。王红雷夸张地伸出双手来捧。艄公好奇，他觉得这个年轻人有意思。赵正田情绪被王红雷感染，笑了。他已经一周没笑了。

来到正大街时，太阳已经落了下去。

王红雷说，我们找个小吃摊。在正大街找了一下，粮站门前一家，电影院门前一家，另外文化馆门前一家，其中文化馆门前的小吃摊灯火最亮，有四张桌子，应该算大排档了。其中三张桌子都已经坐了人。桌中央摆有卤干子、卤猪耳朵、卤猪尾子，每个人面前都放着两三个啤酒瓶子。

这些人豪爽地大声嚷着。

两个人在空桌子旁坐下来，一个矮墩墩一脸横肉的人走了过来。王红雷觉得这家伙很凶，他有种要发生什么事情的预感。

这人问，你们要点些什么？

王红雷看了看赵正田。

赵正田说，随意。于是王红雷对那人说，来二十块卤干子、半斤卤猪耳朵。

王红雷对卤干子有种情结。还是初中的时候，一次他找母亲要了五分钱上街买作业本。走在街头，闻到了馆子里飘出来的卤干子香味，他舔了舔嘴唇，朝馆子里面张望。望了几眼后，他向街里面走，来到供销社里，那时的供销社里卖作业本子。他捏着五分钱，走向柜台。营业员走过来，问，买什么？他嘴巴动了动，未发出声音。营业员白了他一眼。他捏着五分钱又转回到馆子门前，这回卤干子的香气更加地诱人。他再次舔了舔嘴唇，走进了馆里。他用五分钱买了一块卤干子。那块卤干子，面上打了刀印子，卤汁全部渗透了进去。那个滋味现在他还回味无穷。

这人又问，要几瓶啤酒？

突 围

王红雷说，你来一箱。

这是王红雷与赵正田第一次在一起喝酒。开始两个人用杯子喝，两瓶啤酒下肚后，赵正田对着瓶口咕了起来，似乎要把所有的郁闷都咕下去。

啤酒顺着赵正田的嘴唇往下淌，赵正田抹了一把，喊，啊！爽！

王红雷有滋有味地嚼着卤干子，见赵正田喊爽，也拿起啤酒瓶咕起来。王红雷咕完一瓶的时候，赵正田已咕完了两瓶，王红雷边咕边吃卤菜，赵正田很少吃菜，咕一口酒，抹一下嘴巴，再咕一口酒，再抹一下嘴巴。

赵正田第二瓶酒咕完的时候，头自上至下猛劲地点了一下，然后挥舞着手，招呼一脸横肉的家伙，来！再开一瓶！这家伙脸上的肌肉颤动了一下，将啤酒瓶放到了赵正田面前，放的时候力用得大了些，发出了声响。王红雷感觉到这家伙不痛快。

赵正田拿起啤酒瓶准备咕，王红雷急忙拽了一把，说，等下喝，吃口菜。赵正田点着头，却一把拽过来，猛烈地咕起来。王红雷明白，赵正田心里苦闷，在借酒浇愁。

哥哥，我知道你心里憋闷，有什么话可方便对小弟说？王红雷移到赵正田边上，将手搭在了赵正田肩膀上。他第一次称呼赵正田"哥哥"，他觉得这样的称呼最合乎现在的气氛，也最适合安抚赵正田。

对……对你……说？赵正田停止了咕酒，头自上至下又猛烈地点了一下，然后双眼专注地望着王红雷。

王红雷对望着赵正田，点点头。

我与……与……刘桃……赵正田舌头有些打转。

与刘桃怎么了？王红雷问。

她……她……她可能……看上……上别人了。

不会吧？

可……可……赵正田舌头打转，出不来话。舌头绕了一会儿后说：都……都是这……长……长青洲……害……害了我。赵正田手指长青洲的方向，一颗泪珠从眼眶里跑了出来。

刘桃不喜欢你在长青洲？王红雷一直觉得长青洲好，姚玲玲来了也觉得长青洲不错，他对赵正田时常透露刘桃不喜欢长青洲不理解。

那次姚玲玲逛了大片的珍珠水面后，来到洲头位置。哇！姚玲玲大叫了一声。

江水在洲头的位置分汊，大股朝向正江，小股朝向夹江。朝正江的那股延续了原先的流速，翻腾起一股又一股的波浪；朝夹江的那股受宽度的影响，流速明显减缓了下来。这就像汽车在城里恣意地跑，到了乡村道路，不得不慢腾腾地开。

江水不断地从上游翻滚下来，姚玲玲朝上游观望，望了一会儿，还想望到更远的地方，学王红雷，双手合在一起，弯曲成圆形。啊！长江好雄伟、好壮观哦！

姚玲玲被长江的气势所感染，情不自禁地发起了感慨。

七八条头尾相连的驳船，浩浩荡荡地从上游下来，驶入正江方向。这些驳船连在一起，有相当的长度，气势也显得相当壮观。虽然离得远，还是可以望到每条船头都有人在把着舵，不停地转着方向。

船为什么要连在一起？姚玲玲眨着眼问。

这是船队，连在一起省动力，只要一条拖轮带就行了。王红雷解释。其实他也是前不久听村民说的，现学现卖了。

哦。姚玲玲似懂非懂。驳船队往下游驶去。

姚玲玲目光转向夹江，靠近江边的位置，有一个中年汉子在划着腰盆。

还有这么小的船？姚玲玲惊讶。

那不是船，是腰盆。

腰盆？

猪腰子你可看过？王红雷问。

姚玲玲摇头。

王红雷指着腰盆，说，形状像猪腰子，叫腰盆。

哦！姚玲玲眨了眨眼睛。

上去坐一下？王红雷望着姚玲玲。

那么小，还能够再坐人？姚玲玲有些不相信。

能坐！能坐！

不翻？

不翻！王红雷肯定地回答。

神了！姚玲玲赞叹。

再……再来一瓶！赵正田手指着一脸横肉的家伙。这家伙狠狠地剜了赵正田一眼，将一瓶打开的啤酒噹地放在桌子上。王红雷准备接。赵正田手一扫。咣当！咣当！桌上的一堆空啤酒瓶被扫倒，有两只滚到了桌子底下。

你什么意思？一脸横肉的家伙左手拽住了赵正田的衣服，右拳头就出来了。

王红雷眼快，一把抓住那家伙的右胳膊，拳头转了向。其他桌子的食客一齐站了起来，有几个跑到这边来。

对不起！对不起！他喝多了！喝多了！王红雷赔着笑脸拱着手。

喝多了就撒野呀？也不看看这是什么地方！借着亮光，王红雷见到这家伙脸上的肌肉又动了两下。

对不起！对不起！王红雷又拱了几下手。

看在你的面子上我饶了他！这家伙松了左手。

赵正田衣服被拽，歪斜着站起来。现在这家伙松了手，他又歪斜着往下坐，哪知坐偏了，人倒在了地上。

王红雷扶着赵正田往车站的方向走，他知道那里的一条夹弄里有很多的小旅馆，床虽然很窄，被子也不干净，可住宿费却很便宜。事前他就计划好到小旅馆里去歇宿。

赵正田身体前倾，王红雷用力地挽着他，怕他坠地。呜——哇！呜——哇！赵正田嘴巴不时地张开，要呕吐。王红雷停下脚步，希望他吐出来，这样胃里会舒服些，心里也舒服些。可是赵正田光呜——哇，呜——哇的，就是吐不出来。

王红雷搀扶着赵正田继续往前走。

你们是长青洲上的老师与医生吧？暗淡的光线里一个络腮胡子的中年汉子杵在面前。赵正田头往上抬了抬，接着一摆，又低下了。

你是？王红雷问。哦，我家在学校边上，我姓曹，叫曹大海。

哦。王红雷应了声。

你们这是到哪里去？

找旅馆去。王红雷答。

干吗花那个钱？我有小船，你们坐我的船回去。曹大海大方地说。

你晚上怎么在县城里？王红雷很好奇。

到亲戚家有点事，被留了吃饭，闲扯到现在，正好碰到你们。

那晚上划船安全吗？

安全！安全！我们从小划船长大的！曹大海拍了一下胸脯。

呜哇！赵正田身体猛地前倾，猛烈地呕吐起来。王红雷一手挽着赵正田的胳膊，一手捶着赵正田的背，让他吐出来，尽可能地舒服点。

赵正田直起了腰。曹大海上前搀扶着赵正田的另一只胳膊。

这是一只长两米多一点的小木划子，王红雷与赵正田坐在前面。

把他扶好！曹大海对王红雷嘱咐。王红雷右胳膊紧紧地挽着赵正田左胳膊。

天上没有亮光，江面墨一样黑，曹大海悠悠地划着桨，江水极温顺，如若不是桨搅动了它，它温顺得没有一点声音。夜晚的江面与白天的江面不一样。可能是它折腾了一天，累了，也在睡觉。

曹大海没有说话，赵正田此刻也没有说话，王红雷听着桨声，不由得想起了那首悠悠的歌曲——《军港之夜》：

军港的夜啊

静悄悄

海浪把战舰轻轻地摇

年轻的水兵

头枕着波涛

睡梦中露出甜美的微笑

……

王红雷轻轻地哼起了歌。哼到"露出甜美的微笑"时，他想到了姚玲玲。姚玲玲无论什么时候都是微笑的，与她在一起，快乐。王红雷展开了遐想，要是此刻姚玲玲在船上该有多好呀，让她坐在自己怀里，揽着她的腰，两人一起欣赏这墨黑的江色该多美妙。

曹大海人非常好，他帮助王红雷把赵正田送到卫生院。到达的时候，丹丹正好打了房间门，见赵正田被搀着，急忙上前。

王红雷在赵正田屁股后面摸钥匙，没有摸到。

我来！丹丹手伸进赵正田右腰里，一摸，钥匙到了手上。王红雷朝丹丹望了一眼，他好奇她如何知道赵正田钥匙在右腰里。

赵正田分到卫生院来，丹丹兴奋了好一阵，她不好意思望赵正田，用眼角瞟，瞟一下，脸马上红了。歌德说，哪个少男不钟情，哪个少女不怀春？赵正田来到长青洲卫生院，丹丹开始怀春了。

赵正田不像王红雷那样活泼，他板着个脸，丹丹想接近他，不太容易。丹丹下班回卫生院，与赵正田碰面，甜甜地一笑，赵正田不好板着脸，礼貌性地朝丹丹点点头，丹丹心里美滋滋的。

尽管丹丹听人家说，赵正田有了对象。

从刘桃那儿回来后，赵正田像霜打的茄子一样，蔫了。丹丹留意到了，她猜测，赵正田与女朋友感情出了问题。

心中窃喜。

看上丹丹的小伙子很多，长青洲上轧花厂的钱大学就是其中一个。钱大学这名字很特别，惹人笑。像赵正田如果名叫大学，还说得过去，人家毕竟读过大学。钱大学就是一个工人，一个不能与县城里工人比的工人，叫大学显得滑稽。滑稽归滑稽，大学这个名字是父母给起的，一种愿望，希望他读书考上大学，可他不是读书的料，考试都是倒数，父亲正好在轧花厂上班，初二那年让他歇了学，内招进了轧花厂。

在长青洲，小伙子有正式工作的除了分配来的年轻人外，就是轧花厂的工人了。长青洲的女孩子目光并不遥远，找对象第一选择是学校分配来的，退而求其次就是轧花厂工人了，钱大学个子并不高大，脸模子也不俊，可他很自信。

钱大学看上丹丹，不像其他小伙子写信，他不习惯这套，而是托媒人，长青洲乡政府办主任李小应就是媒人。钱大学知道如果自己向丹丹求爱，她同意的可能性微乎其微。托李小应，人家是政府办主任，郑平路多少会给点面子，如果郑平路同意了，就有谱了。钱大学是这样想的。

李小应常年笑着个脸，烟瘾很大，一天要一包多烟。他职位不高，长青洲闭塞，没有几个人求他办事。钱大学投其所好，买了一条红梅烟送给他。哈哈哈！这个媒人我做定了！李小应接在手上牙齿笑得像穗子上的成熟玉米。

李小应与郑平路一说，郑平路没有反对，说等丹丹回来与她商量。谁知与丹丹一说，丹丹想也没想就否决了，说，我现在年纪还小。意思是暂不谈。

钱大学亏了一条红梅烟。红梅在当时是档次还算可以的烟。

王红雷将赵正田搀进屋内，丹丹急忙上前搀住赵正田。到床边，赵正田手一划，嗵的一声倒在了床上，身体呈八字状。不知是疏忽还是倒下时用力过猛，赵正田裤子拉链龇开。王红雷与丹丹同时看到开口，丹丹脸唰地一下红了，急忙转过脸去。王红雷赶忙帮助赵正田拉上拉链。

要……要喝！赵正田嘴吧嗒着，上身试图往起抬。

我去倒水！丹丹转身去找水瓶，掂了掂。

没有水呀？王红雷瞅着丹丹问。

没有！我回去拿！丹丹旋风般地出了门。

趁丹丹离去，王红雷赶紧帮助赵正田脱裤子。赵正田身体重，屁股压住了床单，王红雷没办法，只好拽他裤脚，一拽带动了赵正田身体往下滑。王红雷拽得满头大汗，正在这时，丹丹拎着铁壳水瓶急匆匆地走了进来。

快来给我帮忙！王红雷着急地喊。

丹丹望着王红雷，犹豫了一下。

快啊！王红雷喊。

丹丹赶忙上前。

你拽他裤脚！我来给他脱！王红雷托起赵正田身体，丹丹抓住赵正田裤脚用力往下拽，一声响，将赵正田裤子褪下。

赵正田只穿着裤衩。

丹丹脸本就是红着的，现在赵正田的身体几乎赤裸着在她眼前，她脸上的红色瞬间加深加浓，血色仿佛要从皮肤里溢出来。她急忙背过身去，感觉脸如搽了红辣椒似的火辣，心快要从嗓子眼里跳出来。

王红雷累得满头大汗，他没有留意丹丹面部的变化，将赵正田身体塞到被子里。赵正田嚷着水，水。王红雷扶起了赵正田。丹丹将嘴巴凑到杯口，试了试水温，然后放心地递给王红雷。

赵正田喝完水躺下后，王红雷瞟了一眼丹丹，说，我回去了，你照应下他。

丹丹扑闪着长睫毛目送王红雷出门。

一晃姚玲玲离开有个把星期了，王红雷突然想念起了姚玲玲，他准备回学校就给姚玲玲写信，把自己对她的思念告诉她。

呜……哇，丹丹望着眼睛闭着的赵正田，准备离去，赵正田头猛地移向床沿。先前在县城已经吐了不少，心里舒服了些，现在胃里酒液发作，又要呕吐。丹丹见赵正田难受，拍着赵正田后背。

赵正田呜哇了一阵，没有呕吐出来，显得更加地难受。丹丹停止了拍背，手搭在床沿上，低下头望着痛苦的赵正田。赵正田猛地拉住了丹丹的手，抬头深情地望着丹丹，喊了声，桃子！丹丹抽手，赵正田死死地抓着不放，丹丹没有想到，赵正田还有更进一步的动作，只见他身子抬起，将丹丹用力一拽，丹丹到了赵正田怀里。

赵正田抱着丹丹，嘴里桃桃……桃桃地喃喃着。

丹丹在赵正田的怀里挣扎着，越挣扎，赵正田抱得越紧。用力过猛，赵正田扯动了自己的胃部，他赶紧松了手，对着床沿又呜哇了起来。

丹丹头发被赵正田弄得散乱，满面娇羞，她趁赵正田松手赶忙拿来脚盆放在床沿。呜哇，赵正田呕吐了起来。

之后头几天，丹丹见到赵正田羞红着个脸，隔了段时间，她见到赵正田时目光火辣起来。傻子都知道，何况高学历的赵正田？他从丹丹火辣的眼神里窥出少女对自己强烈的爱恋。

这时他脑子里闪现出另一双羞答答的眼睛。

那双眼睛细得像一条小溪，清澈透明，里面仿佛有无数颗微小的珍珠。那双眼睛看自己的时候，总是眼角点一下，然后迅速地移开。

这个女孩与赵正田打小一起长大，性格出奇地温顺，初中毕业没有考取高中，心里却一直装着赵正田。

这女孩叫梅子。她是梅雨季节出生的。听说她母亲也是梅雨季节死的，死的时候她只有五岁。赵正田的父亲与梅子的父亲关系铁，他们无论做什么农活都在一起，喝酒自然也在一起。

八岁时梅子就会烧饭，还会炒黄豆。梅子炒的黄豆有看相，表皮皱皱的，像波浪，嚼起来有劲道又嚼得动。赵正田喜欢吃梅子炒的黄豆，他觉得梅子炒的黄豆比母亲炒的好吃，母亲炒的要么太硬，嚼不动，要么太软，嚼着没味。父亲到梅子家喝酒，赵正田也去，可以与梅子在一起，可以吃到梅子炒的黄豆。

两个大人就着炒黄豆喝酒，边喝酒边扯着农活，喝到舌头僵硬头摇摆时，梅子父亲喊，梅……梅子，给你叔盛饭去！

好嘞！梅子响亮亮地答。

赵正田父亲喝多了头歪向梅子父亲，说，把……把你家梅子给我家正……正田可……可行？

梅子父亲把赵正田父亲头扶正，说，孩……孩子还小！

长……长大了要……要娶亲，不如现……现在就定……定亲。赵正田父亲头又歪过来。

你……你家正田可……可看得上我家梅子哦？梅子父亲又将赵正田父亲头正了下。

这……这小子肯……肯定看得上，你看……看他眼睛。赵正田父亲指向儿子，只见赵正田眼睛痴痴地望着灶屋方向。小……小子乐……乐意呢！赵正田父亲哈哈地笑着。

乐……乐意就……就行！梅子父亲也哈哈地笑着。

那就……就这么说……说定了，把……把你家梅子给……给我家正田！赵正田父亲举起了酒盅子，梅子父亲也举起了酒盅子。

把你家梅子给我家正田！梅子端饭出来，听见大人在谈自己，脸红到耳朵根。

大学毕业，赵正田得意扬扬地把刘桃带回家。刘桃高挑的身材，飘逸的长裙，还有洒脱的气质，征服了村里所有的人。啧啧！大美人！村庄里人咂嘴。赵正田听了心里美滋滋的。赵家人听了心里也美。

走，我们看河去！赵正田对刘桃说。

这里有河呀？刘桃有些不相信。

有啊！有河哩！河还通长江哩！

真的通长江啊！刘桃惊喜。

真的！赵正田显得很自豪。

赵正田把刘桃带上河埂，河并不宽阔，不过河水很清澈，在岸上能看到水中的鲹子鱼。河边有两头黄牛在吃草，听到说话声音，抬起了头，好奇地打量着刘桃。

你看！你看！好美哦！刘桃手指向河岸一个地方。赵正田顺着刘桃指向望过去，只见一个少女提起一床被面，用力向河中抛去。被面散开，宛如仙女散开的裙摆，漂亮！

刘桃的声音惊扰了那位少女，少女抬起头。

梅子！赵正田叫了一声。梅子见是赵正田，有些惊喜，见他身边站着位气质不凡的女孩，神色有些慌乱，手一松，被面漂离了河岸。

被面漂了！刘桃喊。梅子急忙用棒槌划，划了几下没有效果，只好脱鞋下到水里。

梅子看赵正田的惊喜表情被刘桃收入眼里，她觉得梅子与赵正田关系有点不寻常，问赵正田，你们？

赵正田见刘桃怀疑他们关系，急忙解释，哦，我们从小一起长大。

你们俩青梅竹马吧！刘桃瞅着赵正田的脸，看他是否说谎。

一起长大的就是青梅竹马呀？赵正田极力辩解。

我看出来了，她对你有意思。刘桃醋意上来了。

哪里哟！哪里哟！赵正田想消除误解。

你看不出来呀，她动作有些慌乱，说明在意你。刘桃点出了关键地方。

赵正田很想看看河里，看看被面有没有捞到，看看梅子衣服有没有湿，他还想看看梅子的脸，许久没见到了，那张脸应该更好看了。然而顾忌刘桃，他不敢看。

那次带刘桃回家，刘桃给赵正田也给赵家人挣足了面子，国庆那次，赵正田还想带刘桃回家显摆一下，刘桃推说值班走不了。其实刘桃已经不愿意去了。

对于赵正田来说，在当时两个人闹别扭的情况下，即使刘桃去，脸绷着，像借米还稻一样，庄子里的人也会瞧出异样。

一封信到了郑平路手里，这封信很特殊，信封上没有写收信人名字，只写了"院长亲收"四个字。

字迹娟秀，显然是女性所写。写院长亲收，应该是不清楚郑平路的姓名。强调亲收，说明这封信不想让其他人看到。

郑平路很好奇。

国庆节前夕赵正田向郑平路请假，回家一趟。郑平路猜测他要到女朋友那里去，很通人情地准了他一个星期的假。

赵正田两天后就回来了。郑平路很吃惊，本想问，小赵，你怎么回来了？见赵正田脸色阴沉，下颌还有明显的抓痕，便将话吞回了喉咙。

赵正田一言不发，开了门，往床上一倒。眼泪扑簌簌地下来了。两个星期后，赵正田在门诊上班，没有病人，他走出来，准备到房间里去拿茶杯。赵医生好！邮递员骑着车子摇摇晃晃地过来，准备将报纸递给赵正田。

赵医生，我肚子疼，昨晚拉了七八次，麻烦你给看看。这时平房拐角处冒出一个四十多岁的汉子，捂着肚子，皱着眉头。

是吗？我来看看。赵正田边瞅着汉子，边往门诊室走。他头几天心情非常糟糕，这几天已经好转了不少。

赵正田走进门诊室时，郑平路从家里出来。

院长，报纸！邮递员将一叠报纸递到郑平路手里。郑平路翻了一下报纸，看里面是否夹了信，他有个习惯，拿到报纸首先看里面是否夹了什么，主要是看是否夹了卫生局或相关部门的文件与信函。不仅长青洲郑平路有这个习惯，很多单位的领导都有这个习惯。

如果不是冒出那个肚子疼的汉子，收这封信的人肯定是赵正田。可是世间的事情就那么凑巧，恰在赵正田要收到那封信的时候，横空冒出了个病人。

突　围

　　郑平路意识到这封信不平常，瞄了瞄窗外，见没有人，小心翼翼地撕开了信封头。

　　　　院长好，很冒昧地给你写这封信，是因为你院医生赵正田是个丧心病狂的人……

　　信开门见山，剑指赵正田，这样的语气让郑平路很吃惊。在郑平路心目中，赵正田医生虽然话不多，可是他对人彬彬有礼，对患者态度很好，"丧心病狂"这样的词怎么能安到他头上？

　　接着往下读，郑平路才明白事情的原委。

　　国庆节后两个星期，赵正田在事先没有写信告知的情况下就来到刘桃那里，刘桃对赵正田非常地冷淡，赵正田情绪低落到了极点。晚上赵正田提出看电影，刘桃有些勉强，在赵正田的再三恳求下，刘桃答应与他一起去看电影。电影院在街中部，刘桃就像明星，出现的时候很多人与她打招呼，刘桃微笑着一一回应，赵正田这时倒没觉得有什么。

　　刘桃！你……一个长相极俊朗的小伙子与刘桃打招呼。

　　嗯！刘桃喉咙动了一下。小伙子正准备往下说的时候，瞅见了边上的赵正田，急忙将话止住。这个小伙子就是上次被赵正田称为"老儿"的家伙。赵正田见到"老儿"，脸迅速变得铁青。刘桃不满地瞟了赵正田一眼。

　　电影院里，两个人眼睛看着屏幕，各自想着各自的心事。散场后刘桃要送赵正田到旅社去，赵正田说，不急，我先到你房间坐会儿。

　　刘桃不高兴，嘟着嘴，现在几点了，还去坐？

　　赵正田恳求，我就是想到你那儿坐一会儿，只坐一小会儿。

　　刘桃生气，语气有些饿，有什么好坐的？

　　你怎么这么说话呢？赵正田非常地不高兴。

　　见赵正田生气，刘桃缓和了语气，说，你要去坐就坐，不过一会儿就得走！语气容不得商量。

　　可是到了刘桃房间，赵正田不管三七二十一，往床上一躺。

　　刘桃来了气，你不是说坐坐就好？

我累了，今天跑了这么多路。赵正田耍赖。

累了，也不能躺我床上呀？刘桃不满。

我怎么不能躺你床上？赵正田倔劲上来。

你就不能躺我床上！刘桃也有个性。

我还就躺你床上了！赵正田像喝了酒一样，有些丧失理智。

我就不要你躺我床上！刘桃伸手搡赵正田。赵正田一把将刘桃按在了床上，一只手按住刘桃挥舞着的手，一只手伸向了刘桃的胸部。

刘桃胸部剧烈地起伏，这更引诱了赵正田，他拽扯起刘桃的上衣。

刘桃手伸向了赵正田下颌……

五四青年节快到了，乡团委准备办一场团员青年联欢活动。在乡直单位中，学校青年人最多，学校节目准备得如何，决定着乡团委举办的联欢活动的成功程度。

文件下到了学校，叶逸铭让团支部书记周旭海组织青年教师准备节目。周旭海比王红雷早到长青洲五年，个子比王红雷高两厘米，教学水平在年轻人中算出色的，爱好文艺，吹拉弹唱样样都行。周旭海积极性很高，马上召集王红雷与李雁等六个青年教师商议，说，我们学校节目一定要出彩，要超过所有单位。

王红雷情绪很激动，自告奋勇报节目：我朗诵一首我写的诗，诗名叫《依恋》。

周旭海赞说，这个节目深情，好！

李雁见王红雷报了，不甘落后，抢着说，我跳舞，跳单人舞。

周旭海接上说，单人舞好，不过要出彩，还是跳双人舞。周旭海说到跳双人舞，李雁不吭声了。

王红雷不知情，搭话，跳双人舞好啊！我会跳！他与姚玲玲在师范时常跳双人舞。

李雁见王红雷如此说，赶紧搭话，那我们跳！

周旭海瞥了王红雷一眼说，那好，你们两个跳双人舞。

王红雷不清楚，周旭海想与李雁跳，王红雷双人舞跳得不错，周旭海双人舞跳得更不错。还有一件事王红雷也不清楚，那就是周旭海曾经追求过李雁，不过追求的时机迟了，李雁已经有了对象，可是周旭海不死心，他这人观念新，认为自己有魅力，只要你没有结婚，我都有权利追求。

他追李雁分三部曲进行。舞跳得好，不便展示，于是他吹笛子，拉胡琴，每天中午或傍晚吹拉。调子婉转优美，听了的人都感觉周旭海有才气。李雁对周旭海的才艺流露出欣赏的神情，周旭海有心，捕捉到了李雁的表情，于是洋洋洒洒地写了十页纸的信夹在一本书里递给了李雁。

他本以为李雁会退信的，谁知道李雁没有退信，周旭海大喜过望，觉得有门，便开始了下一步的行动。李雁几乎每周末都到江北县城去，可有一个周末却去了江南。

缘由是这样的。

周旭海指着南边问李雁，江南这么近，你可去过？

李雁说，还真没有去过。

没去过太可惜了！周旭海有些夸张地嗟叹。

近是近，隔了江怎么过去？李雁眨着眼问。

周末我们划船过去，可去？周旭海试探李雁，观察她的反应。

你会划船呀？李雁很好奇。

会划呀，我家就在水边，从小就划船。周旭海做了个划船的手势。

你会划船，可哪里有船呀？

借呗！向学生家长借，肯定能借到。周旭海信心满满地答。

第二天他带着李雁过了江。其实船不是他划过去的，是一个学生家长划过去的，学生家长不放心，亲自把他们送了过去。

周末李雁没有回县城，男朋友不放心，清晨就赶到长青洲来了。李雁房间门锁着，男朋友撬开了锁，在抽屉里一阵翻找，看到了周旭海写给李雁的求爱信。男朋友脾气暴，飞起一脚踢向了门，哐当一声响，门板散了。

周旭海带着李雁回到长青洲学校，李雁男朋友黑着脸一拳头砸向了周旭海的面门，血从周旭海鼻腔里喷了出来，向前喷了大约有十五厘米。

之后，李雁尽量与周旭海保持距离。

下午放学后，李雁就开始练习，她把课桌移到旁边，挪出地方，先独自跳起来。王红雷站在一边看李雁跳。只见穿着白底红花长裙的李雁，旋转起来，裙摆散开，就像一朵盛开的喇叭花。

舞猛地停住，李雁瞅着呆傻了的王红雷，很是得意。王红雷意识到自己失态，急忙转过脸去。

来！我们练练！李雁对王红雷招手。走近李雁，王红雷有些兴奋，又有些紧张。兴奋是因为跳双人舞能与李雁贴得近，紧张是因为李雁在他眼里性感，胸部高高地耸起，瞄一眼，再不好意思瞄第二眼。李雁在穿衣方面大胆，怎么性感怎么穿，无任何的顾忌，不像学校其他女教师，有意用宽松的衣服遮掩自己的身材。

本来应该是王红雷握住李雁手的，王红雷有些畏缩。

来！李雁主动握住了王红雷的手。王红雷身体猛地一颤，不由得松开了手。你这不行！李雁不满意地嘟哝。怕李雁有意见，王红雷握住了李雁的手。李雁身体的气息如浪头般涌向了王红雷，王红雷呼吸变得急促。

与姚玲玲跳双人舞，跳时身体也紧贴在一起，姚玲玲的气息是一种清香的气息，像兰花的味道，淡雅，而李雁的气息不同，像盛开的米兰，浓烈。

两种气息都有它好闻之处，若干年后，生活条件好了，王红雷同时养起了兰花与米兰。

住隔了壁子的同一间大屋，以前李雁晚上矜持，从不与王红雷空中交流。自打跳上双人舞后，夜晚李雁主动与王红雷通过上空通话。

联欢活动于青年节那晚准时在乡礼堂举行。王红雷没有直接去，他先来到卫生院，想看看赵正田。

赵正田今天满面红光，穿了一套崭新的西服。哟！我们的赵医生今天整得就像新郎官一样。王红雷见面就开起了玩笑。

还说我是新郎官，你看看你，还系着领带，就像去相亲。赵正田心情大好，也开起了王红雷的玩笑。王红雷身着西服，打着红色的领带，人显得特别精神。

时间是治愈心灵创伤最好的良药，赵正田与刘桃分手后，情绪消沉。父亲知道情况后，带信让儿子回家。

不知谁说过，故乡是疗伤最好的地方。

父亲与儿子恳谈，大意是，既然那个叫刘桃的女孩子看不上你，你还

突 围

是现实一点，找一个本乡本土靠得住的女孩子，也好照顾家。父亲的意思赵正田明白，是让他娶梅子。赵正田向父亲交心，我好不容易考出来了，不到万不得已，我还不想娶农村姑娘。父亲苦着脸说，儿子，你想找一个有工作的对象，老子清楚，可是有工作的看不上你呀。赵正田脸色本来就晦暗，听了父亲的话，脸色比先前更加晦暗。父亲见儿子不快活，唉了一声，不再说话。

回到长青洲，赵正田情绪变好起来。这与丹丹有关系。美丽如孔雀的丹丹只要有空就往他房间钻，家里有好吃的，也千方百计往他房间里搬，漂亮温情的少女对他如此好，心情不好才怪。

正田，你今天表演什么节目？

你猜！赵正田笑着反问。

跳舞！王红雷逗赵正田，他清楚赵正田个性，是不会跳舞的。赵正田果然摇了摇头。那拉二胡？赵正田又摇了摇头。这也不是那也不是，那你到底表演什么？王红雷急于知道。

唱歌！赵正田答得倒很利索。

你唱歌？那你唱什么歌？

《不能这样活》，赵正田答得比刚才还利索。

你怎么想到唱这首歌呀？太沉重了！王红雷认为这样喜庆的日子，赵正田不该唱这样的歌。

不沉重呀！

东边有山
西边有河
……

博大呀，开阔呀！赵正田顺势扩了一下胸。

生活就像爬大山
生活就像蹚大河

……

这对于我们年轻人来说难道还不沉重？王红雷拎出其中的这句歌词反问。

呵呵，你不能把歌词与生活等同起来，相反这首歌不仅不沉重，而且味道十足，十分生活化。赵正田对于自己选的这首歌极其自信。

你觉得这首歌好，那就好！王红雷想到赵正田去年在爱情方面受过挫折，心里难受，借此抒发一下情感也不错，正好把心中的郁闷驱逐掉。

你表演什么节目？赵正田问。

跳双人舞！王红雷自豪地答。

与那个李雁老师跳吧！

你猜对了！王红雷呵呵地笑。

赵正田今天心情很好。自打上长青洲，他很少有今天的好心情，可以看出来，他已经从与刘桃的感情纠葛中解脱出来了。

那次郑平路收到刘桃寄来的信，信中控诉了赵正田在她那儿的无礼举动，虽然话说得不是太直白，但可以意会到。此外，刘桃还拜托郑平路做赵正田的工作，说两人的感情已经结束，拜托院长劝赵正田再也不要到她那里去烦扰了。

郑平路看了信，思忖找赵正田谈还是不谈。谈吧，赵正田肯定难堪；不谈吧，赵正田是本单位职工，人家拜托自己，作为院长有责任。如何谈呢？郑平路把脑袋想疼了，都没有想出好办法，于是把信放在抽屉的一本书里。

第二天中午，赵正田怒气冲冲地向郑平路请假，他说，院长，我下午到县城去一趟！郑平路心想，坏了，赵正田又要到刘桃那儿去了。

你到县城去？不会……郑平路不放心地问。

到县城去！傍晚就回来。赵正田确定地答。

那你去吧！早点回来。郑平路嘱咐。

傍晚的时候赵正田回到了卫生院，面部表情比起中午来时平稳了许多。他到县城去做什么，郑平路后来才知道，寄信去了。

突 围

赵正田看到了刘桃寄来的信。

如果没有看到信，赵正田还抱着一丝希望，或许刘桃能原谅自己。可是看到了刘桃寄过来的信，赵正田明白自己与她再没有和好的可能。自己是知识分子，知识分子是有气节的，刘桃既然把话说到这个份上，再去除了受辱，没有任何意义，于是他决定不再去。可气还是要出的，他把愤懑全都倾泻在纸上，他也寄一封信给那边的院长，诉说刘桃是如何见异思迁的。

他感到这么做很快慰。

赵正田是如何见到那封信的呢？

原来那天傍晚丹丹回家，找剪子，拉开抽屉，信的一角在书外面。她好奇，一看信内容，既开心又有些同情赵正田。她灵机一动，我何不把这封信悄悄塞进赵医生的屋里，让他彻底死了爱女朋友的心？

赵正田回屋拾到信，愤怒得像头公牛，抡起拳头在空中挥舞……

丹丹与一群少女进场吸爆了众人的眼球，她们身着湖蓝色的碎花衣裳，像电视里的山乡采茶姑娘。丹丹眼睛四下睃，睃到赵正田，甜甜地一笑。

黑牡丹对你笑哩！王红雷用胳膊肘碰了赵正田一下。

什么黑牡丹！是丹丹！丹丹！赵正田纠正王红雷的叫法。

呵呵，看样子，你对人家有好感了哈。王红雷打趣。

什么叫有好感？你不能那样讥讽人家。赵正田不满。

好了！不叫黑牡丹！叫丹丹！这总行了吧！

这还差不多。赵正田满意地笑了。

丹丹她们的集体舞蹈拉开了联欢会的序幕。

丹丹长相出众，自然是领舞。

长青洲土生土长的女孩子，虽然文化程度都不高，可她们爱美，爱动，在文娱方面有着独特的天分。丹丹舞蹈时，睫毛不时地上扬，眼睛像是在放电。清纯与野性，王红雷心里评价。

王红雷、李雁走上台，台下一阵"哇"声，众人目光都集中到李雁身上。李雁穿了件红色连衣裙，裙子在灯光下闪闪发亮，她面部本来就绯红，在红色连衣裙的映衬下，显得更加妩媚。李雁眼睛朝王红雷眨了眨，示意他握住自己的手，王红雷领会。音乐响起，王红雷与李雁翩翩起舞，不断地做着旋转的动作。观众分类型：男观众眼球凸出，盯着李雁的脸与裙子看；女观众含蓄，眼睛瞅着王红雷一眨不眨。

舞蹈结束，李雁做了一个优雅的谢幕动作，将裙子拎起，鞠躬。

台下响起了热烈的掌声。

下一个节目，男声独唱，表演者赵正田！台上报幕。

赵正田迈着阔步走上台。观众几乎都认识赵正田，试想长青洲卫生院的医生，谁不认识呢？赵正田到长青洲大半年了，很多人都找赵医生看过病，即使没有找过，长青洲就那么大，也认识。在长青洲人眼中，王红雷老师活跃些，赵正田医生严肃些。

英国的培因和法国的李波特根据理智、情绪、意志三种心理机能在人的性格中所占优势不同，将人的性格分为理智型、情绪型、意志型。情绪型的人能够唤起人的热情：理智型的人别人一看冰冷，自然难出现热烈的表情。对照一下，赵正田属于理智型。他站在台上，大家都好奇地打量着他，看他下面如何唱。在大家的思维观念中，认为他唱得一定淡然寡味。

然而大家看法全都错了。赵正田出奇制胜。

音乐声响起。"东边有山，西边有河……"赵正田亮开嗓子唱了起来。他忽而低回婉转，忽而高亢激扬，把观众情绪全都带动了起来。"究竟是先有山还是先有河，究竟你这挂老车走的是哪道辙……"在场的人都摇头晃脑跟着唱和起来。

"再也不能这样活，再也不能那样过……"赵正田嗓音突然变大起来，青年们受到感染，情绪也跟着热烈起来。

好！好！场下叫喊声不断。演唱结束，响起雷鸣般的掌声。有一个少女眼里还闪着泪光，这个少女就是丹丹。平时寡言少语的赵正田在丹丹眼里就是个有味道的男人，现在赵正田的歌唱得又是这样醇厚有味道，丹丹愈发地爱赵正田了。

三

王红雷下了课快乐地往办公室里走，他去看新来的《青年报》，在学校订的几份报纸中，他最喜欢看《青年报》了。一来《青年报》适合年轻人口味；二来上面副刊上的诗对他的口味。

教师孙恒在办公室里面，他瘦高个子，两只眼珠子滴溜溜地转。他学历低，早年在学校是工友，学校缺教师，被拉上了教师岗位。他喜欢搞歪门邪道，学校老师都知道。

一见王红雷进来，孙恒慌张了一下，脸涨得通红。王红雷觉得他反常。孙恒躲避王红雷目光，装作若无其事地出了门。办公室里面没有了人，王红雷见新来的报纸放在桌子上，还没有上报架，他就翻阅起来。一封信露了出来，他注意到信被拆了头。谁的信？怎么被拆了？信怎么被随便拆了？他心里嘀咕。

拿起信一看，是自己的，笔迹是姚玲玲的，信是姚玲玲寄来的。

姚玲玲寄来了信，要不是信被拆开，王红雷会欣喜异常。日日思君不见君，姚玲玲来信了，说明心上人在爱着他，在思念着他，他怎么能不高兴？

信被拆了，与姚玲玲的隐私被别人知道了，王红雷心里感到巨大的不快。怎么能随便拆别人的信？！王红雷憎恶地皱起了眉头。要是在村里，信被拆了，还能理解，村民素质本来就不高；可是在学校，在单位上，彼此都是有文化的人，都知晓对别人的隐私权利要尊重，还把别人的信拆了，就不能理解，不能原谅了！

他有些恼怒地朝门外望了望，门外空荡荡的，没有了孙恒的影子。多半是孙恒这家伙拆的，怪不得他刚才见到自己极不自在！王红雷想起了刚才的情形。

这家伙怎么这样不道德？！王红雷生闷气，也只能生闷气，又没有当面捉到，你能去找孙恒？如果找，反会被孙恒倒打一耙。

孙恒有前科，王红雷见到过孙恒拆其他教师的信。一次他到办公室去看《青年报》，进门刚好看到孙恒在拆信。孙恒拆信很有技巧，有的信封头处糨糊少了，一干，封头就松了，拿到信，把封头一弯，就龇开了。

孙恒见王红雷进来，急忙将信往报纸里一塞。王红雷见他出去，翻开报纸，见信露了一截在外面——孙恒慌乱所致。王红雷单纯，继续翻报纸，还打开《青年报》看了副刊上的几首诗。其间进来过几个教师，进来就出去了。第二天，被拆信的教师嚷，我的信被谁拆了，谁这么缺德？！大家伙排查，谁，谁进过办公室，那几个教师都见证王红雷进过办公室，王红雷有嘴说不清。

是姚玲玲来的信，王红雷在短暂的不快后急迫地打开信，一看，就像一串响雷擂在了头上，他眼前一黑，身体有些摇晃。他立定身体，抹了一把眼睛，又将信从头到尾看了一遍，身体像打摆子似的剧烈摇晃起来。

怎么搞的？姚玲玲信里说了什么不好的话？

大脑一片空白，王红雷忘记把信揣进腰里，他手拿着信，跌跌撞撞地回到房间，然后哗的一声将门关上。

王红雷是个很文气的人，以往动作都轻轻的。咦！王老师今天怎么了？关门的声音这么大，有些反常，引起了隔壁房间李雁的惊诧，李雁抬起头，望了望上空的屋顶，收回了目光。

　　幸福的花儿心中开放
　　爱情的歌儿随风飘荡
　　我们的心儿飞向远方
　　憧憬那美好的革命理想

突 围

啊

亲爱的人啊携手前进

携手前进

我们的生活充满阳光

充满阳光

并蒂的花儿竞相开放

比翼的鸟儿展翅飞翔

迎着那长征路上战斗的风雨

为祖国贡献出青春和力量

啊

亲爱的人啊携手前进

携手前进

我们的生活充满阳光

啊

亲爱的人啊携手前进

携手前进

我们的生活充满阳光

国庆节前，姚玲玲来过一封信，一开头就是：红雷，我想你！你不知道我有多想你！我巴不得变成小鸟飞到长青洲上去！王红雷当时读到这样的语句，兴奋至极，他快乐地跑到江埂上，对着姚玲玲的方向张开手臂，然后尽情地唱起电影《甜蜜的事业》主题歌《我们的生活充满阳光》。

在王红雷的想象中，两个人都从事共同的事业——教育，两个人的情感甜如蜜，两个人的未来自然是"我们的生活充满阳光"。

犹如夏日的中午，烈日高悬天空，片刻之间就乌云滚滚，暴雨倾盆。这回姚玲玲信一开头就简洁明了：红雷同学，我们分手吧！"红雷同学"比"红雷"疏远了十万八千里，"分手吧"三个字更绝情，路到尽头了。

姚玲玲接着在信中解释了分手的原因，她父母认为王红雷在长青洲，不容易调出来，而两个人过日子是实际得不能再实际的事，就这么两地扯着不适合，还是分手为好。

对待两个人的事，姚玲玲怎么能这样绝情？王红雷一时接受不了。可王红雷心里是清楚的，姚玲玲不是个有主见的女孩，而且他多次听姚玲玲说，她多么地听父母的话。既然这样，王红雷想，回信求她回心转意，或者过江去找姚玲玲都无济于事。一切，一切，都无可挽回，他们的爱情随江水淌了。

他脑子要炸了，倒在床上，过去与姚玲玲在一起的甜蜜，如碎片在脑海中闪过。在师范相爱时，他们有次晚上看电影《甜蜜的事业》，镜头里女主角快乐地跑，男主角跨着大步子快乐地追，两个人是多么地甜蜜。黑暗中姚玲玲对着他妩媚地笑了一下，他开心极了，一把捏住姚玲玲的手，姚玲玲头顺势往他头边靠了靠，他的心快乐地跳着，他相信姚玲玲的心也在快乐地跳着。

开始是睡不着，极度疲劳了，接着昏睡。一整天过去，叶逸铭不清楚怎么回事，敲门喊，王老师！王老师！开门！开门！你怎么有课不上？！无论如何敲，里面就是没有丝毫动静。

你可听到房间里声音？叶逸铭问李雁。

房间里好像没有声音。李雁皱着眉答。

那人在不在里面呢？叶逸铭问。

应该在里面。李雁答。

我到你房间喊喊！看他答应不答应。叶逸铭说，随即走进李雁房间，对着隔墙上空喊：王老师！王老师！喊了几声仍然没有丝毫声音。

这王老师到底怎么回事呢？叶逸铭问李雁。

我也不知道，好像听他们说，王老师拿了一封信回房间，然后就没有了动静了。李雁有些茫然地说。

可能失恋了！叶逸铭心里估摸。

一天后，王红雷打开了门，一股白花花的阳光刺向了他，眼睛受不了，他急忙虚弱地抬起手遮挡。

经受了感情的剧烈打击，王红雷面容枯槁，人瘦了不少。李雁望着王红雷，眼里露出柔和的光。她生活过得比一般教师有滋味，房间备有煤油炉子、铝锅，经常煮点面条，还煎几个鸡蛋吃。她见王红雷身体虚弱，打了三个糖水鸡蛋端到王红雷房间。

王老师，吃点！李雁语调深情地说。男儿有泪不轻弹，只是未到伤心处。王红雷望着滚热的鸡蛋，泪水禁不住滚落下来。

李雁急忙背过身子。

同样是女朋友变心，王红雷与赵正田两个人一时都接受不了，不同的是，赵正田采取了过激方式，不仅没有挽回爱情，而且造成了更大的裂痕，彼此伤害很大；而王红雷虽然是诗情的人，但他采取了默默承受的方式，姚玲玲即使嫁人了，爱，几十年仍在他心中。

时间是治愈伤口最好的良药。加上有赵正田这样的一个伴儿往来，几个月后，王红雷已经大致恢复先前的精神状态。他与赵正田逛县城，逛到了新华书店，赵正田眼尖，一眼就瞄到了一个戴眼镜、脸上有些微雀斑、长相清秀的年轻女营业员。

你看那女孩如何？赵正田歪嘴问。

好看！好看！不过脸上有些雀斑。王红雷说。

有雀斑好，性感。你追！赵正田开玩笑说。

我追？王红雷像是问赵正田，又像是问自己。

"反正是开心！"他假装着看玻璃橱里的书，眼角时不时地瞟向那营业员女孩。营业员女孩生性羞涩，可能上班时间也不太长，见王红雷在瞟自己，脸微微地红了。

看了一会儿书，王红雷与赵正田叽咕起来。过了一会儿，王红雷指着玻璃橱里一本窄窄的《唐诗三百首》对着女孩喊：我买这本书。营业员女孩迟疑了几秒走了过来。

喏！这本！王红雷再次指着《唐诗三百首》。女孩抽开玻璃橱，将《唐诗三百首》放在台面上。赵正田拿过书，王红雷按住赵正田手说，还没付钱哩！从腰里掏出五元钱递给女孩。女孩将找零递给王红雷。王红雷专注地看着女孩的脸，忘记了接钱，赵正田将钱接了过来。女孩又红了脸。

两个人翻着《唐诗三百首》，走出新华书店大门。不能就这么走了呀？

王红雷对赵正田说。不这么走还能怎么着，再回去买一本？赵正田疑惑地问。王红雷挠了挠头，说，有办法了。有什么办法？走！我们进去！王红雷边说边往书店里面走。赵正田站在原地不动。王红雷招招手。赵正田跟着他走进书店。

女孩见两个人又回来了，不知怎么回事，瞅着他们俩。新华书店里有三个女营业员。另外两个年纪比较大的女营业员见他们俩神色不对，目光全集中过来。王红雷径直走到女孩面前，看着女孩的脸，将五毛钱纸币递给女孩，说，喏，你多找了五毛钱！他说这话的时候，两个年纪大的女营业员、书店里的顾客以及赵正田目光嗖地全聚向了五毛钱。

女孩没有思想准备，脸瞬间羞红了，像红颜料染了一样。她有些犹疑，不知接好还是不接好。接吧，说明自己有过失，那要挨领导批评了；不接吧，顾客已经把钱递过来了。女孩子犹豫不决，一个年纪大些的女营业员走过来，瞟了一眼王红雷，将钱接了过来。

两个人走出了新华书店。

真多找了五毛钱呀？赵正田问。

你说呢？王红雷反问。

没有多找呀？那损失了五毛钱多可惜？

损失了五毛钱，多看了她一眼，值！王红雷自得。

走在回长青洲的路上，王红雷对赵正田说，正田，我打算追她。

你追她，怎么追？赵正田问。

写求爱信，递给她。王红雷显得很有办法。

你犯傻呀？怎么递给她？在书店里？她会收呀？不会收的！不白写了？赵正田提醒。

那怎么办？王红雷挠起了头。

听我们卫生院一个护士说，她表姐在新华书店里当会计，回头让她表姐帮帮忙。

这不有办法了！王红雷兴高采烈。

赵正田回到卫生院便把这事给忘记了。王红雷记着，过了几天他来到卫生院。还好，门诊室没有病人。

突 围

护士可问了？

哟！我忘了！

你看你这人！王红雷责怪。

你还真想让护士帮忙呀？赵正田没想到自己无意说的一句话竟让王红雷当了真，他很吃惊。

那当然！王红雷肯定地答。

那我让护士问问。

赵正田试探着问护士，听说你表姐在新华书店？

是呀，我表姐在新华书店当会计，怎么了？护士笑问。

赵正田笑而不语。

赵医生有什么事要找我表姐帮忙，一句话！护士见赵正田笑，也笑。

嘿嘿！嘿嘿！赵正田仍笑。

说呀？赵医生，有什么事吗？护士在催。

你可知道，新华书店里有一个脸上有点雀斑的年轻营业员？赵正田试探着问。

里面是有这么个女孩。怎么啦？不会是你看上她了吧，让我保媒？护士瞅着赵正田的脸。

不是我，是学校的王红雷王老师，赵正田澄清。

不知道她可谈了，我问问我表姐。护士说。

护士年纪并不大，只比赵正田大四岁，有一个三岁大的儿子。她丈夫是军人，退伍后安置在长青洲乡国土所，国土所就在乡政府左边。

王红雷期待着护士表姐说，女孩没谈。护士跑了一趟县城，回来后说，我问了我表姐，她说那女孩没谈，可是眼光高得很，人家给介绍了县政府干部，她都没有同意；介绍飞行员，她也没有同意；介绍教师，还有介绍……恐怕都不会同意。

护士话中的"都"字，赵正田理解为医生，护士用一个"都"字把赵正田可能的想法一起给打消了。

赵正田将话转给王红雷，王红雷艳阳高照的脸瞬间暗了下来。本来他没有当真，闹着玩，现在一听说女孩眼光如此之高，他开始认真了。一个小小的营业员，县政府干部与飞行员都不入她的眼，那小小的教师更不入她的眼了，看来当教师要想谈有工作的对象，难。

先前王红雷对谈恋爱的问题没有细考虑，一直是充满自信的，即使姚玲玲与他分手，他也只认为是距离远的原因。现在第二次受到打击，让他对教师这个行业，对自己有了新的认识。一向诗情的他第一次认真思考起婚姻问题来。他考虑要现实地对待婚姻问题，在长青洲上面谈对象。正是这种指导思想，使他在长青洲上成立了家庭，然后一待就是二十多个年头，把青春年华都奉献给了长青洲。

不大的门诊室里站着好几个病人，其中一个是曹大海。

一个六十岁左右的老头说牙齿出血，赵正田让他张开嘴巴，然后拿出一个水笔样的小手电筒。一股烟味在内的怪味从老头嘴里喷射出来，令赵正田作呕，脸偏了一下，然后又偏过来，将手电筒打开，光柱投向老头牙床。

牙床像黑色的皮带轮子。

你可清楚哪个地方出血？赵正田边照边问。

具体哪里我也不清楚，大概是这个地方，老头枯黄的手指伸向左边牙床。

好！你把手放下！赵正田将手电筒光柱对准老头指向的牙床。

医生，是不是上火了？老头怯怯地问。赵正田没有回答，刷刷地开起了处方。你去拿药！赵正田手指向门口方向弹了下。

曹大海坐到了赵正田面前的凳子上。

那晚上多亏你了！赵正田笑着对曹大海说。

没什么，顺便。

什么问题？赵正田温和地问。

曹大海指了指右腿上部说，我这酸痛。

你把裤脚挽起来。赵正田提示。

曹大海穿了条纱裤，挽了几次裤脚没有成功，他看了看周边，见只有一个老奶奶，便脱起了裤子。

老头拿来了药，白色长方形的药袋上方写有"长青洲卫生院"字样。

突 田

赵正田在药袋上快速地写着，口里交代着吃法。

老头往外走了两步，赵正田叫住，说，平时多用盐水漱口，要少抽烟。

嗯！老头答应。

以前王红雷到卫生院来玩，赵正田忙的话，他就站在边上看赵正田如何看病。有时病人问病因，赵正田含糊回答或不回答，王红雷就觉得赵正田对病人不够热情。他到医院看病，总想多问医生几句，希望医生详细讲解病因，可是大部分医生，与赵正田没有什么不同。

王红雷问过赵正田，你们医生为什么不回答病人提出的问题。赵正田告诉他，有些病因不是一两句话能说得清的；还有，边上还有其他病人在等着，一个个解释耽误时间。王红雷理解了赵正田，也理解了所有医生。

曹大海褪好了裤子，赵正田询问具体在什么地方，曹大海指着右大腿中部并按了下说，就这个地方。

赵正田按了按曹大海大腿中部，问，你可做过什么重体力活？

曹大海说，我十七八岁时挑过一百七八十斤重的芦柴，摔倒过。

赵正田淡淡地说，可能是肌肉拉伤。

不是风湿呀？我还以为风湿哩！我捕鱼，怕患了风湿。曹大海开始时皱着眉头，现在脸舒展了。

你捕鱼？赵正田感兴趣地问。

早晚捕，捕些小鳜鱼、小鲫鱼，不过也捕到过胖头鱼。

能捕到鳜鱼？赵正田惊讶，鳜鱼是名贵的鱼，听说过，没有吃过。

能捕到，一般二三两，偶尔也能捕到一斤的。说到能捕到一斤的鳜鱼，曹大海话语变得神气。

你这个毛病呀，用针灸效果比较好。你了解针灸吗？赵正田瞅着曹大海的脸问。

针灸是否就是扎针？曹大海似乎了解一点地问。

是！见边上还有一个老奶奶，赵正田问曹大海，你中午忙不忙？

曹大海不假思索地答，中午不忙。

不忙的话你中午到我这来，我给你针灸看看。

赵医生你会扎针？曹大海好奇地问。

会！赵正田解释：我在中医学院学过这个。

怪不得！曹大海放心了。

扎针能扎好？曹大海希望能扎好，但还是有些不相信。

应该！赵正田蛮有把握地答。

王红雷追求县城新华书店营业员女孩的事很快在学校传开了，教师们笑他是活宝贝，竟然为了多看一眼中意的女孩，白白送掉了五毛钱。不仅如此，他还败坏了人家名誉。据护士转述，新华书店经理批评了女孩，说她工作马虎。

教师们笑他，他认为是善意，可是听别人转述，孙恒在背后讥笑他，说他癞蛤蟆想吃天鹅肉，也不照照镜子，他就有点生气了：这孙恒身为教师，品德怎么这么败坏？

丹丹长得不错，父亲又是卫生院院长，在长青洲上工作体面，王红雷将目标重新设定为丹丹。追求之前，他想了解好友赵正田对丹丹的想法，如果赵正田对丹丹有意，他就放弃。

赵正田犹豫了下，说，我对她没有想法。

王红雷说，那我追求了啊！

赵正田表情漠然。其实赵正田心里是矛盾的，他对丹丹有好感。

在长青洲，夜晚生活枯燥，在食堂吃过晚饭，李雁来到王红雷房间。她见王红雷在信纸上写东西，好奇地问，你在写什么？

王红雷将信纸塞进抽屉里。

李雁笑，在写情书吧？不会是写给新华书店那个小姑娘的吧？

不是！不是！王红雷摆着手。虽然护士表姐说新华书店那个小女孩眼光高，可王红雷就是觉得那小女孩脸上雀斑长得好看，之后又去看过好几次。

不是那小姑娘，就是郑院长家千金了！李雁语气显得很肯定。

王红雷笑而不答。

那就是了！我给你说说看！

你认识她？王红雷好奇地问。

认识啊！

突 围

你怎么认识的？王红雷好奇。

我在她家住过哩！

你在她家住过？她家不在卫生院吗？你在卫生院住过？王红雷连珠炮似的问。

太阳从树缝中漏下来，在黑板与李雁老师的脸上点了一个个不规则的光斑。无树的地段，九月初的阳光照射下来，无论是老师还是学生一个个热得汗珠直滚。反光得厉害，黑板上的字很难看得清。

李雁刚到长青洲时见到的长江与王红雷迥然不同，王红雷眼里江水泛青，李雁眼里江水浑浊得像泥浆。这年是大水之年，据长青洲百姓讲述，已经二十二年没有发大水了，没想到一发大水，水位出奇地高，高峰时水漫堤埂。

穿着把上胸勒成圆弧状的绿色褂子与紧绷牛仔裤的李雁，站在长江北岸望着咆哮浑浊的江水发愣。她想到长青洲这个"孤岛"上工作，等同犯人被囚禁。

你是分配到洲上工作的吧？边上不知什么时候站了一位鹅蛋形脸黑色肌肤的少女，长长的睫毛扑闪扑闪。这美少女就是丹丹。

嗯！李雁点头。

到哪个单位？

到长青洲学校。

那好！学校就在我家边上。

在你家边上？李雁疑惑地问。

是呀，在我家边上。丹丹兴奋地答。

学校本来在洲里面，发大水，洲内漫进了水，到现在还没有排净，马上要开学，就把学校临时建在了我家边上的堤埂上。丹丹边说边指着学校的方位。李雁顺着丹丹所指的方向望去，学校大致位于长青洲北岸的中部地带。

学校在埂上？李雁疑惑地望着丹丹，意思是在埂上如何上课。

搭了帐篷，一个年级一个帐篷。

一个年级一个帐篷，学生能装得下？李雁有些不相信。

哦，不是在帐篷里上课，是放学时把课桌放在里面，上课的时候，把课桌搬到外面，在外面上课。丹丹解释。

哦。李雁眉头皱得更深，她想，我怎么被分到这样一所学校？当初要问清楚情况就好了。丹丹见李雁不吭声，也不好再说什么。

李雁被校长安排住在丹丹家。丹丹家砖瓦屋，坐北朝南，三间正屋，中间是厅，两侧屋各隔成两间，四个房间均从厅里出入。丹丹住左后间，李雁与丹丹住同一个房间。厅后面搭了间披屋，为厨房，很干净。厨房有两个门，一个门与厅相通，一个门朝外，通大堤。

丹丹父亲当上院长前，一家人都住在堤上的房子里，当上院长后，先是夫妻二人住进了卫生院，接着女儿丹丹也住进了卫生院。卫生院便成了丹丹临时的家。

洲里还有水，丹丹在珍珠场无事可做，便在堤埂上看李雁上课。目光移到了李雁像弓张着的胸部，看着看着丹丹目光变得灼热起来，不好意思地偏过了脸。

丹丹穿着一件薄的碎花褂子，胸部隆起并不是十分地明显。

晚上两个人躺在床上的时候，李雁玩笑着对丹丹说，我今天注意到了你，你在看我胸部。

偷窥被人家发现，而且还被人家说出来，丹丹脸红了，急忙否认，没有的！没有的！

别不承认哈！看就看了，我又不是男的。李雁笑。

李雁姐，你真好看！丹丹说出了心里话。

你模子多好看呀，要是穿紧绷点更好看。李雁做了一下手势。

不敢那么穿。丹丹伸了伸舌头。

星期天，我陪你到县城买衣服去，保准你穿了把小伙子们都迷住。

李雁姐你可别这么说。丹丹用手捂住脸。

哈哈！李雁又笑。

两个女孩子睡同一张床，有聊不完的话题。李雁询问更多的是长青洲学校的情况。丹丹告诉李雁，长青洲学校有初中是近几年的事，之前只有小学。小学也几乎都是民办教师与代课教师。

突 田

长青洲学校是在叶校长手上创办起来的。叶校长是长青洲人。早年长青洲上没有学校，叶校长初中毕业后回到长青洲，村支书找到他，说了办小学的想法。叶校长说好，就我一个人不行。村支书说，把村会计配给你可行？兼职。叶校长说行。就这样，长青洲小学创办起来了。

开始几年两个人维持着，班级多了采取复式教学，也就是几个年级在同一班，轮流上课，像作物间种一样。后来班级多了，两个人忙不过来，又招了几个嫁到长青洲来的初中文化的媳妇。

最初长青洲学校不在现在的位置，在东南角芦苇地。那里的三间草棚子，作了学校。

芦苇地有三间草棚子？现在还在不在？李雁很好奇。

在呀，现在看芦柴避雨用。

不好意思，中午来，影响赵医生休息。赵正田正准备关门午睡，曹大海朝他屋里伸头。

没有关系，我们到门诊室去。赵正田从屋里出来时，手里提着一个银灰色的金属盒子。

你把裤子脱掉，躺下。赵正田边吩咐边把盒子打开。曹大海好奇地打量着盒子，只见里面有一沓"玻璃袋"，袋里均匀排列着一根根细长的银针。

赵正田拣起上面一个纸袋，望了望，还没有过保质期，他放心地放下。拈起一颗棉球，问曹大海，你具体哪个地方痛？

曹大海指了指右大腿中部，说，就这个地方。

赵正田像上次那样按了按曹大海指的部位，用棉球擦了擦。凉凉的，曹大海皱了皱眉头，凉似乎加重了他腿部的酸痛感。

赵正田重拣起刚刚放下的纸袋，从里面抽出了一根银针。

曹大海看着闪亮的银针，面部肌肉扯动了一下，将脸偏了过去。哎哟！针刺进去的刹那，曹大海面部肌肉夸张地扯动。

赵正田扎第二针，曹大海瞟着针落下去，第二针他感觉无论刚下去还是扎进里面，疼痛感都比第一次弱。接着赵正田又扎了两针，曹大海痛感一次比一次弱。

曹大海读过两年书，十二岁读小学一年级，语文老师是叶逸铭，数学老师就是那个兼职的村会计。曹大海脑子笨，刚入学时数数，数到七十八然后又转到六十九，村会计很生气，一句你怎么这么笨！啪的一巴掌就抽了过去。曹大海摸摸脸。

七十八后是七十九，不是六十九！重数！村会计训斥。

哇啦哇啦！曹大海数到七十八再次转到六十九。

村会计气坏了，骂了句，狗都能被教会拉磨！你数个数都数不来！啪！又一巴掌抽过去！打在了同一边脸，曹大海感觉比第一次好些。重来！重来！啪！啪！后来抽的几巴掌曹大海几乎没有了感觉。

曹大海读到二年级就没有读了，一来脑子的确笨，二来家里缺劳动力。一日为师，终身为父，村会计尽管打他，他不记恨，路上见到，还恭恭敬敬地喊一声老师。

很多教师都有这样的感受，那些调皮的学生，还有那些常被老师骂的学生，往往出了校门对老师格外地敬重；相反那些平时被老师宠着的学生，毕业后倒不怎么尊重老师。这或许是教育不得法，抑或被宠的学生自以为是。反正这个现象令人深思。

扎好针，赵正田没有离开门诊室，他搬过椅子，在曹大海腿边坐下来，手轻轻地捻着针。刚捻的那一下，曹大海感觉有一丝丝的痛，接下来，痛变成酸胀——这种酸胀很舒服，仿佛把痛点挤跑了。

捻着舒服！曹大海感激地对赵正田说着心里的感受。

舒服就好！赵正田开心地说。

看来这还真管用！接连针灸了几个中午，曹大海与赵正田熟了，说话也随意了。

针灸当然管用！这是老祖宗留下来的遗产，千百年证明了的！赵正田有些得意。

开始赵医生你说针灸，我还怀疑哩！心里说，不吃药就能治好？现在看来不吃药还真能治好！针灸的感觉很好，曹大海话多了起来。

呵呵！正常！正常！早年我也怀疑过。赵正田话也多了起来。

突 围

针灸治病是什么道理呢？针灸起了作用，曹大海对"针灸"这"玩意儿"恭敬起来，改了口，不再说"扎针"。

针与灸是两回事，我这是针；灸是另外一种治疗方法。针灸治病，简单地说就是通过针与灸把疼痛的那个部位激活，痛说明不通，通了就不痛了！赵正田形象化地讲解起原理。

哦！哦！曹大海点点头。

你家住学校边上？赵正田问。

赵医生你怎么知道我家住那？曹大海好奇。

你那晚说过，再说我到学校去玩，经过你家门口，见到过你，只是你背对着我，没有看到我。赵正田解释。

赵医生你经常到学校去？曹大海好奇地问。

也不是经常去！有时去！到学校王老师那玩。

哦，王老师我知道，性格挺开朗的，他还是我女儿的老师哩！

是吗？

是呀！我女儿说王老师特有才气，还会写诗哩！

王老师是有才气！

两个人就这样聊着，越聊越亲热。

下午刚放学，李雁老师就开始洗澡。澡盆放在地面上的哐当声以及洗澡的哗哗声，通过隔墙上空传过来，猛烈地撞击着王红雷的脑子。他心怦怦地跳着，呼吸急促，身体发胀。

一会儿一股淡如兰花的香气飘过来，王红雷嗅了嗅，感到很好闻。李雁老师从房间走出来，不知是有意还是无意，在王红雷门前晃了下。王红雷瞟了一眼，发现李雁穿了件缀有百合花的连衣裙。

太阳逐渐地落下去，李雁老师站在操场上，望着西边的天空。晚霞黄中带橙，歪斜着的形状酷似书法家挥毫泼墨的落笔。李雁望了一眼王红雷的房间，踏上了校门口的土路。

这天，珍珠场活儿闲，丹丹与一帮女孩子提前回了家，她们相约吃过晚饭后逛。所谓逛其实也就是从这家到那家，几个好姐妹凑齐了然后在几个单位门前转圈子。当然她们全都洗过澡，穿着花枝招展的衣裳。

李雁到卫生院的时候，丹丹正准备出门，她穿着新买的紧身 T 恤衫，胸被兜成了东北冰场峰谷模样。

李雁姐，你身上好香哟！丹丹耸了耸鼻子。

香吧！你身上不也香？李雁也耸了耸鼻子，她嗅到了丹丹身上淡淡的香水味。丹丹以前未用过香水，李雁在她家住，不仅教会了她如何勒紧身材，还教会了她识别香水。

走！我们转转！李雁提议。

好！李雁姐，我正好也准备出去转转。

看上了哪个帅小伙了，出去谈恋爱？李雁打趣。

李雁姐说什么哩！没有，没有的事哦。丹丹脸羞红了。

丹丹真好看，我要是小伙子，保准爱上你！李雁开起了丹丹玩笑。

要说好看，还是李雁姐你好看，你看看你，像仙女一样！丹丹赞起了李雁。

好！不说了！不说了！我问你个正事，你是否真没有谈对象？李雁问。

丹丹没有答话，她瞅着李雁，不知道她问这话是什么意思。

问你哩！有没有谈对象？李雁审视着丹丹的脸，想从她脸上看出答案。

丹丹摇头。

真没有呀？李雁不相信。

丹丹点头。

真没有的话，我给你介绍个小伙子，很不错的，不知道你愿不愿意？李雁边说边瞟着丹丹的脸。

以为丹丹会问，谁呀，没想到丹丹没有应声。

我们学校王老师你应该认识吧？李雁说。

认识呀！

你觉得他怎么样？李雁瞅着丹丹的脸，看她反应。

丹丹摇了摇头。

你看不上他呀？李雁很惊讶。她认为王红雷正规学校毕业，正式工作，丹丹一个农村女孩，自己一穿线，她肯定答应，没想到她不答应，李雁自然惊讶了。

突 田

王老师要相貌有相貌，要学识有学识，还会写诗哩！你怎么看不上他？李雁诧异地问。

他不适合我。丹丹面无表情地答。

李雁不清楚，丹丹心中早有了赵正田。

上次曹大海腿子酸痛，赵正田给针灸了半个月，还真给针灸好了，曹大海乐得到处为赵正田宣传，做广告。长青洲村民都知道了赵医生有针灸治病的妙术，纷纷来找他。

治好了曹大海的病，赵正田名声在长青洲响了，也带响了卫生院名声，郑平路有些不高兴。以前在长青洲村民心目中，郑平路看病很有一手，现在都认为赵正田看病了得，郑平路被冷落了。

赵正田很单纯，他认为病人有需求，卫生院就应该满足，向郑平路提出，到药材公司进些银针回来。

谁知郑平路阴着个脸，说，这不是卫生院的业务范围，你不要摞事情！

这怎么是摞事情呢？赵正田瞅着院长的脸，不明白他为什么这样。

过阵子再说吧。郑平路语气变和缓。

那现在……现在……赵正田意思说，现在就需要针。

郑平路没有吭声。

几天后的一天清晨，丹丹起床，嗳，妈妈！妈妈！哎哟！不知怎么搞的，我这脚底板酸疼得很！丹丹母亲与郑平路听女儿在叫，急忙到丹丹房间。郑平路把丹丹脚提起来，瞅。酸痛！酸痛得很，感觉这脚不是我的。丹丹向父亲诉说症状。

可能长期与水打交道，受了风湿，吃点中药，驱驱风湿。郑平路轻描淡写地说。

针灸好得快！我要针灸！丹丹眼睛瞟着父亲的脸，观察父亲的表情。郑平路没有吭声。

老头子，让丹丹做做针灸，好得快！丹丹母亲望着郑平路。郑平路斜睨了一眼妻子，没有吭声。我对赵医生说，让他给丹丹做针灸。丹丹母亲拿定主意。

妈妈，赵医生又没有针，怎么做针灸？丹丹嘟哝着。

让卫生院买呗！丹丹母亲发话。

中午丹丹让赵正田给针灸脚，姑娘与小伙在一起，院长老婆半放心半不放心，她陪着女儿来到门诊室。

哪只脚酸痛？院长老婆在场，赵正田不好意思看丹丹的脸，低头瞅着丹丹的脚问。

两只脚都酸痛。丹丹含情脉脉地望着赵正田。院长老婆留意到女儿的表情，瞪了丹丹一眼，意思说，别不害羞，心事都挂在脸上。丹丹对母亲伸了伸舌头。

赵正田轻轻地说，把袜子脱了！

丹丹脱下袜子，赵正田注意到她的脚雪白得很，一点也不像脸那样黑红，这也是怪事！赵正田心里琢磨。

躺下！赵正田温和地示意。丹丹听赵正田这样说，感觉赵正田对自己还蛮温情，心里快活，朝赵正田笑。院长老婆察看赵正田的表情，她发现赵医生脸很柔和。

赵正田从"玻璃袋"里抽出银针，丹丹脸上的笑容瞬间消失。丹丹瞟着赵正田手里长长的银针，身体不由自主地抖了一下。

可有多疼？院长老婆望着长七八厘米的银针，怕扎疼女儿，关切地问。

就开始有点。赵正田轻描淡写地说，他有意将疼字忽略，这是医疗心理学，可以减轻病人的心理压力。医生与教师一样都懂得心理学，在实践中都会运用心理学。赵正田这样一说，果然丹丹脸上的害怕表情减弱。

脚掌是竖着的，不好针灸，赵正田将丹丹的脚按偏一个角度。他手碰触丹丹的脚，触点有一种说不出来的愉悦感，这种感觉瞬间由手指传递到整只手，再传递到心脏与面部。心脏跳动加快了，面部也变得火热。

赵正田的手抖动了一下。院长老婆发现赵正田的手抖动，担心赵正田扎错了位置，女儿白白受痛，忍不住问，行吗？

放心！赵正田见院长老婆如此问，迅速镇定下来，对准丹丹酸痛的位置快速地扎了下去。

哎哟！丹丹惊叫了一声。院长老婆心疼地俯身向前。

没有关系的，刚进去时有一点痛。赵正田轻柔地说。院长老婆见赵正

突 田

田如此说，先前绷紧的面部松弛了下来。

回去！回去！我又不是小孩子！第二天中午针灸的时候，院长老婆还要陪女儿，丹丹把母亲身体扳过去，推着母亲往家走了几步。院长老婆见女儿不愿自己陪，只得悻悻地往家走。丹丹见母亲离开，高兴得不得了。赵正田也很高兴，微微地笑。院长老婆看着他扎针，他心里多少有些紧张。

傍晚赵正田吃过饭逛，他不像王红雷逛的范围大，他只在卫生院周边逛。卫生院并排有一个水上派出所，说是派出所，就是两间民房，其中一间门口挂了个牌子。

所里起初有一个瘦高个子的警员，这警员赵正田只见过几次，缘由在于他过段日子才来一次，而且前脚来后脚走。长青洲小，民风淳朴，几乎没有治安事件。在这里设个派出所仅仅是种象征。就像如今有的火车站、汽车站设个警务室，其实室内并没有警员，尽管没有，可代表着存在，代表着威慑力。

派出所门前出现一个四十多岁面部皮肤薄得像层油皮一样的女人，女人身边站着一个矮胖的警员，这警员后面站着一个十四五岁的女孩与一个十岁左右的男孩。显然这是一家人。

女人大方，朝赵正田笑，算是打招呼。

你们刚调来？赵正田问。

刚调来！全家一起来！警员准备回答，女人抢了先。

看来这女人在家强势！赵正田心想。

你是？女人试探着问赵正田，意思问赵正田哪个单位的。

我是卫生院的。赵正田答。

你也新来不久吧？女人见赵正田一副毕业生模样，猜测。

来了一年多了。

哦，你家哪里的？女人话多，不停歇地问。

你就像查户口的一样！警员觉得女人这么询问很不礼貌，插话。

问问嘛！有什么关系！医生说是不是？女人不以为然。

我家在本县赵畈。赵正田答。

啊！你家在赵畈呀？我娘家也在赵畈，看来我们是老乡！巧了！

是巧！赵正田笑。

你家在赵畈哪个村庄？

赵小屋。

赵小屋，哦！我知道！我知道！在赵畈西边。一西一东，没有多少路。

是的，没有多少路。赵正田与女人聊得很投机。

家里几口人，哪几口人，父母年纪，家庭经济状况，女人一样样地问。最后女人问到一个关键性问题，你可谈对象了？

还没有！赵正田如实答。

没有好！没有好！年轻人干事业，不急着谈好！女人嘴不停地叨叨着。

赵医生好！丹丹穿着条绿色的连衣裙打派出所前过，晚风吹拂，连衣裙掀起，如一朵盛开的雪莲。这姑娘漂亮！女人禁不住夸奖起丹丹。赵正田淡淡地笑。

谁家的？女人问。

我们院长家的！赵正田答。

赵正田给曹大海针灸好了腿痛病，在长青洲开始小有名气。丹丹不同于曹大海，她是院长女儿，赵正田给院长女儿针灸好脚痛病，宣传效应更加地明显，赵正田在长青洲名声更响。口耳相传，赵正田的名气扩散到了长青洲外。

县城里有很多疑难杂症病人不到县医院，也不到县中医院，慕名来到长青洲找赵正田看病。对于能够用针灸来治疗的病人赵正田都热情接待，治好了不少人的病。其中有一个病人出于感恩，还送来了锦旗，上书"长青洲神医"五个金色大字。这五个字算是对赵正田针灸医术的肯定，也算是民间给他评的"高级职称"。为了发挥赵正田的针灸技艺，郑平路请示卫生局，特地在卫生院为赵正田设了个针灸专科。

丹丹脚痛治好后，郑平路考虑到女儿从事珍珠养殖与水打交道，容易得风湿，找了卫生局局长，让丹丹在卫生院做护士。不过没有编制，工资得从院收入里出。

自此丹丹有了一份虽不是正式但却体面的工作，这接近了赵正田找对象的标准。赵正田的心已有了些活动。

突 田

挂水室没有事情的时候，丹丹会逛到门诊室，朝赵正田笑一笑。赵正田很享受丹丹的笑，心里甜蜜蜜的。他受不了丹丹放电的眼神，这眼神颤动着他身体的每一个部位。

端午节，赵正田准备回家，院长老婆留他，说，赵医生，端午你就别回去了，来来往往的就吃中午一餐饭，干脆到我家。

这……赵正田有些犹豫。就在我家过。郑平路接过老婆的话，他心里正盘算着把赵正田发展成女婿，将来接他的班。赵正田现在也有当院长女婿的意向。

丹丹早想邀赵正田在她家过端午节，只是害羞，没有好意思说出口，现在见父母邀请，心里乐滋滋的。

赵医生，吃早饭了！丹丹笑盈盈地跑进赵正田屋子里，只见赵正田正对着壁子上挂着的圆镜在梳头。

赵正田转过身来，只见丹丹今天穿了一条粉红色的裙子，不知见到赵正田脸羞红，还是红裙子把脸映红了，丹丹脸红彤彤的。粉红色是一种性感诱惑色彩，赵正田显然被丹丹裙子的颜色迷住了，他目光至少在丹丹脸上停留了半分钟。看得丹丹有些不好意思。

走！吃饭去！丹丹热辣辣地望着赵正田。赵正田紧随着丹丹来到她家门口，只见门上方交叉插着像剑一样绿得发亮的叶片，像是电视剧里阻挡闯山寨好汉的刀枪。这叶片名为"菖蒲"，生长于湖塘，长青洲上随处都能见到。端午节在赵正田家乡也悬挂，起辟邪驱瘟作用。

进门，赵正田眼尖，看到了桌子上摆着粽子，粽子装在一个编织得很精巧的篾盘里。丹丹手快，拿了一个粽子剥开，递到赵正田手上。

院长老婆将一蓝边碗面条端到了赵正田面前。一只鸡腿显摆似的从面条间钻了出来，翘在了面头上。

吃！院长老婆笑盈盈地看着赵正田。

妈妈你别急，等赵医生把粽子吃完再吃面条。丹丹笑着朝母亲眨了眨眼睛。

赵正田抬头望了望院长老婆，转脸对丹丹笑了笑。丹丹也甜蜜地对赵正田笑了笑。

咚咚咚！咚咚咚！传来一阵又一阵急促的锣鼓声。长青洲端午有划龙舟的习俗。端午前一周，村民急不可待地将闲置了一年的龙舟从村大礼堂里抬出，用砂纸将龙舟里外打磨一番，除去密布的蜘蛛网与灰迹，再刷上桐油。

如果仅仅一条龙舟没有多少观赏性，如果仅仅在长青洲四周划也没有多少观赏性，每年端午的时候，夹江北岸的龙舟都聚向了渡口，渡口边的单位与人家好热闹、图吉祥，纷纷挑出吊有披红的竹竿。披红里包裹着一对方片糕与一沓钱。糕虽然不值钱，可芝麻开花节节高，寓意好。

"抢红"便成为最有看头的节目。端午的江水很温顺，湖水一样，阳光下泛着浅浅的波纹，一闪一闪的。竹竿并不是一开始就挑出来的，它先藏在人群中，龙舟不知道红在哪里，什么时候出现，东一条西一条在夹江中游弋着。竹竿一出现，江面上所有龙舟铆足了劲向目标方向划。江水掀起巨大的波纹，像一个人在做扩胸运动。锣鼓声、欢呼声此起彼伏。

龙舟开始划了，我们吃完快去看龙舟赛！丹丹心情急迫。好！我们吃完就去看龙舟赛！赵正田开始扒起面条来。

来长青洲两年了，赵正田听说过长青洲每年端午都举行龙舟赛，洲上百姓都到江边去看。只是自己每年端午都回老家，没有看过。今年能看上了，他非常开心。

丹丹在前、赵正田在后，两人向夹江方向走，路边有大大小小的凼，凼里丛生着菖蒲，高高低低，一片绿意。

钱大学站在了岔路口。赵正田不认识钱大学，也不知道钱大学托李小应介绍丹丹的事，他礼貌性地对钱大学笑了笑。钱大学眼睛瞪着他。赵正田不解，望了望丹丹。

别理他！丹丹轻蔑地望了钱大学一眼。

学校没有买电视，教师们生活单调，晚上改完作业就聚在一起玩牌。邱长生瘾特大，王红雷本来想看小说，被邱长生喊去凑数。晚上迟睡，早晨醒不过来，第一节课迟到，班上有好几个干部子弟，其中一个是江支应的女儿江红梅。

王红雷睡觉不上课的事情通过江红梅的口传到了江支应耳里。江支应叫人把叶逸铭找到养殖公司，责问，教师有课都不上，你这校长怎么当的？那个姓王的老师要让他写检查交到公司里来。

养殖公司管上学校的事了，这不是笑话？刚分配来脸蛋白净有些稚气的教师邱长生不熟悉长青洲的情况，气盛，认为养殖公司管学校事理不顺，有些愤愤然。

邱长生敢于说话，为自己打抱不平，王红雷认为邱长生讲义气，向他投去敬佩的目光。

养殖公司有经济实力，校舍维修、教师节慰问、年底经费都指望养殖公司，人家出钱，学校自然要听它的。叶逸铭知道邱老师初来乍到，书生气重，不熟悉长青洲的情况，解释道。叶逸铭心里还有一句话没有说，学校听养殖公司的算什么，乡里都要听养殖公司的哩！

长青洲乡财政收入块数不多，轧花厂是一块，养殖公司是一块，轧花厂是传统的一块，养殖公司是新兴的一块，用一句时髦的话来说，叫经济增长点。养殖公司被当作经济增长点，而作为经理的江支应自然底气足。

长青洲小，天长日久，形成了一种怪现象，乡里有什么谋划，事先都与江支应商量，江支应点头，就能形成方案；江支应不点头，或者反对，某种程度上说方案就形成不了。

这就有点像曹操，挟天子以令诸侯。

举个选举的例子吧，李小应本来可以担任宣传委员职务，他在办公室主任位子上已干了五年，乡书记崔松国有意提拔他任宣传委员，与组织部已沟通好。可是选举，李小应票数达不到。再来一轮，票数还是没有达到。

当时选举现场气氛异常凝重。组织部干部脸色异常地难看，瞅着崔松国，意思是你怎么组织的？搞成这样？崔松国脸色通红，极不自然。李小应更不必说，难堪极了。选举没有按照组织意图，究其原因，江支应在长青洲势力大。

李小应当宣传委员江支应不同意。缘由是江支应认为李小应不把他放在眼里。江支应是个高傲的养殖公司经理。李小应也是个高傲的乡办公室主任。在李小应眼里，江支应再怎么能也只是个黑脚巴肚的农民，这样的一个农民，也可以说是一个渔民，除了会点养殖，玩权术能玩到哪里去？

因而平时都是斜睨着眼看江支应。这回李小应被报复了。

一个养殖公司经理指责堂堂的长青洲学校校长，似乎有些不妥当，让教师写检查交到养殖公司更加不妥当。江支应盛气凌人，可学校生存要仰仗养殖公司，叶逸铭对江支应的话不敢怠慢，第二天就召开全体教师会，宣布自即日起，除周末外，其余时间不准打牌，违者扣工资。王红雷写出书面检讨，送到养殖公司。

会场顿时哄了起来，教师们义愤填膺，呛声道：业余时间不准打牌也就算了，把检查交到养殖公司也太过分了吧。

当然也有一个教师内心里幸灾乐祸，他就是孙恒，不过鉴于教师们愤懑的情绪，他表面不露痕迹。

孙恒为什么对王红雷这么不友好呢？究其原因是孙恒偷拆了王红雷的信，而且是分手信，让王红雷丢了面子，王红雷心里非常生气，他又是个不善于藏掖表情的人，见到孙恒总是冷着脸，因而孙恒与他较上了劲。

我有什么办法呢？叶逸铭把手一摊，口中还有句"他是土霸王"的话没有说出。

堂堂的教师写检讨，多没面子。写了检讨交给一个被称为经理的，身份还是农民的村民，更是没面子。可是叶逸铭让王红雷写，老实的王红雷不知道耍滑，硬着头皮写了。

叶逸铭温和地对他说，你交给我，我转到养殖公司。

王红雷很感激叶逸铭，感到叶逸铭在保护自己。尽管如此，他还是感到丢了面子，有些生气，我到你们长青洲来教你们的子弟，你们长青洲人怎么这么不善良？

王红雷转背。

王老师，你想不想在我们长青洲找对象？叶逸铭叫住他。

叶校长给我介绍呀？王红雷尽管认为长青洲有人霸道，但还是喜欢长青洲。

今晚我带你去我们长青洲一个地方。叶逸铭带有点神秘地说。

什么地方？王红雷好奇地问。王红雷这么问，其实在婚姻方面他心里又调整了，在长青洲上谈对象，不一定要谈像丹丹那样漂亮的了。迫于一

突 围

次次失败的现实，他把标准一次次地降低——虽然他从来没有明确地给婚姻定标准。

到了你就知道了！叶逸铭卖起关子。

天色黑下来，叶逸铭带了把手电筒走在前，王红雷紧跟在后，两人走在一条窄窄的小路上，两侧的草伸到路上，扫着脚背。

走的方向是南边的江岸。

夜晚的江面，像被一张巨大无边的黑网罩着。江水中闪动着点点亮光，有些像夜空中的孔明灯，这些亮光来自行驶的船只。

江水的眼睛。王红雷来了诗情。

到哪里去？王红雷有些茫然地问。

别急！黑暗中叶逸铭说了一句。

往西一拐，路坑坑洼洼，更难走，而且内侧是比人高的芦苇，晚风吹拂，发出沙沙的响声。后来长青洲上一个老先生告诉王红雷，这里芦苇沙沙声在古代是一景，叫江洲夜雨。听起来很美，很有诗意。

你这到底去哪呀？路这么难走，王红雷不愿意再往前走了。

再走一会儿就到了。叶逸铭安慰。

深一脚浅一脚，王红雷紧跟在叶逸铭后大约又走了二十分钟。前面芦苇没有了，出现了浓密的树丛，树丛里露出了点点光亮，像天上的星星一样。

到了！叶逸铭轻松地告诉王红雷。

这里还有人家呀！王红雷有些吃惊。他没有想到长青洲上这荒僻的地方还住着人家。王红雷不像赵正田，爱静，他喜欢动，爱玩，到长青洲两年了，大部分地方都到过，就是没有到过这地方。

他与叶逸铭向村庄走去。

汪！黑暗中蹿出来一条狗，扑向二人。叶逸铭很老练地将身体往下一蹲，狗影子随之往后闪了几步。

屋门打开！一个少女从屋子里走了出来，张望。

局长到我们这"小岛"上来，我们无上荣光！郑平路快步走到卫生院前面的空场子上，迎接前来长青洲卫生院视察的卫生局局长。

不要这么说！不要这么说！你这么说上面领导知道了，还以为我高高在上，不下基层！体态有些胖的局长笑容可掬，看不出架子。局长与郑平路是同龄人，是从乡卫生院院长的位置上来的，当年与郑平路平级，当然现在不可同日而语了。

局长刚上来时是当副局长，当了两年副局长后转为局长，升迁如此之快，与能力强固然有关，不过也有小道消息说，得益于他在县人大常委会当副主任的父亲。

不管怎么说，局长这人，亲和，上下级都说他好。丹丹进卫生院，就是局长同意的。局长有人情味，考虑到郑平路在长青洲卫生院辛劳，给予照顾。

局长到会议室坐！郑平路摊开右手。

不急！我看看你们的针灸专科。长青洲卫生院针灸专科声名远扬，看来局长知晓。

一个五十多岁的汉子躺在病床上，两根银针在额头上一左一右峭立，赵正田从纸袋里又抽出一根，准备扎额头中间位置。局长走进针灸专科内，同来的人也都跟进屋内，屋内光线瞬间暗了不少。

赵正田皱了下眉，他抬起了头。

你就是赵正田？局长瞅着赵正田的脸问。

赵正田望了望局长，答：嗯！

这是局长！郑平路笑着介绍。

哦，局长！赵正田立刻站直了身子。赵正田见过一个副局长，还真没有见过局长，现在局长就在面前，他得对局长恭敬。

汉子见拥进了一大群人，将头偏了一下，针晃动了起来。哎哟！他不自觉地叫了起来。

你不能偏！赵正田转过脸。

他这是什么毛病？局长好奇地问。

偏头疼。赵正田恭敬地答。

针灸在大学里学的？局长从"玻璃袋"里抽出一根银针，看了看，很

突 田

感兴趣地问。

是的！赵正田老实地答。

学有所用！学有所用！局长微笑着夸奖赵正田。随同的人都欣赏地望着赵正田。赵正田被局长夸奖得有些不好意思。局长退出针灸专科屋子。赵正田继续给汉子针灸。

赵正田不清楚，局长这次到长青洲卫生院来，是因为他针灸针出了大名，传到了局长大人耳里。局长生出了到长青洲卫生院来看看的想法，除此之外，考察一下赵正田这个年轻人的素质如何，想提拔他当副院长。

郑平路不清楚。

局长巡视了一番各科室后，在会议室里坐下。他问郑平路，这个年轻人在院里与大家关系处得如何？

郑平路愣怔了一下后说，他话不多，与大家处得还不错。

哦！局长微笑着朝随同而来的人事科长点了点头。人事科长会意地笑了下。郑平路望着局长与人事科长，脑子迟钝，不明白他们相互间笑的意思。

这个……人事科长略微停顿了下开始说：赵正田，大学本科毕业，扎根基层卫生院，勤于钻研，为长青洲百姓服务，口碑极佳，与单位同事关系也不错，鉴于长青洲卫生院目前的医疗情况及院班子的情况，局党组有意提拔赵正田为长青洲卫生院副院长，协助郑院长工作。郑院长你看如何？人事科长将目光转向郑平路。

这个！这个！他当副院长也太嫩了点吧？郑平路对于局里的人事安排一点心理准备也没有，他一听人事科长的话心理就有些抗拒。

年轻没有关系，你带带不就成熟了？局长笑着说。

带带……带带……平时说话利索的郑平路口吃起来。

长青洲卫生院多年来只有一个院长，没有副院长，大小事情郑平路一个人说了算。现在局里给配个副院长，以后事情肯定要商量着办，郑平路心里一时接受不了，表情显得有些不自然。

几天后，局里发文，任命赵正田为长青洲卫生院副院长。这次局长没有来，是负责人事的副局长与人事科长一起来的，当着全体职工的面宣布的。宣布的时候，郑平路脸是板着的。

丹丹与父亲不一样，她很高兴，见到赵正田甜美地一笑。

赵正田脸色平淡。他谦卑，无论谁恭喜，都谦虚地说，没什么！没什么！还不是看病？

院长老婆像丹丹一样地高兴，她心里想，找了个女婿是大学生，针灸又出名，现在又是副院长。老头子是院长，女婿是副院长，以后这卫生院就相当于自己家开的了。

郑平路骂老婆，头发长见识短，他当副院长是好事哂？说不定丹丹的事情没影子了。

从后来看，郑平路还是有预见的。

姐姐，老师来了！少女对着屋子里喊。

老师来了呀？一个二十四五岁的女子快速地从屋里走出来，后面跟着两个二十挂边的少女。屋里光线尽管暗淡，王红雷眼睛还是尖，他发现那两个少女模子都很好看。

女子见是叶校长，急忙打招呼说，叶校长，这大漆黑的你还来家访呀，真的感动！

再黑也要来呀！了解你妹妹在家的情况。叶逸铭抹了一把头发，走进了堂屋内。王红雷跟进屋内。

红英！校长来了，快出来！女子对着西屋喊。一个十四五岁的女孩子打开门从屋子里出来，见到叶逸铭，有些局促，嘴巴嗫动了一下，又闭上。

快喊校长！女子提醒。

老师好！女孩子喊了声。

你做作业去！叶逸铭对女孩子挥了挥手。女孩子走进屋内，开门的少女也走进屋内，把门关上。一、二、三、四、五，王红雷数了一下，这一家女孩子比较多，不过没有一个男的，看来这家全生女的了。

喏，校长请到这边屋子坐！女子把叶逸铭与王红雷引进了东侧房间。王红雷走进屋内，闻到了一股似无若有、似有若无的香味。这香味很好闻，他轻轻地吸了下鼻子，感觉香味在向肺腑里沁入。女子朝王红雷望了一眼，王红雷慌乱地将目光转向墙壁，他观察到墙壁上面贴着多张明星照片。刚才跟在女子后面的两个少女忙乱地倒水。王红雷接过杯子，端在手上。

叶校长，我妹妹近来学习怎样？女子关切地问。

听她老师说，你妹妹呀，听课还好，就是不喜欢提问。叶逸铭介绍。

那叶校长，你让老师多提问提问。女子请求。

好的！那我让老师多提问她。叶逸铭满口答应。

那感谢叶校长！女子欠了欠身。

你妹妹作业大概几点完成？

她呀，一般九点能完成。

那就好！叶逸铭显得很满意。

叶逸铭与女子一问一答，王红雷目光在两个少女脸上睃，他感觉，两个少女相差一两岁，脸型都好看。稍大点的少女偷瞟着王红雷，当王红雷目光睃到她时，脸瞬间红了。王红雷感觉这少女面相特别地羞涩。

他联想到了师范实习时的情景。他在一个山村小学实习，小学教师如长青洲学校一样，大部分是民办教师与代课教师，只有两个是师范毕业生，其中一个是女教师。这个女教师模样儿还好，一看就精明，周末的时候，女教师让王红雷到她家去玩，王红雷就去了。女教师家也有好几个妹妹，其中一个妹妹像这大点的少女，羞答答的，看一眼生人脸立马红了。

毕业两年了，王红雷经常想到那个女教师的妹妹，遗憾当时没有与她搭话。

王红雷骨子里喜欢这种类型的女孩子。当年与姚玲玲恋爱，虽然姚玲玲不属于这种类型，可姚玲玲性格活泼，有"甜蜜的事业"，两人如果能像《我们的生活充满阳光》这首歌中所唱的"并蒂的花儿竞相开放，比翼的鸟儿展翅飞翔，迎着那长征路上战斗的风雨，为祖国贡献出青春和力量"，生活该是多么浪漫。

年纪大的女子为什么如此老练呢？两个模子不错的少女应该没有谈对象吧？她们的父母怎么不在家里呢？这一连串的问题在王红雷脑子里打转，随着叶逸铭与女子叙谈得深入，王红雷搞清了一部分情况。

女子问叶校长，怎么这一阵子没有到我们珍珠场来看看？

去多了不好！叶逸铭解释，你们都在忙，我去了影响你们工作，叶经理有意见。

那有什么关系！女子满不在乎地说。

你说没有关系，叶经理阴着个脸，我站不住呀。叶逸铭笑起来。

呵呵！叶经理那人就那个德行，看我们休息也黑着脸，不理他就行了。女子也笑了起来。

你什么时候办大事呀？到时我总得祝贺一下子。叶逸铭开起玩笑。

还早哩！女子笑答。

停顿了下，叶逸铭问，你父母还在船上呀？

在呢！半个月，有时一个月回来一次。

忙些什么活？

装花盆，装水泥，往下游江苏装，闲了也撒网捕点小鱼，鱼有得吃。说到鱼，女子像被提醒，对叶逸铭说，等下回去时，带点干虾子，做酱好吃。

不要！不要的哦！叶逸铭急忙摆手。

带点！带点！女子坚持。

女子还是让两个妹妹给备了虾子。临出门时，王红雷再次瞟了一眼那个羞涩的少女。

路上叶逸铭问，可看上哪个了？

下午最后一节铃声响了，王红雷走出教室，学生紧随王红雷一窝蜂冲出，一阵吵嚷声后，散去，王红雷看见前面站着那晚见到的羞涩少女。

少女见王红雷看自己，脸马上红了。

姐姐，你来了哇！隔壁教室出来一位女生，王红雷一看，正是这位少女的妹妹。少女见妹妹出来，急忙上前，卸下妹妹背上的书包，有说有笑地离开学校。王红雷等她们消失在视线外才恋恋不舍地收回目光。

一年后王红雷与这位少女成了婚，这位少女符合王红雷的审美标准。少女名叫雅丽，与丹丹一样也在珍珠场工作。

到长青洲，王红雷的感情生活不是很顺畅，与姚玲玲热恋后分手，在新华书店开心了下，接着放宽标准，想娶丹丹，被婉拒，最后迫于现实，决定找个自己心仪、对方也心仪自己的女孩成家，于是雅丽便成了他的妻子。

只有半间屋,床是旧床,又是单人的,王红雷找了叶逸铭,叶逸铭还不错,同意学校给买了张大红架子床。

半间屋问题还不大,问题大的是隔壁住着李雁,新婚,夫妻二人不可避免地要弄出声响,想象一下,多难堪。

王红雷谋划要想办法将李雁调离隔壁房间。

学校房子很紧张,没有一间空房,要把李雁调出去,并不是件易事。他动起了脑筋,想到了校舍靠近村民那头有间堆杂物的房屋。

他去求叶校长,没想到这次叶逸铭又很通融,说结婚是大事,爽快地答应了。王红雷对叶校长千恩万谢。学校这头解决了,他又担忧李雁那头,李雁是爱整洁的人,她愿不愿意住杂屋,很难说。又没想到,王红雷刚站到李雁房门口,李雁就乐哈哈地伸出了手,说,是求我换房间的事吧,拿一斤喜糖来!

一听拿喜糖,王红雷一颗悬着的心放下。行行行!拿两斤喜糖!房间的事这样轻松地搞定,王红雷乐坏了!

> 幸福的花儿心中开放
> 爱情的歌儿随风飘荡
> ……
> 啊
> 亲爱的人啊携手前进
> 携手前进
> 我们的生活充满阳光

王红雷情不自禁地唱了起来。

四

　　小赵这么年轻就当副院长了，前途无量，你给参谋参谋，把小赵院长介绍给我表妹可好？警官女人把目光投向丈夫。

　　好是好！你没有听说呀，郑院长有意把女儿许给小赵。警官提醒。

　　那说明小赵优秀，我更要把表妹介绍给他了。警官女人打定了主意。她表妹叫彩云，技校毕业，分在县棉布厂。就怕你这样做，把我们单位间关系弄僵了，在一起不好开展工作。警官考虑问题很周到。

　　没有事的！没有事的！院长女儿那么漂亮还愁找不到好人家？警官女人对丈夫的话不以为然。

　　下午四点的时候，警官女人逛到卫生院，丹丹眼尖，喊，姨好！

　　警官女人夸丹丹，你这小模子真好看！丹丹被夸，羞红了脸，急忙朝门诊室方向望，她希望赵正田能听到这句夸奖的话。警官女人看丹丹望门诊室，笑了下。我牙齿疼，找小赵院长看一下，警官女人说完朝门诊室走去。

　　下班赵正田脱了白大褂，往场子外面走。丹丹很意外，问，你到哪里去？

　　赵正田答，到派出所去一下。

　　到派出所去？丹丹叨了句，赵正田没有应答。

　　丹丹站在原地发愣。

　　警官女人让赵正田去吃晚饭。饭桌上警官女人直截了当地说，小赵院长，看我们是老乡，我给你介绍个对象，愿不愿意？

这……赵正田话语有些吞吐。

女孩子家在县城，有正式工作，比在长青洲上好！警官女人霸气，她开口就给赵正田心理冲击。这句话的确有效，赵正田无措地望着警官女人。女孩子在县棉布厂上班，技校毕业，工作学历都不错吧！警官女人自信地望着赵正田。家庭条件很好！你们要成家呀，家具都不要你出。警官女人的这句话对赵正田很有诱惑力。

母亲去世，父亲独自支撑家庭，很不容易，如果真像警官女人所说，家具都给解决，那给家里减轻大负担了。赵正田心里有些活。

这样的条件难找到！警官女人不失时机地对赵正田施加心理影响。

品德也不错！警官恰到好处地补了一句。

对！警官女人赞许地望了一眼丈夫。同意就见一面！警官女人不失时机地说出了想法。

这……赵正田有些犹豫。

是不是因为院长女儿丹丹哦？丹丹无法与我表妹比，一个在长青洲，一个在县城里，一个是临时的，一个是正式工作。说到"临时的"三字，警官女人像想起来似的，提醒赵正田，她可是临时的，随时被辞退，如果被辞退了，就没有工作，到时靠你一人工资如何生活？

赵正田呆呆地望着警官女人。他已经喜欢上了丹丹，丹丹的鹅蛋形脸与凤眼让他着迷。不与丹丹谈，与另外一个女孩子谈，他有些舍不得，同时有些不忍，他怕伤害了丹丹。其实赵正田单纯，他没有考虑到，如果不与丹丹谈，在卫生院如何与院长相处。

丹丹一直焦急地等待赵正田回来，赵正田从派出所回到卫生院，丹丹走进他房间。赵正田瞟了丹丹一眼，心虚，目光急忙躲开。

丹丹问，你在派出所吃的饭？

嗯！赵正田慌乱地答。

说什么了？丹丹盯着他眼睛问。

说……说……赵正田话语吞吐。

说什么了？丹丹追问。

拉家常。赵正田心情平静了下来。

丹丹出去拎来了热水瓶，将水倒在脸盆里，把毛巾放了进去，准备挤了让赵正田擦把脸。

我自己来！赵正田急忙上前，将毛巾从丹丹手里抢了过来。丹丹不解地望了望赵正田，悻悻地离开了房间。

星期天，赵正田随警官女人上县城。警官女人先把他带到棉布厂，指着前面一幢楼房对赵正田说，这是办公楼，后面还有一幢宿舍楼，我表妹有一个房间，你们要结婚呀，房子现成的。现在年轻人在城里结婚，房子是个大问题。警官女人像琢磨透赵正田心理似的，把表妹的优势摊在了赵正田面前。赵正田一听结婚房子没有问题，心里很高兴。

接着警官女人把赵正田带到了她表妹家。

这是我表妹，彩云！警官女人向赵正田介绍。赵正田一看彩云，个子还好，相貌委实不咋地，根本不是什么彩云——彩色的云朵，倒像乌云。这么描述吧，马脸，上面还有不少雀斑，根本没法子与丹丹比。

赵正田表情僵了起来，像一块冰擦着脸，有些冷。

吃饭过程中，赵正田闷闷不乐。而彩云一家，一个个笑呵呵的，他们对赵正田很满意。

回来的路上，警官女人诱导赵正田，我知道，你不满意我表妹彩云的长相，长相又不能当饭吃，再说彩云家有势力，以后可以帮你调县医院。赵正田一听调县医院的话，脸色平缓了点。

就这样成个家算了，对象在城里，有这理由，以后也好往城里调，离开长青洲。不行！婚姻是大事！一辈子的事！找个对象起码自己要喜欢！不然太对不住自己了。

在回长青洲的路上，赵正田一会儿这样想，一会儿又那样想，脑子一锅粥。他想这事就这么算了的时候，心里反倒舒坦些；想不能这样勉强自己，心里堵得慌。

就这样他患得患失地回到了卫生院，苦着张脸。

你怎么了？丹丹瞅着赵正田的脸，觉得他有些反常。

没怎么！赵正田偏过脸。

突 田

你到底怎么了？丹丹急切地追着问。

真的没怎么！赵正田快速走向自己房间。

晚上躺在床上，脑子还是在二者之间转，转来转去把脑瓜子都转疼了，他捶了下脑瓜子。这一捶，有了主意！打电话给姐夫，让姐夫定夺。姐夫在村里任主任，赵正田家所有事都是姐夫作主。

姐夫村里有电话机。卫生院里也有电话机，电话机在郑平路办公室，平时院里职工打电话，对郑平路说一声，郑平路很开通。可是这回赵正田打的电话非同以往，是不能当着郑平路面打的，于是他一会儿伸个头，一会儿又伸个头，看郑平路有没有离开办公室。

你有什么事？丹丹见赵正田鬼鬼祟祟的，疑惑地问。

没……没什么事。赵正田支吾。

郑平路出了门，向厕所方向走去。赵正田快速地走向了办公室。丹丹见状也走向办公室。挂水没有了！患者大声喊。丹丹被声音叫住，返回了注射室。

两天后，警官女人喊赵正田到她家吃中饭，赵正田来到警官家，没想到彩云也在。彩云见到赵正田笑了一下，开口大了些，赵正田觉得彩云的嘴太难看，他眉头本能地皱了下，脸又苦了起来。

赵正田一会儿瞅瞅彩云的嘴，一会儿又瞅瞅彩云的嘴，越瞅越觉得彩云的嘴难看。

他拿定主意，不同意与彩云处对象。不过他嘴上没有说，就是这没有说，留下了后遗症。

一天上午，警官女人笑盈盈地来到卫生院，赵正田不在门诊室。轮休。她快步来到赵正田房间，张开嘴巴正准备嚷。赵正田反应快，急忙摇手。警官女人张开的嘴巴僵住了。

什么事？赵正田面无笑容地问。

走！到县城里去，有好事！

有什么好事？

你去了就知道了！

你不说我不能去！

你姐夫来了，在县城里！

他来了，你怎么知道？

我在县城里碰到的。

那他怎么不到长青洲来？

被留住了。

被谁留住了？

被彩云家留住了。警官女人笑盈盈地说。

赵正田与警官女人走出房间门，丹丹望了赵正田一眼，疑惑这两人在做什么。警官女人朝丹丹笑了一笑，丹丹没有像往常那样对警官女人笑。丹丹隐约感到警官女人来卫生院不是好事。

后来正如赵正田所猜测的那样，姐夫接到赵正田电话，告知姐姐，姐姐马上火急火燎地跑回娘家，与父亲商议。父亲拿不定主意，让姐夫到长青洲来跑一趟。

姐夫等渡船，警官女人也在等渡船，闲着无聊，警官女人就问赵正田姐夫。一问就知道了是赵正田姐夫。警官女人机灵，把赵正田姐夫截住了，带到了表妹家。

赵正田到了彩云家，见到姐夫，有警官女人在，不便说话。他不停地朝姐夫眨眼与歪嘴，示意出去说话。可姐夫像呆子一样，无丝毫反应。

彩云下班回家，警官女人让彩云喊姐夫，彩云大方地喊了。姐夫乐滋滋地答应。这一答应，表示作为赵正田家长，对两人的相处表示同意。

事后赵正田问姐夫，你不觉得她长得难看呀？

姐夫答，要好看做什么？人家城里人，条件好。

就要条件呀？赵正田气问。

姐夫像得了便宜似的说：不要条件要什么？我们乡下人娶城里姑娘是福分。

赵正田鼻子哼了声。心里泛起了一阵阵苦涩，像苦瓜的味道。

回到卫生院，赵正田一抬头，见郑平路站在走廊上，他心虚，脸马上红了。

这是？郑平路指着赵正田姐夫问。

突 田

我姐夫。赵正田怯怯地答。

这是？赵正田姐夫心情相当地好，他见郑平路问自己，便头偏向赵正田问，想知道问自己的人是谁。

这是我们院长。赵正田有些不自然地介绍。

呀！院长！院长！赵正田姐夫快步上前，不管郑平路愿不愿意，握住对方的手猛烈摇晃，迫不及待地宣布，我舅老爷今天订婚，我特地从老家赶来。

姐夫说"我舅老爷"四个字的时候，赵正田意识到坏了，急忙咳嗽了两声。姐夫满脑子喜气，根本不理会赵正田的提示，照直说了下去。赵正田明白姐夫这话说了，下面将要发生的事情。

与谁订婚？郑平路目光威严地扫视赵正田。赵正田像犯错误的孩子一样，低着头不说话。

与县城棉布厂一个女孩！说"县城"二字时，姐夫有意提高了声调，他为舅老爷能与县城里的女孩订婚骄傲。

郑平路脸上的肌肉突突地跳，目光狠狠地瞪着赵正田，转背向家的方向走去。

院长怎么突然不高兴了？姐夫不解地问赵正田。赵正田同样狠狠地瞪了姐夫一眼。

两个月后，丹丹与钱大学订了婚。订婚的前一天，钱大学穿着斜格子西服，系着红得吐血的领带，梳着二八分的头，骑着辆凤凰轻便自行车，一路摇着铃铛来到了卫生院。娶到仙女，不消说，钱大学心情爽极了。

进了卫生院，赵正田正好从门诊室出来，手里斜提着个茶杯，茶水淡了，赵正田准备将残茶倒进屋檐前的花池里。这是个长宽各一米的花池，中间有棵泡桐树，当初砌这花池的目的是圈住这棵树。花池砌好后，在里面撒了点太阳花籽，长出了些紫红色的小花，给卫生院增添了生气与亮色。

赵医生好！抽支烟！钱大学快步向前，从腰里掏出一盒红塔山香烟。

不抽！赵正田面无表情地答。钱大学脸上的笑容立马僵住了。

大学来啦！院长老婆适时出现，在走廊尽头大声地喊。

来了！妈妈！钱大学大声回答，面部肌肉恢复到先前状态。

钱大学是个嘴巧脸皮厚的人，还没正式订婚，他就开口喊起了妈妈，而妈妈这个称呼，对于赵正田来说，是很难出得了口的，结婚三个月后，在彩云的催促下，他才将这个有些拗口的词吐出。

钱大学脚步轻快地经过注射室，头点着朝里面瞄，瞄见了丹丹，笑着喊了声，原以为丹丹会还他一个微笑，说声你来了。没想到，丹丹只朝他看了一眼，就配起药来。钱大学脸上继续荡漾着笑容。丹丹不理他，换上其他人，心里肯定不愉快，可钱大学不在乎，他清楚，丹丹瞧不起自己，现在能答应与自己订婚，他已经很满足了……

两个月前，当丹丹从父亲口中得知赵正田与县城里的一个女孩订婚的消息后，身体立马一歪，院长老婆神色慌张，急忙上前扶住了女儿。

丹丹！丹丹！那姓赵的就是个小医生，没有什么，我们丹丹以后找一个比他好的！院长老婆瞅着丹丹的脸色，手不停地抚摸着女儿的头发。丹丹脸色苍白，不说话。

快！快！扶丹丹到床上躺下！郑平路指挥老婆。

赵正田订婚的消息对于丹丹来说是莫大的打击，她承受不了。自从赵正田来到卫生院，她就一门心思爱上了赵正田。她活泼，赵正田话语不多；她千方百计接近赵正田，赵正田不轻易答应，越不轻易答应，她越觉得赵正田有涵养，越爱赵正田。现在赵正田与别人订婚，试想她心里如何能承受得了？

丹丹病倒了！

钱大学像狗一样闻到气味，高兴异常，不停地朝天上望，盼天黑得快，可天色就是暗不下来，他恨不得爬到天上把太阳拽下。日光终于在他的熬盼下暗淡，他按捺不住激动出了门，来到村小店。

店主是个年轻的跛子，头发杂乱，掉了一颗门牙。柜台玻璃有很多划痕。钱大学目光朝柜台里睃来睃去。你这模样像小偷。店主笑。可有烟？看你这说的，店里怎么没有烟？可有红塔山烟？还有几包。几包不行！那你要多少？要一条！一条肯定没有！给我找找！一阵翻箱倒柜，店主终于在墙壁架子上找到了一条红塔山烟。钱大学丢下钱，将烟往左胳膊衣服里面一夹，出了门。

烟送给谁，送给李小应。

李小应再次找郑平路，院长老婆小心翼翼地问丹丹，那个钱大学又来托李主任介绍，你愿意不愿意？

愿……意！丹丹闷声闷气地答。

当李小应把丹丹同意的消息告诉钱大学，耶！钱大学兴奋地蹦了起来——他这癞蛤蟆终于吃到了天鹅肉！

天热得早，才阳历四月底，气温已经高达33℃，夜晚门窗开着屋子都像火球，何况门是关着的，仅有的一扇窗子对着走廊也只能关着，屋子里像蒸笼。

王红雷结婚办酒席欠了债，手头没有钱买电风扇，热，只有坚持。好在年轻，刚结婚不久，他满脑子都想着那事，热也就减轻了不少。

洗过澡，王红雷褪下短裤，往椅子上一扔，然后急不可耐地脱背心。心情急迫的缘故，背心箍住头部，将头严实地包裹起来，他愈发焦急，向上猛劲地拽了一把，然后狠劲地一扔，背心在空中转了几个圈，到了桌子上。

奶奶的，热死了！王红雷满脸满胳膊的汗。先前他就热得不得了，经过刚才与背心的一番纠缠，更热。

雅丽牵了牵湿乎乎的刘海，说，要买电风扇！

王红雷望了一眼与他一样汗乎乎的雅丽说，好，我明天就到县城里去看看。

电风扇无论如何要买，第二天上午王红雷就过江到县城。五交化、二轻、百货公司、水上商场他挨家跑，问价，台扇一台要八十元左右，落地扇一台要一百三十元左右。

他相中了五交化公司一款海风牌落地电风扇。相中这个牌号，在于王红雷是个诗情的人，尽管现在过日子，很少写诗了，可情调还在。还有一个原因，商标上标明上海。王红雷坚信，大城市，产品质量肯定过硬。

回长青洲的路上，王红雷心里盘算着钱的问题。现在手头上一分钱没有，要买就得借，向谁借呢？向学校借？叶校长对年轻人是很照顾，先前结婚学校给买了床，后来又让房，现在再找他委实开不了口。

钱这个问题……这个问题……王红雷挠着头。他想到了赵正田。找赵正田借，他是自己的好朋友，现在没有结婚，不会不借给自己。王红雷没有回学校，直接往卫生院方向去。

太阳接近正中，光芒像妖魔撒下的金针，根根刺向王红雷头脸与脖颈，他感觉格外地难受。无论如何要借到钱！王红雷嘴里默念。

来到了卫生院，丹丹正好在走廊上走，见到王红雷，快速地掉过脸去。以往王红雷来，丹丹总朝他甜甜地笑，上次托李雁介绍，丹丹回绝了，她见到王红雷多少有点不好意思。

赵正田在门诊室里，里面没有病人。

来啦。

嗯。以往赵正田说一声来啦，王红雷像话痨，哇啦哇啦说一大堆的话。这回来，只嗯了一声，便不再吭声。不过眼睛盯着赵正田。他心里盘算着如何开口。

有什么事？赵正田看出王红雷有心事。

有……有点事。王红雷吞吞吐吐地说。

什么事？

想……想……想向你借点钱。王红雷望着赵正田，像做错了事一般。

借多少？赵正田问。

王红雷想有戏，心里高兴，赵正田不愧是自己的好朋友，关键时刻出手。借……借一百三。王红雷眼睛望着赵正田，留意他脸上的表情。

借那么多干吗？赵正田甩话。

买电风扇。

天太热了，晚上没法子睡，我也要买电风扇，我也在凑钱。赵正田把手一摊。

……

王红雷像挨了一闷棍。

后来王红雷想复苏记忆，可是想疼了脑子，也复苏不起来当时的情形。在他的思维定式里，赵正田是应该帮他的，可是赵正田没有帮，他觉得赵正田冷血，而且不是一般地冷血。

突 围

自此后很有些年头，两个很好的朋友不再来往。

七点半了，赵正田见彩云还未醒，摇了摇头，爬起来，洗漱好后，到街上去买油条。

结婚一年了，彩云就没有比赵正田早起过几回。大概县城里的女孩子，像娇小姐，乡村里的女孩子，像梅子就不是这样。赵正田想。

赵正田喜欢到中行边的油条铺子，这个铺子炸的油条分量足还脆。赵正田到的时候，前面已候着好几个人。一个四十来岁长相俊秀的女人手捏着被香油熏得黄得耀眼的芦秆等着油条坯子下锅，案子上一个头发稀拉的男人正快速地切着面粉段子。

赵正田朝锅里瞄，此刻油正气定神闲，冒着小泡泡，就像平时赵正田放松时在吹口哨。

前面一个人回过头，瞅着赵正田，问，你在长青洲卫生院吧？

是呀！赵正田答。

怪不得眼熟哩！

你认识我？

我到过你们卫生院，上次与局长一起去的。

哦。赵正田抬起头思索，努力回想上次去的人群中是否有他。

你经常到这来买油条？

你也经常到这买油条？

是！

是！两人同时答，然后一起笑起来。

你们卫生院有一个进修的名额，你可知道？那人以为赵正田知道。

我不知道呀！赵正田像受了剧烈刺激，上下唇张得很开，眼珠子也睁得很大。

你赶紧问问你们院长，不能把名额浪费了。那人叮嘱。

星期一一大早赵正田就到了长青洲上，还没有到上班时间，卫生院里静悄悄的，只有院长老婆养的一只麻乎乎的老母鸡在花池底部觅食。赵正田朝郑平路家门瞟了一眼，掩着的。

进修是难得的机会，不能错过了。赵正田在心里说。他把院里几位医生排列了一下，郑平路今年将近五十岁，不符合条件，另外两位都是土医生，他们得过且过，对进修不感兴趣。局里给卫生院一个名额，摆明了是让自己去，一来提高医术，以便更好地为长青洲百姓服务；二来局领导有眼界，可能还有让自己接班的考虑。赵正田想。

赵正田又朝郑平路家门瞟了瞟，发现还是没有动静，他实在忍不住，朝郑平路家走。走了几步又退了回来，他想，进修的事是公事，公事公办，是不适宜上郑平路家的。以前常去，是因为丹丹，郑平路及老婆都客气，现在自己伤害了丹丹，郑平路一家肯定不理睬自己。

丹丹来到了卫生院，结婚后她不住在院里了，只在轮班时或家里有事才到院里。以前丹丹见到人都笑，自从与钱大学结了婚之后，脸上的笑容便消失了。

两人目光对视，赵正田嘴唇动了动，他想与丹丹说句把话。丹丹不等赵正田话出口，就走进了注射室。赵正田望着丹丹背影，目光有些迷茫。

丹丹深爱着赵正田，赵正田与彩云好了后，丹丹伤心归伤心，眼却从来没有瞪过赵正田，丹丹越是这样，赵正田心里越内疚。丹丹是个好女孩！自己错失了好姻缘！他恨起姐夫来，都是他自作主张，毁了自己一生的幸福，也毁了丹丹一生的幸福。

赵正田往门诊室走的时候，郑平路出了门。听见脚步声，赵正田回过头。只见郑平路阴着脸，像别人借了米还了他稻似的不高兴。

院……院长……赵正田因为紧张，有些口吃。郑平路像没有听见赵正田的话，继续往前走。赵正田见院长这样，便不再吭声，跟随郑平路来到办公室。

什么事？郑平路闷声闷气地问。

院……院长，听说院里有个进修的名额。

你听谁说的？

我听局里人说的……

郑平路半天没有吭声。

院长我想去！

你去了，病人谁看？！郑平路闷声闷气。

突 田

不是还有两个医生？

你清楚，病人来了不都是找你看病？

那……那……我不能总看病不出去学习吧，再者出去学习回来可以更好地看病。赵正田据理力争。

郑平路不吭声了。

后来赵正田苦苦地申述理由，郑平路就是一声也不吭。

赵正田见院长藐视自己，脾气上来了，他提高了声音：我知道你为什么不让我去进修！

你不要瞎猜疑！郑平路也提高声音。

赵正田正准备反驳郑平路，丹丹出现在了办公室门口。丹丹望着父亲，又望着赵正田。赵正田看丹丹哀怨的眼神，心有些软，将到嘴的话狠劲地咽了回去，出了办公室的门。

最终赵正田还是实现了去进修的愿望，不过与卫生院签订了协议，进修后还回到卫生院。按常理，郑平路恼恨赵正田，应该希望他一去不回，可郑平路老谋深算，他想用协议把赵正田牢牢地箍在长青洲。

赵正田能去进修，一来靠了彩云家的帮忙，彩云有个表爷在二轻局任局长，能与卫生局局长说上话；二来丹丹也在父亲面前说了不少好话，为此丹丹还挨了父亲的骂。

买电风扇的一部分钱是李雁借给王红雷的。

那天王红雷愤愤地回到学校，脸色苍白，别的教师没有留意。李雁注意到了，她看四周无人，问王红雷，你怎么了，脸色这样？

没有怎么！王红雷低着头。

到底什么事情，你说说看！或许我……

"或许我"三个字让王红雷停住了脚步。他望着李雁，犹豫了下说，天热，我想借点钱买电风扇。

天是热，屋就像小闷罐！我好歹有个小电风扇，还能应付！李雁说。

王红雷无心与李雁说话，动脚走。

你要借多少？李雁急忙问。

王红雷站住了，他感激地望着李雁。

买电风扇还有一部分钱是雅丽向几个亲戚借的。雅丽在亲戚眼里乖巧温顺，很有诚信，能借到钱。

一周后，气温逐渐升高，达到了 35℃，海风牌电风扇买回了家。一天上午王红雷闲着无事，看电风扇商标，他看到了"产地上海"四个大字下方三个小字——柳林乡。

怎么会这样？上海的也有假冒伪劣？王红雷郁闷。

有了电风扇，热的程度大为减轻，有一天吃中饭时电风扇的叶片停止转动，怎么刚买的电风扇就出现这种情况？王红雷嘴里嘟哝。

调速的旋钮停在了"3"的位置。"3"是最大挡。王红雷转动旋钮，将旋钮从"3"调到"2"再调到"1"。不行！调回到原点。

雅丽伸着头看。

王红雷又将旋钮从原点调向"1""2"与"3"挡。

怎么回事？雅丽问。

哪知怎么回事？王红雷满头的汗珠。

你别急，慢慢转转看。雅丽拿起蒲扇，给王红雷扇起风来。

旋钮转过来，转过去，扇叶就是不动，王红雷异常地焦躁。扇叶不动，可是定时器旋钮却在走动，发出嗞嗞、嗞嗞的声响，这更加重了王红雷的焦躁。

妈的！骗子！骗子！王红雷烦躁地来回扭动着开关旋钮。

你太大咧了，花那么多钱买个电风扇也不好好看看。雅丽埋怨。

我看了的，谁知道那鬼厂家把那几个字弄得那么小！王红雷生气。

那这坏了，怎么办？

找他们？

怎么找？

我来看看说明书！

说明书上说，电风扇保修一年。至于保修地点，里面列了一大堆店名，找了半天，发现本地保修点竟然在市区。要到市区，需要先过江到县城，然后再从县城坐客车，不要说带着电风扇，即便一个人也非常麻烦。

这不是要人吗？王红雷异常地生气。

你不是在五交化公司买的么？明天把电风扇送到五交化公司，与他们交涉！雅丽提醒。

对！明天找五交化公司去！

第二天一大早，王红雷与邱长生调课，说新买的电风扇坏了。

邱长生调笑，你昨晚上半夜下半夜都折腾那事，把电风扇折腾坏了吧？

人家心情坏透了，你还开玩笑！王红雷苦笑。

快去吧！邱长生好心地挥了挥手。

五交化公司态度倒很和蔼，询问了大致情况，然后对王红雷说，到市里跑也是麻烦，这样吧，你到鸡鸣山脚底下的跛子修理铺去，就说我们叫去的。听五交化公司这么一说，王红雷坏了十几个小时的心情一下子好起来，脸上有了笑容。

跛子修理铺铁皮屋，一米五高，里面空间很小，堆放着很多破旧电器。跛子的那张脸像破旧电器一样地灰暗与陈旧。修理铺不高，对于他来说，正好。跛子打开一台红颜色的黑白十二吋黄山电视机在修理，电视机里有无数的线头。

王红雷低着头进去，告知是五交化公司让自己来的。

跛子说，你放下，过几天来拿。

王红雷苦求着说，师傅，我还在长青洲，来回一趟不方便，何况这天死热，没有电风扇真受不了。

你看我这没开电风扇，人不也好好的。跛子笑着指指自己。

师傅你意志力强！王红雷恭维。

习惯了！也许师傅心情好，也许师傅同情王红雷，放下手头活修理起电风扇来。

里面太闷热！王红雷跑了出来。

好了！跛子喊。

王红雷一看，扇叶欢快地转动起来，他问跛子上面的问题。

跛子没有理他，开始修电视机。

王红雷要走，跛子望着王红雷说，修理费八元钱。

王红雷圆瞪着眼睛说，不是保修，不要钱的吗？

谁说不要钱了？跛子问。

五交化公司说不要钱！王红雷理直气壮地答。

你听错了吧，五交化公司只是推荐你到我这来修，并没有说不要钱。

一群骗子！我找五交化公司去！王红雷怒气冲冲地放下电风扇。

五交化公司说他们的理，到市区修路程远，这大热天的，我们好意，推荐你去跛子那里修，并没有说不要钱。

王红雷把保修单往柜台上一甩，怒气冲冲地说，你们看看，这上面明明白白写着保修，让顾客满意！你们现在让顾客满意了吗？

营业员把手一摊，那是厂家的事，我们无能为力。

你们……你们……怎么能这么对顾客呢？王红雷气得脸煞白。

……

进修回来女儿就出生了，赵正田忙得狗喘，清晨起来往长青洲赶，天黑了又赶回县城。来来回回，风雨兼程，异常地辛苦与疲劳。

吴安平调到了县医院办公室，一天赵正田轮休去看望吴安平。

吴安平戏谑，看你满面红光，就知道你小子过得幸福！

赵正田说小日子幸福是幸福，就是往长青洲上跑累。

吴安平说，机会适合调到县城来。

赵正田苦着脸说，我是想调县城来，可又不认识县老爷。

我要是县老爷就好了。吴安平笑。

你不是县老爷，可你家有县老爷呀。

那算什么县老爷呀？要算县老爷把你调上来还不是一句话。吴安平夫妻能顺利调到县医院，靠的是吴安平父亲，老爷子前些年在乡下的一个区任区长，现在调到县城里来了，可见他家是有人脉的。

只是这人脉不轻易为别人所用。

唉！我现在就在那孤舟上守着，等着你当卫生局局长时借光调县城来。赵正田打趣。

你真那么想的话可要有长期抗战的准备。吴安平笑。

突 田

不想长期抗战也得长期抗战。赵正田说老实话。

晚上在岳母家吃过饭，赵正田准备回自己家。

岳母对赵正田说，正田，煤球快用完了，明后天你拉点煤球回来。

赵正田说，您老怎么不早说，我今天轮休，明后天都要上班的！

那请一天假，用不着一天，请半天假就行！

问题是今天正好休了，明天再请假有点难办！

岳母见赵正田如此说，沉下了脸。

彩云急忙打圆场，装着骂赵正田：你这人呀，妈妈天天给我们带孩子，还烧饭给我们吃，你拉点煤还不乐意？

谁不乐意了！问题是假的确难请！赵正田僵着脖子。他虽然不乐意在长青洲，可对待工作还是非常敬业，一丝不苟，不轻易请假。

那你上你的班，你把孩子带回去，我明天去拉煤！岳母生气地把手里的孩子往彩云怀里一塞。彩云接过女儿，狠狠地瞪了赵正田一眼。

赵正田思想斗争了整整一夜，反复地拉锯，最终出于孩子还得靠岳母帮忙带的顾虑，决定请假拉煤。

请假就得清晨到长青洲去再回来，基于他对郑平路个性的了解，假难请得动。回不到县城拉煤的事情就泡了汤，而一旦泡汤，就惹恼了岳母，女儿谁带就成了问题。

还是不请假？可是不请假，就是无故旷工，郑平路看自己不顺眼，正好找到了把柄，他到卫生局一散布，坏印象就给局领导留下了，到时想调动就麻烦了。

还得请假！赵正田想到了吴安平，吴安平办公室有电话，在他那儿打电话给郑平路，就说孩子生病了。不！不能说孩子生病，那样对孩子不好；就说自己生病了，不，也不能说自己生病，自己生病怎么还能打电话？干脆说彩云生病在住院，请一上午假，问题不就解决了？

心情急迫，赵正田七点半就跑到了县医院，办公室门个个都关着，吴安平办公室也不例外。他在门外等得着急，不时地看手表，手表是红星牌手表，是姐夫在他大四那年送的，现在表面已有点泛黄……

郑平路接电话有点不高兴，不过还是很通情达理的，当郑平路勉强说那好吧，赵正田一颗悬久了的心落下。他自上至下地按着胸口，长吁了一口气。

他突然笑了，开心地笑了，像孩童一样。

他很少撒谎的。少年时撒过一次谎，骗过了母亲。

上学的路上，遇到一个货郎，担子里有七彩的糖粒，非常好看，也非常甜。一个方姓的孩子用一分钱买了一把糖粒，这孩子一路走一路吃，馋坏了赵正田。

他找母亲要钱，说买作业本。母亲说家里一分钱都没有，他将目光落在窗台晒得皱巴的鸡肫皮上。母亲叹了一口气说，你拿去吧！

赵正田用鸡肫皮换了一把糖粒。他嚼着糖粒，感觉无比甜。

母亲问买的作业本呢，他谎说交给老师了，母亲看了他一眼，没有再问。

为此他很得意。

母亲去世的时候，他非常地自责，悔不该当初欺骗善良的母亲……

向岳母家邻居借了大板车，赵正田拉着在县城大街上走，他低着头，生怕撞着了熟人，还好他在县城没有熟人。

到了煤球场，赵正田傻了，倒不是里面一抹黑，而是排的队一长溜外还拐了弯。不过不是人在排队，而是大板车在排队，人站在大板车边上，前面车子往前挪一截，后面大板车跟着往前挪一截。

第二年春暖花开的时候王红雷儿子出世了。小家伙白白胖胖的，惹人喜爱。

六岁这年三月末，空气中透着寒意，学校前面一排柳树的条儿随风起舞。孩子们爱饱了这风儿，拎着五颜六色的风筝在场子上放飞。

王红雷心想着儿子，从县城带回一只湖蓝色的风筝，原以为小家伙一看到就会高兴地拽着他去放，没想到小家伙卧在椅子上，打瞌睡。王红雷兴奋地喊了一声，你看我买什么回来了！儿子没吭声。他又喊了一声，儿子吃力地睁开眼睛，又闭上了眼睛。

你怎么了？王红雷走上前，摸摸儿子的头，继而又摸摸自己的头，反

突 围

反复复地摸了几次，断不清儿子是否发烧了。

爸爸回来了？儿子吃力地睁开眼睛，朝父亲淡淡地笑了下。

嗯，回来了，给你带回一只漂亮的风筝，你看！王红雷把风筝高高地举了起来。

儿子竟没有表情。在王红雷想来，儿子见到风筝，应该跑着前来。

你没有感冒吧？王红雷关心地问。

儿子没有吭声。

王红雷又摸了摸儿子的头，感觉没有发烧，对儿子说，走，我们放风筝去！

儿子无精打采地站了起来。

场子上跑动着大大小小的孩子，还有一些家长，他们几乎都是学校的老师。村民是没有时间也没有情调放风筝的，老师带孩子放风筝，与孩子一起快乐的同时可以回味着童年。

你看我的多高！我的比你的还高哩！孩子们比着，不甘示弱。

王红雷将风筝线一点点地放开，小跑了几步，风筝被风一兜游上了天空，自由自在地摇摆了起来。

快来！快来！他把风筝线轴递给儿子。

儿子站在原地不动。

王红雷瞅着儿子眼神，发现木木的。他意识到小家伙身体出现了问题。

走！我带你上卫生院去看看。王红雷将风筝收起，骑着合肥联营产的永久牌加重自行车向卫生院方向急驶。

赵正田不在，自从那次借钱的事情后，王红雷几乎不上卫生院了，他与赵正田之间没有了往来。

郑平路拿出听诊器听了听后，在处方单上潦草地写了几行字。

什么毛病？王红雷身体前倾着问。

没大毛病，吃点药就行了。郑平路表情平淡。

吃了药，儿子精神似乎好起来，王红雷放下了心。

铃声响起，王红雷拿起课本往教室方向走，一眼看到孙恒正对几个年轻教师叽咕，他没有放心上。下课时，又见到孙恒在对那几个教师叽咕，而且见王红雷朝他们望，把身子转了向。

避着自己！王红雷想。叶校长对自己不错，孙恒把自己归于叶校长的人，怕自己通风报信。

碰到邱长生，王红雷问，刚才孙恒对他们叽咕什么？邱长生朝边上望了望，凑近王红雷说，你一天到晚忙家里事，学校的事情一点不关心，他们几个向县教育局与乡里告叶校长。

他们告叶校长？王红雷瞪大眼睛。他不敢相信教师竟然敢告校长。

反映叶校长能力不行，抓教学平平，学校财务方面也有大问题，说叶校长用学校钱买了辆自行车放家里。自行车放叶逸铭家里王红雷清楚，王红雷有次上县城，向叶逸铭借自行车，叶逸铭说，你到我家里拿。

学校财务有问题，王红雷思想单纯，从来没有往这方面想。

你还不知道吧？听说叶校长用烟盒子纸报了很多账，钱都落入了他的腰包。邱长生做了个拆开烟盒子写字的动作。

叶校长这样呀？王红雷惊讶。

传的！现在都这样传！邱长生对王红雷说。

王红雷脑子里转的都是叶校长被告的事，回到家，儿子哭丧着脸。

王红雷眉头马上皱了起来，你不是好了吗？怎么又这样？

儿子痛苦地说，爸，我……我……指着屁股。

屁股怎么了？

屁股……屁股……儿子急得哭了起来。大便不通，小家伙胀得难受。

事情多！王红雷有些不耐烦。

他又骑着自行车到卫生院，这回赵正田又不在，还是郑平路看的。郑平路说，你用开塞露，过几天就好了。

开塞露，王红雷第一次听这个名称，觉得非常新鲜。开塞露，开塞露，一开就露了，好形象的用具啊！他拿着开塞露在手里掂，感觉儿子大便已经通了。

他脸上绽放出笑意，回去时，车铃摇得丁零零地响，他心情很欢快。

王红雷拿着课本往教室里走，经过团委书记周旭海的房间时，见门虚掩着，他朝门缝里随意地瞄了一眼，见孙恒手上提着个茶瓶与几个年轻教师紧贴着周旭海在一起商议着什么事情。

王红雷猜他们肯定在商议告叶校长的事。

门被轻轻地关上。王红雷有种被隔离的感觉。他是个诗情的人，思想简单，从不在人事关系上多想，总觉得大家心都是相通的，交往无障碍。现在被这么一隔离，他的心堵了起来，开始思考起人事关系。

农村里有一类挑事的妇女。王红雷想，孙恒就像农村里挑事的妇女，他在挑学校里的事，把学校搞乱。

他对孙恒的厌恶感增加。

继续往前走，碰到叶逸铭。叶逸铭说，王老师，你到我办公室来一下。因为有之前遭隔离的事，尽管他知道叶校长对自己好，在进校长办公室时还是东张西望了下。

我对你不错吧？一进门，叶逸铭就温和地问。

王红雷木了下，说，叶校长你对我不错的！结婚给买床，还有经常借自行车……

你提到自行车，现在就有教师拿自行车做文章，告我的黑状，你知道不知道？

叶逸铭盯着王红雷。王红雷点点头，表示知道。

上面可能要下来问，如果问到你，知道怎么回答吧？ 王红雷继续点头。那就好！叶逸铭舒了一口气。

王红雷走出校长办公室的时候，他感觉心里压抑。他一向阳光，现在学校里发生事情，无论哪头，都在玩心机，都在把他推向黑暗。

开塞露就是好，一用就通，王红雷观察儿子小脸，发现小家伙有了精神。

可过了没多久，孩子情况又复原，王红雷认为没有什么大不了，继续用开塞露，可是小家伙的小脸不像第一天那么舒缓，眼神也黯淡无光。

李雁打王红雷家门口过，看见小家伙趴在椅子上，目光无神地望着她。

快带孩子去县医院看看！别拖着！李雁走进屋，弯着腰，爱抚着小家伙的头发，提醒王红雷。

没有那么严重吧？王红雷说。

最好是带县医院看看，放心！李雁再次提醒。

中午雅丽从珍珠场回家，一见这情况，皱眉，急忙说，我们还是带儿子到卫生院去看看吧！

门诊室里没有医生，雅丽正准备去喊郑平路，这时赵正田正好到门诊室来拿茶杯。

红雷有什么事？赵正田热情地问。作为要好的朋友，没有借钱给王红雷，赵正田心里一直感到很歉疚。

王红雷冷着脸。

孩子生病了，打不起精神。雅丽抢着答。

哦，我来看看。赵正田没有问病情，只看了一眼王红雷儿子的眼睛，就说，小家伙可能得了肝炎。

怎么会是肝炎呢？你搞错了吧？王红雷与雅丽瞅着赵正田的脸问，他们两人都不相信。

赵正田没有回答，只说了句，小家伙眼睛发黄，这是肝炎的症状。

是什么肝炎？一急王红雷也不计较借钱的事了。王红雷了解一些肝炎的常识，他知道肝炎有甲、乙型之分。如果是甲型还好办，是乙型那问题就大了。

具体是什么，你们明天到县医院查血就知道了。听了赵正田的话，夫妻二人心里很忐忑。

去卫生院的时候，王红雷夫妻轮流抱着儿子，小家伙头有些歪，回家的时候，小家伙的头失去了支撑，搭在了大人的肩膀上。王红雷摸着儿子的头，心疼。孩子生病，而且还是不轻的病，夫妻二人一夜未眠。

第二天一早，他向叶逸铭请假，叶逸铭吧嗒着嘴巴说，你怎么能在节骨眼上请假呢？县教育局领导与乡领导这几天就要到学校来！

可是我孩子生病了呀？

不就是大便不通的问题嘛，小问题。叶逸铭不以为然地说。

不是那个问题了。

那是什么问题？叶逸铭皱着眉头问。王红雷没有回答。他不想对学校任何人说儿子得了肝炎，如果说了，同事不让孩子与自己儿子玩，儿子就被孤立了。还有一个原因，他吃过随嘴吧嗒的亏。前年春，王红雷有些不舒服，他随意说，我别得了肝炎。这么随口一说被孙恒到处传他得了肝炎，结果所有老师都避着他。他又不好找孙恒说道，就这样吃了哑巴亏。

那你去吧！去了快快回来！叶逸铭显得很无奈。

到县医院一检查，果如赵正田所说，是肝炎，不过是甲肝。王红雷松了一口气。

医生说，要住院。

我们住在长青洲。王红雷苦着脸，他的意思是我们在江中，住院不方便。

你孩子这么小，又是肝炎，不住院不行！医生强调。

没有解释的余地，王红雷瞅瞅儿子，小家伙闭着眼。他心疼！

住院。第一夜，王红雷要陪儿子，雅丽说，还是你回去，我陪着，王红雷趁天没有黑，赶忙离开县医院，回到长青洲。

第二天早晨，王红雷又到叶逸铭那请假，叶逸铭苦着脸说，小老子，你真不能请假了，领导来，你不在，我有责任。

叶校长，我老婆一人带着孩子，我不去不行！见叶逸铭不同意，王红雷开始哀求。

你下午去行吧，上午真不能去！叶逸铭说出了折中办法。

长青洲在江中，领导要来也是上午来。

大板车移到拐弯处的时候，赵正田尿急，他朝四下望了望，发现东南方拐角有一处矮房子，猜是厕所。

他往外挪脚步，朝煤球机子方向望，想看清机子边大板车上码了多少煤球，如果码了有一定数量，自己就不能走。看不清！不能走！等了会儿后，尿憋得难受，他朝后面人望了望，后面的人面无表情。他快速地向那间低矮屋迈去。

到了才知道不是厕所，这回尿更加地急，他顾不得斯文，向北边的那一排平房小跑。又几乎小跑着回来。一看，傻眼了，他的大板车被剔除在了队伍之外。

前面出了空当，后面的人不是发扬雷锋精神，将他的大板车往前挪动，而是直接插到空当里，再后面的人嫌他的大板车碍事，直接将他的大板车移出队伍外。他清楚不能怪任何人，只能怪自己。他朝后面看了看，后面的队伍与前面的一样长。不能到后面去，去的话中午都不能捡到煤，自己还想上下午班哩！只能插到刚才那个人前面去，他拖起了板车，将板车头插进去了一点点。那个人可能觉得理亏，没有吭声。

就这样前面每移动一辆大板车，后面两辆大板车几乎同时移动，赵正田力图将大板车全部插进去，可那个人铆足了劲，就是不让赵正田插。赵正田心里有些慌乱，他想如果后面的那辆也是这样，自己有可能一直被边缘化。

赵正田根本想不到，快到机子边时，头搭着蓝色布料帽子脸庞漆黑的开机工人对着赵正田喊：喂！赵医生，您也来拉煤呀！

咦！他怎么认识我。赵正田有些疑惑，没有答应。

赵医生，您不认识我了呀，您给我针灸过哩！去年！去年十一月！我大姐带我找的您，您是神医，一针灸就把我腿子针灸好了！

哦！哦！赵正田想起来了，去年冬天的时候，卫生院附近一个年纪五十开外的妇女带着一个四十岁左右、个子矮小的男人来到门诊室，说他弟弟腿子疼痛，吃药不见效，想针灸看看，结果针灸了一个月，疼痛的症状好转……

并排的这个人见赵正田身份特殊，识相，将大板车头偏了点向，示意赵正田将大板车插进去……

下午上班之前，赵正田赶到了卫生院。

赵医生，你上午拉煤去了？刚进卫生院，郑平路劈头就问。赵正田本来想狡辩几句，说我没有拉呀，可一想，郑平路说到了煤，肯定是知道了自己拉煤的事。说谎被毫不留情地揭穿，赵正田窘得无地自容，他满脸通红。

你知道旷工是什么性质吗？郑平路在给赵正田上纲上线。

我岳母家断煤了，再不拉就断顿了！赵正田解释。

我只管卫生院的事！郑平路不给赵正田情面。

见郑平路这么说，赵正田觉得再解释也无济于事，他耿劲上来，偏着头，不理郑平路，大步向门诊室迈去。

我向局里反映！郑平路气呼呼的。

你反映去！赵正田最怕局子里知道，可现在他在气头上，顾不了那么多。

门诊室里没有病人，赵正田坐在椅子上，想，就是岳母非要自己拉煤，不然不会让郑平路抓到把柄。郑平路是怎么知道自己拉煤的呢？不可能亲眼看到的，如果亲眼看到的，当时就会给自己难堪，不会等到回卫生院。那不是郑平路看到的，又是长青洲上谁看到告诉郑平路的呢？他就这样想着，想着，没有注意到门诊室进来了一个人。这个人站在了他面前，没有吭声。

这是个老妇人，年纪大约六十来岁。见赵正田仍在想问题，老妇人忍耐不住，说，赵医生，我看病。赵正田抬起了头。他认识这个老妇人，她家在长青洲渡口边上，一次赵正田回县城，见老妇人与邻居为了地基在吵嘴。老妇人骂人很有一手，骂的时候跳起来，跺着地，而且还拍着掌。

赵正田注意到，老妇人拍掌不是把巴掌合在一起，而是一只手掌快速地擦着另一只手掌。有点搓的感觉，有把对方从手心里搓掉的绝坏念头。他不禁联想起了岳母，岳母似乎也在搓他。

你哪个地方不舒服？赵正田问。

我这手掌心酸痛。

赵正田心里想说，你巴掌拍多了。我看看！老妇人把手伸到了赵正田面前。

大家都夸赵医生针灸神，我想针灸！老妇人口气有些武断。

不是想针灸就针灸，我要搞清楚情况，能针灸才针灸！赵正田认真解释。

老妇人说起了手掌心酸痛的感觉。

病情适合针灸疗法。赵正田抽出了银针。

银针扎向老妇人手掌的时候，老妇人怕痛，她搞怪，手出人意料地一抖，肌肉一扯，一声脆响，银针断了。

以前从未出现过这种情况，赵正田望着手里捏着的断针，傻了。

哎哟！这怎么办？老妇人惊叫起来，五指向手心聚拢，银针迅速地往皮肉内陷。

大学里学过这种情况的处理办法。遇到这种情况，一边安抚病人情绪，一边让病人摊平手掌，然后把病人手掌肌肉向中间挤压，让断针凸起，接着拔出。

然而这老妇人不配合，她仍不停地收放手掌，每收一次，哀号一次，收了两回后，出于对疼痛的害怕，乖乖地摊平手掌，可怜巴巴地望着赵正田。

赵正田一手托着老妇人的手背，一手作拔状，可是看手掌，银针已经没了踪影。

现在断针已经深陷肉内，就像不会水的孩子扑腾了一阵沉入了水底，想挽救出已经没有可能，只有做手术取出。

长青洲卫生院条件不够，得到县医院。

哎哟！哎哟！这怎么好！这怎么好！疼死我了！老妇人大声地号叫。

此时赵正田大脑处于混沌状态，如果他是清醒的，应该立即对老妇人说，您别紧张，我带您上县医院，做个简单的小手术，把断针取出。费用您也不用担心，我全包了，这样问题就可轻松化解。可偏偏赵正田什么话都说不出来。

哀号声招来了卫生院里所有人，有两个正在挂水的病人也一手高高地提着吊瓶前来看热闹。

丹丹挤进屋内，见此情况，急忙安抚老妇人，您别叫了，我们一定想办法取出。

你们有什么办法能取出，那还不赶快取出？！老妇人停止了哀号。

丹丹焦急地望着赵正田，意思你赶紧想办法呀。

赵正田摇了摇头，表示没有办法。

自作聪明！郑平路扒开众人，站到老妇人与赵正田面前，嘲讽起赵正田。赵正田像做错了事的孩子般毕恭毕敬。

还不快带到县医院！郑平路提醒。

在郑平路的内心里他巴不得老妇人赖上赵正田，让他吃吃苦头，以报私仇；还有赵正田自认为是正规院校毕业，针灸出了名声，不把自己放在眼里。可是自己是院长，是卫生院的负责人，病人在院里闹，影响院形象，如果卫生局知道了，说自己没有能力，有可能调个人来当院长。权衡了下，郑平路决定还是帮助赵正田。

赵正田此刻仿佛大梦醒来，急忙上前搀扶老妇人。丹丹也上前托起老妇人手臂。

我不去县医院！老妇人出人意料地拒绝。众人望着老妇人，然后互相望望，不明白老妇人脑子哪根筋坏了。

郑平路明白，老妇人赖上卫生院了。

您不去县医院，针怎么能取出呢？丹丹乞求地望着老妇人。

你们说怎么赔偿我？老妇人目光从郑平路脸上移到赵正田脸上，又从赵正田脸上移到丹丹脸上，最后停在了郑平路脸上。

逞能！郑平路对着赵正田骂了句。他本来想说，逞能好吧，但逞能两字出口后迅速地收住了口，他明白，赵正田尽管很令自己讨厌，可是在这个老妇人面前说嘲笑赵正田的话，会助长她的气焰。

现在还没有到那一步，先取出断针再说。郑平路安抚。

你们不说怎么赔偿，我不会去县医院的！老妇人耍起了赖。众人目光从郑平路脸上移到赵正田脸上，又从赵正田脸上移到丹丹脸上，然后又移向老妇人的手掌上，只见老妇人手掌的中间部分在突突地跳。

针挤压了内部的肉。

这种僵持状况直到老妇人的大儿子来才打破。郑平路承诺，医疗费全部由赵正田承担。

赵正田陪老妇人到县医院，丹丹要去，被郑平路制止。

老妇人手术需要钱，老妇人大儿子望着赵正田，赵正田只好说，你等着，我回去拿。小家庭建立不久，开销大，小两口工资月中就用完了，家里没有钱。赵正田恳求彩云去向岳母借。

做不了好事！岳母知道情况后骂。

老妇人住院期间，赵正田既要到长青洲上班，又要到县医院去看望老妇人，累得疲惫不堪。

中午到岳母家吃饭，岳母冷着个脸，赵正田扒了两口饭就放下了碗。

你就知道冷着个脸！要不是你让我拉煤，错过了那个时间点，也不会出现这种情况的！赵正田心里怪罪岳母。

他内心里感觉，尽管自己是医生，有正式工作，但在岳母眼里，自己家穷，又是农村人，她骨子里瞧不起自己。

看人家的脸色难受！明天自家烧！晚上躺在床上的时候，赵正田与彩云商议。

你脑子坏了呀？我母亲给你们赵家带孩子，辛辛苦苦的不说，你还怪罪她，什么意思呀？彩云朝他瞪眼睛。

什么叫给我们赵家带孩子？孩子不是你的呀？！赵正田质问彩云。

孩子就是你们赵家的！彩云不让步。

好！是我们赵家的！是我们赵家的！赵正田望着彩云，他感到彩云在他眼里是那么陌生。

雅丽早晨去县医院食堂打饭，儿子谁照看？不会雅丽去打饭，儿子见妻子迟迟不来，滑下床，去找他妈妈，找不到，急得哭？雅丽打饭回来见儿子不在，去找，也找不到，急得哭？上午叶校长没有准假，王红雷脑袋里转的都是这件事情。

对于叶逸铭叶校长来说，他一上午，确切说这几天脑袋里装的都是糨糊。他平时喜欢在教室走廊上晃动，巡视课堂上情况，现在他窝在办公室里胡思乱想上面来学校的各种情况。

叶逸铭不出来，孙恒在内的有些教师就放肆，即使叶逸铭出来，他们照样放肆，铃声响了多半天，才吊儿郎当地拎着课本上课堂。教师迟来，学生闹翻了教室，声音响彻整个校园。下课铃未响，他们又急不可耐地下堂，聚集到周旭海的房间谋划，他们信心满满地断定叶逸铭这回肯定是要被撤职的。

王红雷是有责任感的教师，尽管心里急着雅丽与儿子，在学校处于无政府状态下，他没有委托其他教师照看学生，自己偷偷离开工作岗位。

早晨还好，没什么风。上午也还好，也没什么风，也可能有风，王红

突 围

雷心里装着事情，没有听到。有如叶逸铭，不是没有听到校园里的剧烈吵闹声，而是大脑细胞都用来想问题，从而忽略了外在的声音。

放学铃声响，王红雷急急地往渡口赶，迎面来了一股风，呜！将他的头发吹起。他往下抹了一把。呜！又一股风将他的头发吹起，这回他没有再抹，迎着风向渡口急走。

来到堤埂上，王红雷朝下望，还好，船在渡口。他最担心到的时候，渡船在对岸，等它过来，要十五分钟朝上。

王红雷巴不得能飞过江去。

船上已经坐了六七个人，王红雷跨上船，艄公没有要划的样子，他催，师傅，划呀！

这风大！等会儿！

不要紧的！

你说不要紧，出了事谁负责？我要对大家负责。艄公的语气很坚决。

师傅！我儿子在县医院住院，还等着我去给他打饭哩！王红雷哀求。

你老婆呢？艄公问。

我老婆要照看儿子。

让同病室人照看一下，你老婆去打饭不就行了！

问题是同病室人愿不愿意！王红雷带着哭腔。

我们也急着过去，师傅说风大不行！一个胖嘟嘟脸形的妇女说话，她试图缓解一下王红雷焦躁的心情。

风大危险，委实不能划。再说我认识你，你是学校的王老师，我孙子常提到你，说你教书负责。教书获得了长青洲上的百姓认可，如果是平时，王红雷听到这样的话，心里一定很高兴，会亲热地与艄公聊起来，问他孙子叫什么名字，在家里表现怎样？介绍在学校里表现……现在没有心情，他望着江水，眉头皱成了波峰。

风啾啾地叫，浪一波一波地掀起，像卷起的舌头，狂野地舔着船沿，有股浪嫌舔得不够热烈，向上腾起，被风一搅，旋转了一百八十度，跌入了船舱。

你看！你看！多险！多险！要不是我把得稳，就这风浪，船肯定翻！

艄公不失时机地炫耀起了自己的高明。

不假！不假！船上的人被刚才一吓，全都附和起艄公，起初他们也急着要过去。

浪花冲撞堤岸，王红雷眼睛模糊，他嘘地腾上了天空，身体平躺着向前跃进，到达了对岸。他站稳了脚跟向前急跑。

这风来得快！去得也快！现在平静了，可以划了！艄公划起了桨。

刚才是虚幻地想，眼睛眨了两眨，王红雷回到了现实的世界。

十一点四十分左右，江上卷起大浪的时候，对于机关来说，正是吃饭时间，可是长青洲乡党委与教育局主要领导正在煲电话粥，磋商对长青洲学校教师来信的处置办法。

经过一番磋商，达成了四点共识：一、找每个教师谈话；二、鉴于相当一部分教师（班子成员）对学校财务有疑问，决定由教育局财务科对学校财务进行审计；三、不管审计出什么情况，考虑叶逸铭在教师中威望低，大破大立，决定提拔一位年轻、学历高、有工作能力的教师当校长；四、新的领导班子要团结奋进，实现长青洲学校跨越式发展。

电话中还就必走的程序进行了安排，事先由教育局教研室听课，然后评课，评课后再决定新的学校领导班子人选。

出乎长青洲学校所有教师预料，第二天早读的时间，乡里、教育局一大群人就拥进了学校。

乡财政所所长也在这群人里，他在里面合乎常理。财政所所长年纪轻轻，也是中专毕业生，比王红雷早到长青洲一年。年轻人的前程不同，王红雷现在还是普通教师，他已经是乡政府的"财政部长"了。

这群人的到来，让学校气氛一下子凝固起来。

以往早读王红雷在教室里巡视一会儿就回家，择择菜或洗洗碗，现在这么多领导进了学校，王红雷不敢离开教室，他心事重重地在教室里踱着步。

叶逸铭在办公室里，可能知道领导要来，也可能一直想着领导来，坐在窗边，眼睛不时地瞅着外面，瞅见了一大群领导到来。其实叶逸铭心里是焦躁的，他既怕领导来，又希望领导早些来，将事情做个了结，自己早些解脱。

叶逸铭急忙出屋迎接。

以为领导们会一脸肃穆，个个像包公一样，谁知领导们一个个谈笑风生，就像是来长青洲学校视察。

叶逸铭紧绷的脸部肌肉松弛了下来。

先到哪里坐？是到叶校长办公室还是到会议室？乡党委书记崔松国征询嘴巴有点瘪的县教育局局长意见。

还是到会议室吧！教育局局长说。

一行人在会议室长条桌子四周坐下。长条桌子是两张乒乓球桌拼成的。这两张桌子是前年叶逸铭找一个姓操的木匠打的。考虑到学校分来的年轻教师多，要有活动器材，于是叶逸铭便找来操木匠打了乒乓球桌。

阵线分明，教育局领导坐一边，长青洲乡领导坐一边。首先让叶逸铭汇报长青洲学校工作，叶逸铭念稿子，崔松国不高兴地制止，说，你不要念了，把学校的工作讲一讲。

叶逸铭满脸通红。

叶逸铭汇报结束后，崔松国客气地请瘪嘴教育局局长讲，局长客气地让崔松国讲。崔松国推让说，业务的东西我们不懂，还是请教育局领导先讲。

瘪嘴教育局局长对一个矮个子干部说，你与校长研究一下子，把听课的事情安排好。

两个人出去后，崔松国征询教育局局长意见：那下面干脆查账？

教育局局长说，好，我们财务科来了人，不知乡里可来了财务？

崔松国指着年轻的财政所所长说，喏，乡财政所所长！

早读完毕，教师们聚成了几堆，其中一堆以周旭海为中心，周旭海不说话，孙恒显得异常兴奋，他滔滔不绝地说着。

反映叶逸铭的信其实是周旭海撑腰，孙恒写的。孙恒这个人，品德差，不守规矩，教书水平更不行，还不钻研。他喜欢玩，常常在上班时间跑到县城里玩，被叶逸铭批评。他不服，说，我们是课上完了去玩，碍什么事？！

叶逸铭人板正，黑着脸批评孙恒：上班时间就应该在学校，再去玩，为了学校声誉，要处分你们几个！孙恒人奸猾，只嘴里嘟哝，不当面顶撞叶逸铭，不过他有心机，想到了利用账目问题报复叶逸铭。

教师们被通知暂缓吃饭，集中开会。其实教师们谁都不饿，注意力全都聚在接下来的会议上。上面如何处理叶逸铭？这个问题大家都感兴趣。当然对于周旭海与孙恒来说，还期待免去叶逸铭职务。

其实包括叶逸铭在内的学校所有人都不知道，在业务人员忙碌的时候，乡、教育局领导正在会议室里磋商如何安置叶逸铭。

崔松国说账面应该不会有什么大问题，叶逸铭不适合当校长，但鉴于他对学校的贡献，乡里打算安排他当校支部书记。

那他假若不配合新校长工作怎么办？教育局局长问。

乡里找他谈！崔松国显得很有把握。

这次提拔一位年轻教师当校长，据你们观察，提谁比较好？教育局局长望着崔松国。他之所以谦恭，是因为此时学校的人权与财权都还在地方政府。

据我们考察，周旭海教学水平不错，人也比较稳重，而且他还是团书记，提拔他当校长比较合适。崔松国表态。

任命他为副校长主持工作比较妥当，年轻人，让他先锻炼锻炼，以后再说。教育局局长建议。

这样是比较妥当！崔松国认可。

会议开到接近下午一点钟，全体人员都忘记了肚子饿的问题。对其他教师授课的评价都很平淡，可是对团支部书记周旭海的授课，教研室听课教师却给了很高的评价。周旭海来了精神，坐得笔直。

后来王红雷才弄明白，当时如此的评价是为了给即将上任的年轻校长树立威望。

关于财务清查结果，只说到账目有些乱，这让一心想看笑话的孙恒大失所望。接下来宣布叶逸铭不再担任校长时，周旭海或许意识到自己要被提拔，他老练，没有在领导面前表现欣喜的表情。而浅薄的孙恒得意扬扬地瞟着众教师，那意思是，怎么样？是我把叶逸铭撸下来的吧！

突 围

当宣布叶逸铭担任专职支部书记时，孙恒脸上表情很有些愤愤不平，那意思是怎么把他的校长撤了现在还用他？

所有教师都屏息静气地等待着新校长名单落地，他们在心里估摸着人选，有的人心突突地跳。周旭海对自己的期待最大，他心跳得最厉害。

现在任命周旭海为长青洲学校校长并主持工作！

周旭海听到这句话，吁了一口长气。

孙恒得意，朝着周旭海笑。

此时多年负责教导工作的一位姓徐的主任神情暗淡下来。停了秒把钟，当宣布他为副校长兼教导主任时，神情又活了起来。

早晨赵正田到达卫生院的时候，正好瞅见电工王三拎着个小铁锤在敲针灸科牌子，他敲两下，然后用手摇两下，见松动不大，又准备再敲。

你干什么？赵正田圆瞪着眼睛，朝王三怒吼。

砸人家牌子，等于砸人家饭碗，人家自然要与你拼命。现在王三做的就是砸赵正田牌子的事，赵正田自然非常地生气。

赵正田一直对王三这个人没有好感，甚至于反感。王三是卫生院所在这个村的电工，他负责整个村及机关单位的电路。他在村子里有一份固定的收入，给机关单位架电，又另外获得一份收入。

王三个子不高，常年戴着一顶爬满了灰尘与烟尘的蓝色工帽，香烟夹在耳上要掉不掉，一副舍我其谁的傲慢样子。赵正田刚到长青洲卫生院的时候，王三正给卫生院铺设新线路，他自带一把能叉开的短梯子，骑在梯子顶上，抬着头往墙沿固定电线。

赵正田进卫生院，王三感觉有人，低头，瞄了瞄赵正田，轻蔑地说，呵，来了个小伢子。

自己怎么说已是青年了，小伢子的称呼，对人极不尊重。刚来不好表示什么，赵正田朝王三斜睨了一眼。

给卫生院架电，卫生院付报酬的，王三又是本村人，到了下班时间，本应回家吃饭。可是王三从梯子上下来，拍拍身上的灰尘，就老实巴巴地坐到了郑平路家桌子旁。紧随着卫生院会计也坐到了桌子旁。紧接着一位年纪大约三十七八岁的妇女拎着搭了毛巾的箩筐进了郑平路家，掀开毛巾，从里面端出卤菜、炒菜与红烧鲫鱼。于是三个人有滋有味地喝起酒来。

架了大约一周电，王三在郑平路家吃了一周的中饭。边上有一个外地人新开的土菜馆，单位或家境不错的干部家里来了人只要说一声，菜就会送上门。很显然送来的菜不用郑平路掏腰包，如果是，郑平路只会掏回把。

王三酒后满面红光，得意地打着饱嗝，用手伸进嘴巴里狠劲地抠牙缝里的肉菜。赵正田瞄见他，厌恶地撇过脸去。王三注意到了赵正田的表情，很是不爽。于是他每次见到赵正田，都有意将饱嗝声放大，这更加重了赵正田对他的反感。

下牌子呀！王三示威似的说。

谁让你下牌子？赵正田质问。

郑院长呀！王三将"呀"字音拖得很长，他有意气赵正田。

你先别动！我去找院长！赵正田缓和了语气。

王三不理睬，继续敲牌子。

叫你不要敲就不要敲！赵正田激动起来，上前去摇梯子，王三惊吓，急忙顺着梯子下来。

你什么意思？王三摇晃着锤子，锤子碰到了赵正田的脸，赵正田摸了一下。

一个小电工居然敢这样对自己，赵正田气愤到了极点，他攥紧拳头，准备与王三干一架。

我让下的！郑平路适时地走了过来。

院长，你怎么能把针灸科的牌子下了呢？赵正田因为生气，忘记礼节，质问起郑平路。

现在已经出事了，牌子再不下，长青洲卫生院就要倒了！郑平路气也上来了。

不就出了个断针的事？

你认为这事还小呀？

郑平路这句话把赵正田给噎住了。

昨天上午的这个时候，老妇人的二儿子来到卫生院。这是个年轻人，

突 围

三十出头的年纪，系着条天蓝色的领带，戴着副宽边眼镜，一看就是在单位上班的人。据说在江南的清溪县工商局上班。

他向郑平路提出了一个额外的要求。

我老娘虽说年纪大，可我们家种菜喂猪、烧锅洗碗这些事都靠老娘操持，现在老娘做了手术，家里的事情没有了人做，你们卫生院要赔误工费。

这……郑平路一时没有了话。不仅郑平路，就是赵正田也还是第一次听患者家属提这样的要求。

年轻人见郑平路被问住了，进逼说，你说我提这要求可有道理？

我们医生是为你老娘治病才断针的，并不是有意为之。郑平路怕连累卫生院，急忙辩解。

那你们卫生院不付误工费了，是不？年轻人逼问。

这个……这个……郑平路又没有了话。

双方就这样僵住了。这时正好这村的村支书鼻子红肿，来找郑平路看。年轻人见村支书，急忙递红塔山香烟。

支书说，小二子，搞发达了，回家也不吭一声，哪天到村子里去坐坐？

年轻人说，我为老娘的事情回来的，老娘做手术，做不了事，卫生院应该付误工费。

支书说，人家医生为村民治病，我们应该感谢才是，你跑来提要求，不好！

支书这一说，年轻人脸红了，急忙辩解，我知道医生人不错，可是要补偿也属正常，现在城里流行。

城里是城里！长青洲是长青洲！在长青洲，我说算了！算了！支书朝年轻人摆摆手。

年轻人讪笑着，走了。

郑平路松了一口气。

针灸是赵正田在长青洲的"医术"，针灸科取消，对于赵正田来说是个大挫伤。他心灰意冷，很长很长时间打不起精神。下午休假，本可以回县城，可是他一想到冰冷的家，便没有回去。

窝在卫生院里他同样觉得憋屈。

中秋的天明朗，赵正田朝天空望了望，出卫生院去溜达。他选择与渡口相反的方向走，大约二十分钟，来到了一片滩涂地。春天的时候这里绿草茵茵，草间绽放着五颜六色细碎得叫不出名字来的小花，让人身心陶醉。现在这片滩涂夹杂着些微的黄色。滩涂中间有一大块水面，太阳掉在了水里，光晕开来，水面像一个硕大的鸡蛋煎饼。赵正田心瞬间欢快起来。

他走近岸边，朝光晕中心看，然后慢慢地收回目光，他看到了一只蟹子正奋力地舞动爪子，朝岸上爬来。赵正田来了兴致，他捡起一根枯树枝，等着蟹子爬上岸。蟹子努力了一阵，终于爬上了岸。赵正田戏耍蟹子，将树枝挡到了蟹子前面，蟹子瞅见，掉转了方向，赵正田又将树枝挡在了前面，蟹子见此，又掉转了方向。

何必为难蟹子呢？赵正田此刻生出了慈悲，他没有再用树枝阻挡蟹子。只见蟹子前后脚一齐发力，快速地横爬。赵正田目光久久地注视，似在思索什么。

谁在捉蟹子呀？水面那头有一个人在厉声地喝问。赵正田抬头，没有应声。

哦，原来是赵医生啊！我不知道是您！来的人是曹大海，他见是赵正田，急忙道歉。

哦，没有关系！赵正田说。停顿了下，问曹大海，这水面是你承包的？

嗯！我承包的！

一年可有多少收入？

两万块钱。

那不错啊！日夜都要看着，要喂食，还要防止人家偷。说到偷时，曹大海意识到话不妥，赶忙止住了嘴。

曹大海捡起了那只蟹子，拎在手上。这是只公蟹子！赵正田刚到长青洲的时候不认识公母蟹子，王红雷告诉他识别的办法。蟹子肚皮下有符文，公蟹子符文宝塔状，有些像男性生殖器，自然好识别。

赵正田好奇，瞅着王红雷脸问，谁告诉你的？

突 围

王红雷笑，悟的呗！

赵正田竖起大拇指，诗人就是诗人，想象力超强！

一晃到长青洲已经五六个年头了，时间过得真快，当年好纯情，如今被生活压趴在地上。赵正田在思索着。

啦，这只蟹子赵医生您带着！赵正田百感交集的时候，曹大海扯了一截草茎将蟹子四角绑了，递过来。

这怎么好意思？

嗨！一只蟹子有什么，赵医生您快接了！

回卫生院的时候，赵正田心情大好，他拎着蟹子直奔房间，没顾着看前方，撞到了丹丹。也许是生育的缘故，丹丹的脸比原先圆润了许多，眼睛也大了许多。

哪来的蟹子？丹丹惊喜地问。

曹大海给的！赵正田得意地答。以前两人只目光对视，很少说话，这会儿说起了话来。

我来看看！丹丹要提蟹子。

赵正田将蟹子递给了丹丹。丹丹提过来左瞧右瞧。

第二天下午，赵正田准备回县城，他走出了卫生院，丹丹在后面喊，等一等！赵正田回头。丹丹拎着墨黑色的塑料袋从家里跑出来。在长青洲，在秋天的这个季节，墨黑色的塑料袋就是蟹子的代号，谁都知道。

喏！带回去吃！丹丹眸子闪着秋波。一股暖流从心底里生起，好久没有这种感觉了，赵正田眼睛有些湿润。

接着呀！丹丹将塑料袋往赵正田手里塞。赵正田深情地望着丹丹。丹丹避开赵正田目光。

晚上，赵正田与岳母一家人围在一起吃蟹子。

在长青洲好！吃蟹子方便！赵正田边掰着蟹子脚，边夸。

不就有点蟹子！还有什么？岳母撇嘴。

赵正田瞟了一眼岳母，后悔带蟹子回来。

赵正田想努力改善与岳母的关系，蟹子是稀罕之物，他提着蟹子，第一想法就是给岳母尝尝鲜，哪晓得岳母根本不领他的情。

自古以来，上下级、同事、亲戚朋友，都讲究个缘分。一个人对一个人的印象一旦固化了，很难改变。

岳母看不惯赵正田，可能与一个殷勤的退伍兵有关，这个退伍兵在之前给了岳母良好的印象。

赵正田听说，以前岳母家煤都是一个长得很俊、嘴巴很甜的年轻人拉的。这个年轻人是退伍军人，安置在雅丽单位做机修工。他追求雅丽，一个简单的办法就是跑到岳母家，甜甜地问，阿姨煤可还有？退伍兵的俊模样，还有那甜甜的话，很讨岳母喜欢。当然退伍兵人精，去的时候还不忘拎着礼品。

退伍兵有钱。

赵正田与退伍兵不同，一来他家穷，没有钱花，同时也心疼钱；二来他性格使然，不喜欢献殷勤。

还听说退伍兵与雅丽处过对象，在要订婚的关头，警官女人插了一脚，数说赵正田如何优秀，做医生如何有出息，让岳母掉转了船头。岳母在家强势，彩云听岳母的，便断了退伍兵，与赵正田订了婚。

断了，但没有绝。那个退伍兵心里一直有彩云；彩云心里也一直有那退伍兵，这就是后来赵正田与彩云离婚的原因。

五

年轻人当上校长意气风发。周旭海当校长第一件事就是配齐了二级机构，提拔孙恒当办公室主任。提拔孙恒不知道周旭海是如何想的，反正王红雷没有多想，他脑筋从来不往这方面想。有些教师想到了，孙恒当了周旭海马前卒，把叶逸铭拉下了，同时周旭海又考虑到孙恒人活络，当办公室主任合适。孙恒就是这样一个偷奸耍滑的人，他只有初中文化，却神通广大，弄到了一张高中毕业证书，摇身一变成了高中文化。他更大的能耐还在几年后，堂而皇之地转了正，成了国家正式教师。

叶逸铭是支部书记，职务又是孙恒给拉下去的，在提拔时怎么不说话呢？是不是不知道？其实叶逸铭心里是强烈反对的，嘴巴未说，缘由在于自己刚刚受挫，有点灰溜溜的；还有一点，周旭海年轻气盛，正受到领导器重，犯不着与他发生矛盾。

这次还同时提拔了几个年轻人担任教研组组长，教研是学校的生命力，把教研抓起来，学校就活了。

新官上任三把火，周旭海抓教学管理，教师实行集中办公，上班时间不准许离开学校，更甭说无课上县城了。他与教导科徐主任，亦即徐副校长带着教研组组长听课，然后集中评课，学校教学工作呈现喜人景象。

团结紧张，严肃活泼，抓教学的同时平整操场，让师生有活动场所，更好地调动了年轻教师的积极性。

学校前面的场地 10° 倾斜向下，然后 20° 的倾斜向上，呈浅 V 形。下雨天，凹槽里积满了水。早些年没有挖掘机之说，全靠人工平整。周旭海一鼓动教师，教师一鼓动学生，整个长青洲学校的精气神都被调动起来。小学三年级至初中，学生们有带担子的，有带镐子的，有带锹的，劳动课与体育课全部被利用来平整操场。

内活了，周旭海开始谋划外。他这么考虑的，水上派出所、粮站、信用社、邮政所这些杂七杂八的单位都有孩子在学校，有些单位还是一把手的孩子在学校。到这些单位走动，介绍介绍学校的变化，再诉诉学校的困难，寻求这些单位的支持，改善一下办学条件，把教师的福利提起来。

周旭海到乡里向李小应汇报，李小应此时已经是宣委。李小应把周旭海的想法对崔松国说了，崔松国非常地支持，指示李小应陪着周旭海跑各单位。跑的效果很好，各单位都表示对学校支持，出钱出物，派出所掏了二百元，信用社掏了五百元，邮政所也掏了三百元。

找江支应，怕他不给面子，李小应打出了崔松国的牌子，说崔书记让我带周校长来化缘的。崔书记牌子很好使，江支应慷慨应允：我家几个孩子都在学校，学校教学搞得好，我孩子有出息。这样吧，我表个态：学校要建食堂，需要大梁与椽子，养殖公司提供。还有腊月底网鱼的时候，养殖公司给每个教师一条混子鱼（草鱼）过年！

这不错！这不错！我们江经理就是大方！李小应拍起了掌，周旭海跟着拍掌。

腊月二十一，王红雷正拿着一沓成绩单在发。王老师！你把成绩单发完赶紧与叶书记他们几个到村子里去抬鱼！周旭海喊。

抬鱼？王红雷疑惑地抬起头。

嗯！抬鱼！养殖公司说话算数，给学校每个教师一条混子鱼。周旭海话语显得很兴奋。

哦！不错！王红雷随口答道，他也显得很兴奋。

王红雷一阵抢发，成绩单全发了下去。寒假不要就知道玩，每天要有计划地做作业！他叮嘱学生。

嗯！嗯！学生们点着头。

王红雷顾不上学生是真入耳还是假入耳，急着到叶逸铭那里去。

突 围

怎么才来？叶逸铭有些焦躁。

成绩单才发完！才发完！王红雷解释。

叶逸铭把王红雷他们带到了洲南边堤下的一个鱼塘边，那里聚集了三十多个等着分塘鱼的村民。塘埂上散落着的几棵柳树，叶子落尽，枝条像赤裸的人在寒风中打着战。

鱼还在塘里。一张长约三十米的大网在十几个穿着皮衣皮裤村民的拉拽下，从塘的另一端向这端缓慢移动。王红雷缩着身子，眼睛望向水面。呼呼！一阵风呼叫着而来，他禁不住打了个寒战。鱼还没有网起来，要是迟来会儿就好了！他嘴里嘟囔。

谁晓得还没有网起来，就听周旭海的催促，赶紧去抬鱼了。叶逸铭有些歉疚。

站着有些冷，王红雷在埂上不停地走动。大约二十分钟后，网接近这边的塘埂，鱼儿隐约知道小命不保了，开始在网内"暴动"。鲤鱼、鲫鱼往上空跳跃，划出一道道漂亮的弧线，跌进变得不清爽的水中，也有飞翔在网边的鱼幸运地逃脱到网外。

哟！一条跑出去了！又有一条跑出去了！这条是红鲤鱼，鲤鱼跳龙门，还真不假！埂上的人由焦躁变得兴奋起来。

王红雷不觉得冷了，他饶有兴致地看着一条条弧线，觉得那是诗行。

我们的家乡在希望的田野上
炊烟在新建的住房上飘荡
小河在美丽的村庄旁流淌
……
十里（哟）荷塘
十里果香
……

王红雷情不自禁地联想起了《在希望的田野上》这首歌词，丰收的喜悦涌上心头。

抬鱼回学校，裤脚糊了不少泥巴，裙子上沾了鱼鳞。王红雷到长青洲学校，第一次意外地分到了一条重约七斤的混子鱼。

王红雷感觉在长青洲上工作相当地不错。

丹丹女儿已经八岁了，在长青洲学校读二年级，小姑娘模子像丹丹一样好看，皮肤不仅不黑，而且白里透红。

她放学后到卫生院里找妈妈，走路一蹦一蹦的，两只翘尾巴辫子摆来摆去，可爱极了。赵正田走出门诊室，小姑娘甜甜地喊，赵叔叔好！嗯！赵正田答应着，他脑子里冒出了个奇怪的想法，我要是当年与丹丹结婚，养的又是女儿的话，不知道可是这模样。他摇了摇头笑了。他明白这只是遐想，没有了可能。

这应该是小姑娘最后一次到卫生院来找妈妈，因为她的妈妈马上就要下岗。卫生体制变革，精简编制外人员，丹丹是卫生院临时聘用的，自然在精简之列。那她被解聘后到哪里就业呢？

其时珍珠已卖不上价，从事珍珠养殖业的公司不是倒闭就是转行。长青洲珍珠场倒闭。原先在珍珠场上班的少女也都成了妇女，她们被时代的江水裹挟，几乎都过江到县城里面去打工。雅丽就是这样，跑到车站边的一家私人超市里帮忙拿货。

钱大学所在的轧花厂早几年就倒闭了，失了业的钱大学为了生计尝试着干过很多行当，后来听人说买船装货赚钱，随即买了一条载重20吨的水泥船，雇了一个船工，在江上跑，什么货都装，这些年赚了一些钱，又买了一条100吨的铁船。

钱大学知道丹丹被解聘，笑着安慰，解聘就解聘，正好船上缺人手，你上我这贼船来，我不雇人了。

丹丹瞪了钱大学一眼：我上船，女儿谁带呀？

钱大学不以为然地说，交给你妈，孩子大了，不麻烦的，供应点吃喝就行了。

那学习谁辅导呢？

小学生，就那么点作业，什么辅导不辅导的！

小学就要重视，等到后来重视就迟了！

你这么说，那怎么办呢？钱大学望着丹丹，茫然地问。

丹丹心里已有主意，他对钱大学说，听说学校王老师教学特认真，不如让孩子周末到他家，让他给辅导辅导，逢年过节我们再带点东西给他。

钱大学说，你这想法好是好，不知道人家王老师可愿意干。

丹丹说，明天晚上我们一起到王老师家。

钱大学说，好！

丹丹收拾东西，赵正田过来，站在丹丹身旁，不说话。

丹丹抬起头，赵正田双眼火辣辣地望着她。丹丹双颊绯红，迎着赵正田的目光。两人就这样对视了约十秒钟。

丹丹率先打破沉默，她对赵正田说，我爸脾气倔，你有什么话好好跟他说。赵正田点点头。丹丹微笑了下，然后低了头，就在蹙眉的一瞬间，赵正田留意到了丹丹的眉梢间藏掖着淡淡的伤感。

赵正田忽然觉得心情沉重起来。

丹丹走后好几天，赵正田都魂不守舍，回到家也如此，彩云炒菜让他拿酱油瓶他却拿了盐罐。

彩云对他吼：我知道，你魂丢长青洲了！

瞎说什么呢？赵正田重新拿酱油瓶。

哼哼！你当我不知道呀！你与那个黑牡丹的事情！彩云冷笑着。

我与黑牡丹什么事情？赵正田提着酱油瓶不解地问。

还什么事情，你心里有数！彩云语气有些激愤。

我心里没有数！赵正田将酱油瓶重重地放在了锅边。

赵正田在岳母家生活忍气吞声，女儿上一年级，他坚持要求在家烧饭，与彩云谈判获得同意。岳母不放心，隔三岔五来家里指导，赵正田很是反感。他要的是独立生活，即使忙点累点都心甘情愿。因为岳母夹在中间，他们夫妻二人的生活过得磕磕绊绊。

这次争吵后两人冷战，半个月没有说话。下午没有班，赵正田准备主动打破这种状态，一方面他觉得这样的方式无法生活，另一方面体内的荷尔蒙急剧增加且有蠢蠢欲动迹象，必须得到解决。

彩云喜欢吃油煎豆腐，而且彩云说过豆腐还是码头边豆腐坊做的正宗，压得板，有劲道。于是赵正田满头大汗跑到码头边，买回豆腐，用开水焯了去腥，接着将油锅烧红，放入香油，一块块地煎。

油煎豆腐弄好后，他看着黄灿灿的豆腐，非常得意，坐在椅子上，跷起脚，点着。心情大好，赵正田突然冒出了个想法，不如到彩云单位去接她。

如果不去接，赵正田大好的心情可能延续；一接，心情变得糟糕透顶。彩云的厂在老街里面，赵正田步行至老街口，然后走进去，他到的时候，厂子里的女工在往外挤，他眼睛横扫，生怕漏掉彩云，可是在大家都走完后，还是没有见到彩云。

难道她杂在人群中我没有看到？应该不会呀！我每一行都扫到了。正如此想的时候，只见彩云与一个模样清秀的男人从里面走了出来。那个男人神情显得很兴奋，边走边把一个东西往彩云手里塞。彩云看到了赵正田，脸色通红，急忙把男人的东西塞了回去。

这个男人莫不是当年追求彩云的那个退伍兵？他缠着彩云做什么？难道他们旧情复燃？赵正田怒气往上涌。

男人兴致高，心思全在彩云身上，一点也没有注意到面前怒气冲冲的赵正田，继续把东西往彩云手里塞。

怒不可遏，赵正田冲上前去，抢过男人手里的东西，用力地一扔……

端午节来到，王红雷回老家看望父母，大姐、二姐、三姐全都来父母家。吃过中饭，三个姐夫说母舅（随孩子喊），我们来和麻将。

王红雷不感兴趣，他推辞说，你们和，我到我同学李大来家去。

李大来是王红雷的好友，当年王红雷考取了师范，李大来考取了高中。王红雷念书很专心。李大来爱好广泛，笛子、书法还有摄影样样都会，可是高考年年都差几分，迈不过门槛。后来事业单位招聘，他被录取在乡国土所，再后来转了正。听说他刚刚当上所长。

你还在那小岛上呀？李大来在家，王红雷很高兴，他想与李大来好好聊聊，没有想到李大来见面就这话，把王红雷噎住了。

以往王红雷到李大来家，李大来都亲热地问，你在长青洲怎么样？那个地方离县城不远，风景又美，秋天又有蟹子吃，不错！话中充满了羡慕，王红雷为此有些得意，他感到在长青洲的生活状态不错。

现在李大来的话意很直白，长青洲不好！王红雷混得不好！有些瞧不起他的味道。

早年王红雷考取师范，李大来非常羡慕，他与李大来在一起是自信的。后来毕业分配到长青洲，他自认为长青洲不错，与李大来在一起还是自信的。现在李大来对自己的态度发生变化，原因可能是他当上了国土所所长。

而王红雷尽管是正规学校毕业的，可至今还是个教师，即便是校长又如何，在长青洲那个孤岛上当校长又有几个人求？

这样一对比，自己的境遇与李大来掉了个个儿，他当然不羡慕自己了，甚至认为自己现在落难了。想到此，王红雷心里不是滋味。

或许李大来是为自己好，希望自己早日调出来，改变命运，自己不能把李大来往坏处想。王红雷调整了情绪。

以往他只要往李大来家里屋走，李大来都会跟进来，然后两个人坐下来，围绕着自己亲热地叙说。这回没等王红雷往里屋走，李大来就说：你坐一下，我还要出去一趟，说完动脚就出门。

王红雷木然地站在他家外屋，非常地难堪。

他凄凄地回到家。姐夫们三万、五筒地大声嚷着，姐姐们贴在各自的丈夫身边指着麻将，谁也没有留意到他的表情变化。母亲细心，见儿子脸色不好，轻声地问，大来不在家呀？

……

王红雷没有吭声。他不好回答母亲的话。说在家吧，怎么回来了？说不在家吧，又说了假话，他是个诚实的人，从不在母亲面前说谎。

第二天王红雷准备回长青洲，在到车站的路上碰到了当年的师范同学梁天开，梁天开穿着土黄色的武装制服，阳光下格外地耀眼，刺伤了王红雷本已脆弱的心。

王红雷一年就考取了师范，梁天开是考了三年才与王红雷同一年考取师范的，在一个班。在师范时王红雷年年都是三好学生；梁天开三好学生的边都沾不上。可是一毕业，两人情况就迅速地发生了变化，先是梁天开调到了乡教委当上了教育会计，管着全乡中学与七八所小学教师的工资。

到了哪个学校，校长都把他当贵宾。这与王红雷比，已经是天上人间。可是梁天开还不满足，过了几年又改行到了政府部门，先是当武装干事，现在竟然是武装部部长。

在师范时，王红雷在梁天开面前绝对有优越感。可是这天他站在武装部部长梁天开面前，仿佛矮了三分。

梁天开声音洪亮，以干部的口气喊：王红雷，你还在长青洲呀？

在。王红雷本来不想回答，可是声音却不知道怎么出了口，声小得像蚊子在哼哼。

他感到了挫折，之前在长青洲的满足感荡然无存。

早年王红雷也曾尝试过改变命运。

王红雷并不觉得自己分配得如何差，虽然被分在了江水围困的孤岛上，可是离县城不远。有的同学被分配到了穷乡僻壤，而且教小学，从这方面来比较，他心里是满足的。

毕业几年后，情况很快发生了变化。先是听说当年班上一个白白胖胖的同学考上了教育学院，到省城去上学，接着又听说班上一个女生调到了政府部门。

每一次听说，王红雷心里都掀起一些波澜。

同学比自己高了一个档次。他有些自责。

白白胖胖的同学考取教育学院，说明他有进取心，据说他分配后的两年时间没有放松文化课学习与复习。而王红雷呢？分配了，有工作了，思想上就觉得应该刀枪入库、马放南山了。这两年时间做了什么事情呢？说出来都羞愧。

先是在长青洲上逛，从洲头逛到洲尾，从这个单位逛到那个单位，然后晚上又打牌，白白浪费了光阴。当然打牌这事不能怪王红雷，邱长生牌瘾大，每天晚上都喊王红雷到他屋里去打牌，打升级，贴胡子。打着打着王红雷就上了瘾，不等邱长生喊，主动到他屋里去。打牌的时候，王红雷感觉是人生最快乐的时光，后来他又认为是人生最虚度的时光。

这个同学考取教育学院与另外一个女同学改行，对王红雷有鞭策作用。他开始捡起了书本。他也想考教育学院，考取了教育学院学历提升是一方面，还可以借机调到条件更好的学校，离开长青洲，离开这被水包围着的地方。

王红雷学习得法，他将要复习的内容列了个计划，每周复习什么内容，每月复习什么内容，清清楚楚。晚上批改完学生作业就复习，周末也很少逛长青洲或过江到县城去。到第二年四月份的时候，他将要复习的内容复习了整整两遍。

王红雷感到胸有成竹。复习之前他大意了，报名有一个条件，需要学校同意。而按当时的教育体制，教师的人事管辖权在乡里。长青洲学校缺正规学校毕业的教师，来了怎么能随便放走？乡里不同意王红雷报名。

辛苦了整整一年，不让报考，王红雷人近乎疯了。他认为校长周旭海小心眼，认为自己以前与叶逸铭走得近，这次借机报复自己。

他与周旭海吵，圆瞪着眼睛：周校长，你是清楚的，我复习了整整一年，你不同意报考，我的努力岂不白费了？

周旭海双手一摊，说，又不是我不同意你报考，是乡里不同意。

那我找乡里！王红雷气呼呼地说。到乡里不能像与周旭海那样说话，得低声下气。

李小应接待了他。李小应吐了口烟笑呵呵地说：现在长青洲学校教学质量差，就缺像你们这样的科班教师，怎么能刚工作几年就走呢？

王红雷说，我还回来的！

李小应呵呵了两声说，前些年也有一个教师说还回来，可是教育学院一毕业，就找人跳槽到了县二中，你在长青洲学校不会没有听说吧。

李小应说的是一个姓琚的教师，琚老师在他被分配到长青洲学校之前考了省城的教育学院，本来要回长青洲学校的，可是在即将毕业的时候，人家给介绍了一个女朋友，这女朋友的父亲是商业局局长。局长怎么能让乘龙快婿再回长青洲学校？局长稍稍活动了下，琚老师就到了县二中。

他是他！我是我！王红雷表白。

现在有自学考试，还有函授教育，你可以边教学，边提高自己！李小应又点着了一支烟。

那我复习了整整一年，乡里今年总得给我个机会呀？王红雷哀求。

实话告诉你，同意权在崔书记手上。李小应见劝不住王红雷，便搬出了崔书记。

还要崔书记同意呀？那我找崔书记！王红雷起身就要找崔书记。

李小应说崔书记到县城开人代会去了。

王红雷问崔书记什么时候回来。

李小应说，大概半个月时间吧。

王红雷身体一软。他之后再不动复习考试离开长青洲的脑筋。

冬日天黑得早，对于长青洲来说，稍稍迟一点。不过到下午四点，卫生院里几乎没了病人。往年这时间点，赵正田就开始活动身子，准备回县城。

偏有偏的好，在长青洲卫生院不像在县城医院非得到点才能走，没有病人，提前一个小时走郑平路也睁一只眼闭一只眼。

现在四点过了，赵正田还坐在门诊室里，他开了日光灯，翻看着一本厚厚的病理书。

上次见到退伍兵与彩云暧昧的场景后，赵正田与彩云大吵了一架。彩云认为自己的行为正常，而赵正田认为她的行为极其反常，一怒之下想教训教训彩云，可是他想到彩云家就在边上，而且岳母非常厉害，便强忍着没有出手。

可这口气无论如何咽不下去，于是他发出口头威胁，离婚！

离婚就离婚！你以为自己有什么了不起！不就是一个看病的！彩云蔑视的话语让赵正田更加地上火。

他心灰意冷，下了班不想回县城。五点钟光景，科室里已经没有一个人，赵正田望望窗外，光线已经很弱，他站起来，往自己房间走。

房间里空荡荡的，那张来长青洲时配置的红色架子床摆在屋子中间，上面像麻花一样卷曲着一床色泽暗淡的被子，这床被子是赵正田大学毕业带到长青洲的，结婚时彩云嫌被子土气没有让带家里。被子上面搭着件黄绿色的军大衣，这是实习时发的，冬天夜晚保暖不错。

屋子靠右边摆着一张没有上油漆的黑色长条带靠背椅子。椅子上放着一个烂了点壳子的绿色煤油炉，炉上面顶着个白色的平底铝锅。炉子边

突　围

铺着一叠报纸，报纸上面搭着张摊开了的《健康报》。《健康报》下潜伏着切面。

椅子靠背上方有酱油瓶、盐罐，还有味精袋。

赵正田走进房间掀开铝锅盖，中午下的没有吃完的面条瑟缩在一起，中间凝固着白色如雅霜的油脂。分量还够，只要点着火就行。赵正田把铝锅端下来，拿起火柴，刺地擦亮。准备对着油芯点火时，系着大红围巾的警官女人走了进来。

你这何必！你这何必！警官女人吧嗒着嘴巴。到我家吃去！有热炉子锅，还有酒！

就这样好得很！赵正田淡淡地说。

就这样还好得很？警官女人那张诧异的脸变了形。

赵正田没有答话，继续点油芯，他点着了一颗油芯。

噗！警官女人上前，吹灭了油芯。

由于警官女人居中调停，赵正田与彩云关系暂时缓和，可心理阴影除不去，稍有闲暇，脑子里就会出现退伍军人的嘴脸。有这么一个讨厌的人在脑子里，赵正田无论如何也快乐不起来，他时时紧锁眉头。

年终县卫生局给了长青洲卫生院一个参加市先进个人大会的指标，郑平路大方地给了赵正田，这样赵正田第一次顶着荣誉光环去市里。

会议在位于平湖的新梦冉大酒店举行，参加会议的应该说都是卫生系统的佼佼者，赵正田参加会议心情非常开朗，他少有地忘记了退伍军人给自己带来的不快。

会场在三楼，住宿在五楼。他交了会费，上到五楼，五楼的楼层比其他楼层矮，赵正田感到压抑，他开了房间，放了包即往三楼而去。

他跟着人群走，突然看到了前面一个穿着灰色呢子大衣、风姿绰约的高个子女人。从身材、从走路的姿势看，这个女人都像刘桃。

他停住了脚步。

到底是不是刘桃呢？应该是刘桃。刘桃在赵正田的心目中始终是优雅的，即使她给郑平路写信损毁自己的声誉，赵正田也没有否定她的优雅。她是个优雅又强悍的女人，像一匹漂亮且高傲的母马。赵正田是这样看刘桃的。

继续往前走还是不走呢？往前走，会与刘桃碰面，那对于自己来说将很难堪。不往前走吧，难道不参加会议？左思右想，赵正田确定还是往前走，碰面又有什么关系呢？都这么多年了，不能小肚鸡肠，那点芥蒂应该放下了。

其实赵正田内心深处还是想看看刘桃的，他想看看刘桃现在的面容。毕竟两人当年相爱甚深，情感曾经擦出瑰丽火花。

陶陶是王红雷三姐家小女儿，长相清秀，性格活泼，不过眼睛有点小，看人时眯成了一条缝，这在男同学钱小洪眼里却显得很妩媚。

长青洲学校去年有三个学生考上县城最好的高中——一中，名声轰动整个县。交代一下，班主任是王红雷，他没有能力离开长青洲，就把心思放在长青洲子弟身上，希望他们有出息。

县城里有好几个家长把孩子送到长青洲学校，学校没有宿舍，他们就把孩子寄放在亲戚家。王红雷回老家闲谈到长青洲学校这几年教学成绩如何好，姐姐说：弟弟，你把陶陶带着，也让她将来能考个高中。王红雷犹豫了一下便答应下来。

星期天，王红雷从县城回来。李雁神情严峻地对王红雷说：王老师，与你说一事，陶陶……

陶陶怎么了？王红雷一惊，他不明白陶陶出什么事了。

陶陶与钱小洪……李雁的话停住了。

到底怎么了？你快说！王红雷催问。

陶陶与钱小洪在东南边芦苇里……搂……抱，被曹大海老婆看到了，她特意来告诉你，你不在，就与我说了。

你可对其他人说了？王红雷急忙追问。他是要面子的人，生怕侄女的事在学校里传开了，另外他还担心孙恒知道了，借此造谣。

没有！没有！不过不知道曹大海老婆对村子里其他人说了没。

谢谢你！王红雷衷心地感激李雁。

钱小洪也是转来的，他是卫生院院长郑平路家亲戚，具体什么亲戚，王红雷不清楚。钱小洪个子高高的，长着一张能说会道的嘴，他到班上来，很快成了男生的中心。课间十分钟，男生都喜欢围绕在他身边，听他天马行空地说各种各样的见闻。

小眼睛真好看。他注意到了陶陶，而且了解到陶陶是王老师侄女。他年龄不大，却很有攻心术，他常常不经意地朝陶陶一笑。这一笑，醉倒了来自乡间没有见过世面的陶陶。

李雁把陶陶的事告诉王红雷，王红雷很生气。你来！我问你件事！

陶陶在看刚买的长虹牌彩电，之前的黑白黄山电视被王红雷作价卖掉了。陶陶疑惑地望着舅舅，脑子紧张地转着，该不会芦苇里的事被舅舅知道了？应该不会的呀，只是村子里的人看到，学校里的人又没有看到。

按照王红雷对儿子的教育方法，第一句应该是训斥。可陶陶毕竟是姐姐家小孩，而且又是女孩，王红雷尽管很生气，还是注意了说话方式，从嘴里冒出来的话是：你可知道你到舅舅学校来做什么的？

陶陶扑闪着睫毛，谨慎地说：来读书的。

既然来读书，那能不能分心？王红雷语气变得严厉。

陶陶胆怯地说：不，不能！

既然不能，那你怎么……怎么……王红雷在选择词语，他不想说出谈恋爱这个词，他觉得这词加在侄女身上有损自己名声。

陶陶意识到舅舅在说那件事，脸腾地一下子红了，低垂着头。

以后把心思放在学习上可知道？王红雷放缓了语气。

雅丽傍晚回家，王红雷告诉她陶陶的事，雅丽提醒他要盯紧了，雅丽的意思倒不是怕影响陶陶学习，而是当心之前一个女生身上发生的事。

这女生的父母都在船上，她跟爷爷奶奶过。爷爷奶奶只能为她提供饭食，学习、情感上的事过问不了，也过问不到。这女生与班上一个男生谈起了恋爱，整个过程不仅老师不知道，就连同学也不知道，可以用静悄悄来形容。有一天，奶奶看孙女的衣角有些翘，以为衣服打皱，让她到边上来，给扯扯，这一扯发现了问题——孙女怀孕了。怎么办？奶奶慌忙与女生父母联系。父母回来向学校请假，理由非常地勉强。学校准了假。后来得知，父母带女生到江南打胎去了。之后女生辍学。

我想找一下郑院长！让他管教钱小洪！防止他再找陶陶。王红雷与雅丽商量。

不能找郑院长！雅丽摇头。

为什么不能找呢？王红雷不明白。

你傻呀！一找，万一郑院长与他老婆嘴不严，把事情说出去，那你的面子往哪儿放呀？

……

你可以悄悄地找一下钱小洪，严厉警告他，相信你警告后他不敢再找陶陶。

琢磨着雅丽的话，王红雷第一次感觉雅丽就像她的名字一样雅致，肚子里有内涵，办事有章法。雅丽文化程度不高，仅初中毕业。

哪个少男不钟情，哪个少女不怀春？花儿到了春天绽放，少男少女在一起难免春心萌动。王红雷不觉想起初中时光。

初二那年，他换学校到了离家八里路的一所中学，这所中学风气特别地开放。教师几乎都是没有谈恋爱的年轻人，他们安排男女学生坐在一起，男女生整天打打闹闹。女生喜欢往年轻教师房间跑，当时王红雷年纪小，精力全在学习上，不大了解这些事。到了毕业才知道，班上两朵花，一朵爱上了老师，后来成为师母；还有一朵嫁给了没有考上任何学校但帅得可以的一个男同学。

王红雷以为雅丽说的办法灵，其实不然。

两个月后的一个傍晚，陶陶端了饭到门前操场上吃，雅丽表情有些异样地对王红雷说：红雷，我发现我们家陶陶有些不对劲！

什么，什么不对劲！王红雷心不在焉。

我发现……雅丽话说半句停下来。

有什么话就说嘛！吞吞吐吐的！王红雷有些不耐烦。

现在吃饭说不适合，等下说。雅丽知道王红雷胃口浅，吃饭的时候说不洁净话，会倒胃口。有一年教师节，大家喝酒闲聊起包子心，邱长生说如今有包子不地道，拿蚯蚓做心。这话刚进王红雷的耳朵，他就哇地一下吐了起来。

王红雷是诗性的人，具备诗人的某些品性，头脑单纯且时常为某件事来激情，而对日常生活中的很多事不上眼或者说不上心。雅丽说的这话题换上其他做母舅的，肯定会敏感地追问，而他却没有上心。

王红雷扒完了饭，雅丽神情郑重地对他说，红雷，你不知道吧，陶陶这个月好像没有来那个……

什么没有来那个？王红雷脸沉了下来，雅丽说话吞吐他不高兴。

陶陶月经没有来了！

你怎么知道没有来？王红雷有些生气，他不喜欢雅丽提侄女月经的事。

我留意了呗。

没有来就没有来呗！

你犯糊涂呀？月经没有来还就没有来？！雅丽诧异地瞪着王红雷。

雅丽这一瞪，让头脑单纯的王红雷身子打了个冷战，他马上意识到事情不对。你是说……王红雷眼睛紧盯着雅丽，呼吸有些急促。

雅丽点着头。雅丽不说，一来她清楚此时丈夫已明白；二来说不出口。

那怎么得了！王红雷脸色煞白。

等下陶陶进来，你先出去，我问问她。雅丽说。

王红雷呆愣着，未吭声。

陶陶端着空碗走进屋来，王红雷狠劲地瞪了她一眼。陶陶不明白母舅为什么瞪眼，望着舅妈。

你出去！雅丽朝王红雷歪了歪嘴。

王红雷板着脸走了出去。

陶陶你坐舅妈这儿来，我问你件事。雅丽指着边上的凳子温和地对陶陶说。陶陶又望了望舅妈，顺从地坐在凳子上。

陶陶，你这个月月经可来了？

陶陶望着舅妈，不明白舅妈为什么问这个问题。

陶陶你说，你这个月月经是不是没有来！雅丽提高了声调，她急不可待地想知道答案。

嗯！陶陶望着舅妈，点点头。听了这话，雅丽头猛地往下一磕，像受到什么人猛击。似乎已成定局，局面不可收拾。

你啊！你啊！小陶陶，小陶陶，你闯下大祸了！雅丽眼瞪着陶陶。听舅娘如此说，陶陶脸色也像刚才王红雷一样地煞白。她意识到自己真的闯下大祸了。

月前，一个星期天中午，周旭海喊，王老师，下午没有事的话，你随我到街上走一趟，愿意不愿意？

王红雷说，愿意啊！校长喊怎么不愿意？

愿意就好！周旭海笑。随后王红雷就随周旭海到江对过县城去了。

陶陶见王红雷走了，也就出了门，往靠近主江方向逛，在路上竟然碰到了也在闲逛的钱小洪。

怎么你也出来了？钱小洪见到陶陶双目放光。

我母舅上县城去了！

那太好了！钱小洪兴奋地转了三圈右手臂。

你不知道吧，东南面江边上有一个棚子，不知道那棚子做什么事情的？里面还有张床……钱小洪神秘地向陶陶透露新近发现的秘密。

大概是看瓜的吧。陶陶随意地说。陶陶她们村庄每年种植一季西瓜，种瓜人怕人偷瓜，在瓜田边搭了个草棚子，在里面放张歪木拼凑的丑陋架子床晚上睡。

不是看瓜的！那个地方没有瓜！要看的话除非说看芦柴，那里芦柴多，怕江南那边的人偷。钱小洪猜测。

还看什么芦柴！陶陶觉得钱小洪的话很好笑。

刘桃！赵正田正慢腾腾地向前走，突然身后一名女子兴奋地大声喊了起来。前面刘桃受惊吓地一回头。

赵正田下意识地低下了头。不知刘桃可看到自己了？如果看到自己了，这么低着头，有失自尊。男人就应该高昂着头！如果抬起头，刘桃看到自己，撇过目光，自己又有失自尊。赵正田心情相当地矛盾。

啊！刘桃！真的是刘桃！想不到在这里碰到了你！后面女子猜测成真，兴奋得手不停地挥舞。

啊！是你！姚小晓！刘桃见到名叫姚小晓的女子也很兴奋，停下了脚步招手。姚小晓大步向前。

此时的赵正田非常尴尬，就他内心来说，他很想看看刘桃，可是自尊与羞怯又不容他抬头。

啊！刘桃！

啊！姚小晓！

姚小晓来到刘桃面前，两个人眼睛都晶亮亮的，姚小晓因为激动眼角滑出泪花。两人手拉在一起，不断地抖动，那种分离很久再相遇的欢快荡漾在彼此的脸上。

赵正田不认识姚小晓。姚小晓是在刘桃次年被分配到了那所卫生院。刘桃在那里工作年限仅五年，当年到卫生院打饭的那个机械厂小伙子，与刘桃结婚后即上蹿到了二轻局机关办公室，不几年就被提为股长。刘桃后随夫君调到了县城医院。

刘桃与姚小晓拉手的瞬间，赵正田走到了两人的面前，好奇心驱使他猛地抬起了头，扫了刘桃一眼。他看到了刘桃的脸就像富态的玉兰花一样饱满红润。

看来刘桃活得很滋润。赵正田想。他不由得自卑了起来，看来刘桃当年舍弃自己，是有先见之明的，她看上那个家伙，才这样活色生香，要是跟自己，哪能这样？

赵正田到了前面，找了个位子坐下来，耳朵侧着在听刘桃说话。

其实刘桃一回头的时候，首先看到的不是姚小晓，而是赵正田，她一惊。至于是惊喜，还是淡然，当时的心情容不得她细琢磨，因为姚小晓挥舞着手，在招引她。

她目光移向姚小晓的时候，赵正田快速地走到了她身旁。赵正田抬头望她的瞬间，她的余光还是瞄到了赵正田，她发现赵正田面容憔悴得有些怕人。她虽然脸上洋溢着笑意，可心不由得往下一沉，自己当年憎恶过、讨厌过赵正田不假，可赵正田毕竟是自己的同学，是自己曾经深爱过的人，她内心里不希望赵正田过得如此差。

听声音，刘桃与姚小晓坐在自己身后不远。坐在前面的赵正田感到十分地不自在。用如坐针毡一词来形容一点不为过。

中午吃饭的时候，饭厅里大约摆了八九桌，开会的人一窝蜂地拥向了饭厅，熟悉的或刚熟悉的人围桌而坐。刘桃与姚小晓在同一桌。

赵正田犹犹豫豫地到了饭厅，众人大致坐定，除了刘桃的桌子，其他的桌子都已经坐齐了人，他红着脸不知所措。

那边桌子还有空位子！几个热心人指着刘桃的桌子提示赵正田。赵正田瞄了一眼，站在原地不动。

那边桌子还有空位子！其中一个以为赵正田眼睛不好，没有看到，好心地指。

刘桃与姚小晓转过来望着赵正田。

赵正田面红耳赤，他感到无地自容。

那边还有空位子！穿着碎花衣裳的服务员走到赵正田面前，手一指引，赵正田脚不由自主地顺着指引的方向走去。

赵正田一抬头，与刘桃目光相遇。赵正田脸瞬间又红了，比刚刷的大红纸还要红。

你也来开会呀！刘桃见赵正田局促，主动开了口，她一点也没有不自在的感受，这就是刘桃这样一个"大女人"的"大气质"。

不知赵正田有没有研究过，反正王红雷研究过，家庭条件优越的，像干部子弟，还有包工头子弟见人一般都不拘谨。

你们俩认识？姚小晓瞅瞅刘桃，又瞅瞅赵正田，好奇地问。

我们俩是同学！刘桃大方地答。

呵！这么巧！姚小晓笑。

赵正田对姚小晓浅笑了一下。

回到长青洲卫生院，见到郑平路脸上挂着笑。郑平路为什么笑呢？他一向不笑的呀，难道他有什么喜事？抑或自己与刘桃见面的事他知道了，好笑？不可能啊！可能有另外的事。赵正田脑子思忖。

赵医生，告诉你一个好消息！院里要建楼房了！郑平路抑制不住内心喜悦告诉赵正田。虽然赵正田是卫生院副院长，可是郑平路独尊，从来不喊赵正田为赵副院长。

赵正田不在乎。

要建楼房了呀，那敢情好！赵正田也很高兴，毕竟卫生院条件得到改善。

突 田

你不在，前几天卫生局领导来，与乡里领导交换了意见，改善基层卫生院条件，准备在前面建门诊楼，资金由局里出，地皮由乡里负责。等楼房建好了，这幢平房全部改为宿舍，再箍个小院子，卫生院就成型了。郑平路越说越喜悦。

那敢情好！赵正田机械地附和。

不过院里要建楼房，事情多多了，我精力主要放在基建上，业务上的事情你负责。郑平路将正题说出。

哦！赵正田冷冷地答了一声。

赵医生你不高兴？郑平路瞅着赵正田。

高兴！高兴啊！赵正田急忙脸上挂笑。

为什么让自己去开会，当时觉得郑平路心态变好了，变大气了，现在赵正田感觉郑平路是讨好自己，他搞基建脱不开身，把业务这一摊子吃力不讨好的事情交给了自己。

他转而不快活起来。

哇！好标致的女子！一天上午，周旭海带着一个年轻俊俏的女子走进长青洲学校，引起了一阵轰动。

女子面部皮肤薄得像豆衣，光洁得能当镜子。周旭海在前面走，女子迈着步子紧跟其后，落落大方。

正好是下课时间，这女子落入王红雷眼帘，他认为这女子的确美，有点像仙女，忍不住多看了一眼。

她是谁呀？这么俊俏！李雁走过来，有点醋意地问王红雷。

我哪里知道？王红雷摇摇头。

她是谁呀？与周校长一起！教师们聚拢在一起，彼此好奇地问。

周校长小姨妹！到长青洲来工作的！孙恒像什么都知道似的说。

工作！工什么作？教师们纷纷问。

暂时保密！孙恒神秘地说。

教师们都望着孙恒，希望从他口里知道周校长这漂亮的小姨妹到长青洲上来，到底做什么。

……

半年后某天的傍晚，雅丽一回到家就问王红雷：红雷，你可知道，周校长小姨妹住院了？

王红雷正在蜂窝煤炉上炒黄豆，抡起铲子不停地翻炒，怕停歇了黄豆底部烙焦。

王红雷喜欢吃炒黄豆，先把黄豆炒熟了，放进一瓢水，正好浸没了黄豆，再加上点红辣椒糊，待水烧干了，装在盘子里，吃稀饭好。

王红雷现在的饮食习惯已有些改变，原先他最不喜欢吃稀饭，一天三餐饭，现在晚上喜欢熬点稀饭，就着皮子打皱、松软、筋道且有些微辣的黄豆喝上两大碗稀饭，胃肠舒服。

周校长小姨妹住院了你可知道？雅丽见王红雷不答话，提高了声调。

王红雷抬起头，不解地望着雅丽，意思说，你这个女人有神经病啊，周旭海小姨妹住院了与我有何相干？

雅丽又说了一声。

王红雷审视着雅丽的脸，他不明白雅丽为什么要告诉自己这件事，在他认为，周旭海小姨妹住院是很正常的事，谁都有可能住院。

我们要不要去看望下？雅丽看着王红雷，等待他回答。温柔型的女人心都细腻。雅丽这么问是提示王红雷，我们有必要去看望下，至于动机，还不是为王红雷着想——周旭海认为王红雷靠向叶逸铭，对王红雷有点看法，正好借此机会化解。

王红雷没有吭声。不吭声的原因：一来他现在精力在炒黄豆这件他感兴趣的事情上；二来他觉得周旭海小姨妹住院实在与自己无关，要是周旭海住院他去看才有道理。

"世事洞明皆学问，人情练达即文章。"显然王红雷的情商不如雅丽，不懂得人情世故。

最好去看看！雅丽又提醒了一句。

你说看那儿就去看，不过周校长小姨妹住院我去看不适合，还是我们两个人一起去！王红雷终于松口。

又没有说让你一个人去！雅丽张开嘴巴笑了。

王红雷头脑简单，没有想到问周旭海小姨妹为什么住院，生的什么病。

突 围

如果王红雷清楚周旭海小姨妹生的是什么病，他是唾弃的，根本不会去县医院看望，因之前他家就发生了一件类似的不光彩的事。

第二天上午，王红雷与雅丽一道过江去县城看望周旭海小姨妹。买什么礼物好？雅丽目光投向王红雷。王红雷摇摇头。在这方面，诗性的王红雷简直就是个书呆子，他哪知道买什么好。

买点苹果吧！我们家儿子当年生病，赵医生不也买了苹果。雅丽建议。她拿以前的事情来佐证买苹果的正确性。买苹果的确是正确的主意。看病人买苹果，除了苹果可以增加营养与口感外，还有祝福的意思在里面。苹果！苹果！平平安安的果！谁都喜欢。生病的人更喜欢。

县医院住院部对王红雷与雅丽来说并不陌生。儿子得甲肝曾经在那里住了半个月的院，雅丽请假陪伴，王红雷得空来回地跑。有一个星期六的晚上，王红雷没有回长青洲，他也在县医院陪着儿子。儿子已经好多了，眼睛中的深黄颜色消退，细看的话还能发现珠子中间有一点点黄。小家伙也有了精神，来的时候，头是歪着的。

那个夜晚很好的，意外地有月光，柔和得像牛奶一般，住院楼外的空场上洒了一地。

> 那晚的月光是你的月光
> 比星星还要明亮的微笑
> 是你永恒的一瞬
> 温暖的你如我的双瞳一样真实
>
> 我在春天的云朵里倾听你的名字
> 我知道唯一的你就在那晚
> 那晚的一切都有你的消息
> 你望向我的时候
> 眼波流转间
> 和那一刹那的哀怨
> 那遥远的夜晚是华丽的瓷瓶

你就在瓷瓶中

散放着花的气息

拈花一笑是那晚的你

……

王红雷是诗意的人，碰到美好的事物诗情就上来了，诗句不觉就吟了出来。他觉得夜晚的月光是美好的，生活也是美好的，尽管有些不平坦。

这样的月色不出去享受，似乎有些对不住。走，我们抱儿子出去转转！王红雷征询雅丽意见。

儿子还没有完全好，出去容易受凉。雅丽提醒。

两个人正犹豫不决时，赵正田出现在县医院泻满月光的场子上。赵正田上午到住院部来过，拎了一红塑料袋苹果。赵正田出现在病房的时候，王红雷在学校，如果在的话，初见面可能还有点懒得搭理，他还计较作为好朋友的赵正田没有大方地借钱给他。

赵正田到县医院，是去老同学吴安平家，他有话喜欢与吴安平说，说了心里畅快。

所以说，一个人一生最少要有一个知心朋友。

雅丽拎着苹果在前，王红雷跟在后面，东张西望的，脚步迟缓。他生怕别人看到。自己是男人，来看一个女子，虽然与妻子一起，王红雷还是觉得不合适，像做错了事。

住院部墙壁深黄色，不由得让王红雷想起小时候用过的黄蜡笔。颜料涂抹有些年头，不少地方脱落，现出黑砖的本色。不清楚周旭海小姨妹住在哪个病室，雅丽不断地往病室内伸头，然后又缩头。住院部一横一竖，走到横的尽头便折向竖，这一折，柳暗花明，两人同时看到周旭海站在走廊里。

周校长！王红雷夫妻同时微笑着喊。到周旭海面前时，雅丽有意将苹果高高拎起并晃动了下，意思是我们给周校长你面子吧。

你们来了！周旭海并没有王红雷想象的那样高兴，相反面带愁容。

这怎么回事？两人心里同时发出疑问。

我与红雷来看看你小姨妹！雅丽又微笑着将苹果拎起。

在里面！周旭海面无表情地说，将头偏向边上的一个病室门。

怎么回事？不清楚妻子有没有感觉到，王红雷明显感到了周旭海表情有些怪异。今天自己来看望他家里人，不管怎么说，他都应该热情才是，现在怎么这个态度？

雅丽微笑着走进病室。王红雷望了一眼周旭海，闷闷地走了进去。

病室内一边三张床，两边对称共六张床。王红雷眼尖，看到了与周旭海一样愁容满面的他老婆。

这怎么了？两人心里同时发出疑问。

你们坐。周旭海老婆指着床尾淡淡地对二人说。

雅丽朝床头望过去，只见周旭海小姨妹面如白烛，眼闭着。

她准备问，你小姨妹生的什么病？见对方目光偏向一旁，便没有问。

到底怎么回事呢？王红雷夫妻二人一路琢磨着回到学校，也没有琢磨出啥名堂。就见走廊上一伙教师及家属在窃窃私语，看他们的神态，诡秘得很。

王红雷本来就不喜欢在一起闲扯，加上已经是上午十一点的光景，他瞄了这伙教师一眼就径直向自家屋走去。拎起煤炉上的水壶，一看，上面的煤球已经烧了大半个。他赶紧把最底下的煤下了，上面加上一个，拉开煤塞，准备等火上来烧饭。

雅丽手提菜刀，拎着从街上带回的一斤小鲫鱼往塘边走，正好遇到曹大海老婆从地里回来。两个人平日里聊得来。曹大海老婆看见鲫鱼，夸道：这鲫鱼小是小，味道不错。

雅丽见曹大海老婆这么说，高兴，接话：我家他就喜欢吃这样的小鲫鱼，汤味道鲜。

曹大海老婆问，你在县城里买的？

雅丽随口答，到医院看望周校长小姨妹，在大街上见到有人卖小鲫鱼，一看新鲜，就买了一斤。

这样引起了话题。

你到县医院去啦？曹大海老婆瞄了瞄周围，像怕人看到似的，神神秘秘地说，你不知道吧？周校长小姨妹的事。

周校长小姨妹有什么事？雅丽惊奇。

引产了！听说有五个月了！曹大海老婆说这话时，嘴巴与眼睛同时张大，表明这件事情的严重性。

五个月了呀？是大了点。雅丽与王红雷一样，都是不喜欢琢磨别人事情的人，她根本没有意识到对方话里的含义。

你不知道是谁的吧？曹大海老婆又瞄了瞄周围说。

是谁的？雅丽听她这话，一惊，呆愣地望着她。

是江支应的！曹大海老婆语气显得十分肯定。

你别瞎说哦！雅丽不相信。

你是我们长青洲的人，又不是不知道，江支应那饿牢里放出来的德行。

关于江支应的事，雅丽曾经在珍珠场里上班，私下里听说过。

说二十年前大集体时，当时江支应当大队支书，他照顾大队食堂炊事员老婆到东南边的那片芦苇地看芦柴，防江南那边的人划小船过来偷砍。按常理像看芦柴这活应安排给年纪大的男社员，可江支应偏偏安排给炊事员老婆。江支应解释，人家是外地人，细皮嫩肉的，到我们长青洲来，得照顾点。炊事员之前在外卖零货，那女人是炊事员用小梳子、小发夹引诱上钩带回长青洲的。女人眼神很特别，看人时眼珠子偏得很，像有意思似的，被看的人于是起了念头。江支应也就是这样起了念头的。

社员坏得很，公开不说，私底下说开了，说炊事员老婆有姿色，江支应瞄上了。有人看过江支应与炊事员老婆在草棚床上滚，看过的人是村里的徐孬子。徐孬子十八岁了，嘴上还常年挂着口水，他吃了饭就瞎跑，有次跑到芦苇荡。从家到芦苇荡有七八里地，跑得有些累，他想到草棚的床上睡一觉。钻到草棚里，见江支应正骑在炊事员老婆身上。

徐孬子看呆了。江支应没有看到徐孬子，炊事员老婆一摆头，看到了徐孬子，吃惊不小，她将江支应身子一推，江支应倒了下来。

你干什么呀？江支应来了火气。

他！他！炊事员老婆手指向徐孬子。徐孬子嘴里流着长长的口水。

江支应套上大裤头子跳下床，扬起手对着徐孬子脸就是啪啪啪的几巴掌，把徐孬子打得眼冒金花。

如果江支应有涵养，不打徐孬子，或许后来没有那么大坏影响。徐孬子当时败了江支应好事，江支应委实生气，忍不住打了徐孬子一连串的巴掌，巴掌打得重，结果把徐孬子嘴巴打得歪向了一边。

徐孬子回到家，他娘问嘴怎么歪成这样？徐孬子说不清楚，就支……支……支书，芦……芦……芦苇，床……床……徐孬子娘不明白儿子意思，徐孬子二嫂在长青洲上打情骂俏有一手，她一听就明白了。江支应在芦苇里的床上做"好事"，被孬子看见了，挨了打，打成了这样。江支应与炊事员老婆睡觉的事就这样被徐孬子二嫂散布了出去。

那天陶陶被钱小洪带到芦苇地，钱小洪这小子像江支应一样有心机，他也瞄准了草棚子的床。他把陶陶引入草棚子，拉着陶陶坐在床沿上，嘴对着陶陶的嘴。陶陶头往后歪，钱小洪身体向前，一只手从后面托住了陶陶的头，嘴贴上了陶陶的嘴。

以为接吻也会怀孕。那天雅丽一问，陶陶吓傻了。

王红雷气坏了，这事传出去，侄女算完了，自己在长青洲也没有面子。雅丽相对来说是局外人，较镇定，她劝王红雷不要慌张，她先把陶陶带县医院检查后再说。雅丽很老到，星期天下午带陶陶上县城，先在商店里转，在大约四点钟的时候才来到县医院。伸头朝妇产科里望了望，里面一个病人也没有，只有一个穿白大褂戴眼镜面相和蔼的女医生在翻看报纸。

她长长地舒了一口气！

急忙牵着陶陶往里走。陶陶身子打着战。医生疑惑地望着陶陶，意思是这么小的女孩来干吗。陶陶要往后退，雅丽拽了陶陶一把。雅丽吞吐地说了来意，医生没有先检查，而是和言细语地问陶陶，陶陶红着脸说了当时情况，医生笑了，说没事，没事，回去！回去！

回到家雅丽兴奋地告诉王红雷，王红雷很高兴，让雅丽给炒了几个鸡蛋，还叫来了邱长生，两个人把一瓶酒高炉双轮池喝了个精光。

过了周把，王红雷就将陶陶送回了家乡。

周旭海小姨妹是如何与江支应搞到一起的呢？王红雷不明白。当初她跟着周旭海来到长青洲学校，王红雷还以为学校缺炊事员，让她烧饭，几天后才知道，是到乡里当统计员。周旭海人活络，经常到乡里走动，了解到乡里缺统计员，看自己小姨妹心灵手巧，就与崔松国说了。崔松国对周旭海挺欣赏的，反正要人，就顺手卖了周旭海个人情，这样周旭海小姨妹就来到长青洲乡政府当了统计员。

现在在乡里当统计员也是个很不错的工作，当年一个村姑能当统计员，而且是在乡里当统计员，那可是一份人人羡慕的工作。

当了一年统计员后，乡里连续分来两个年轻人，其中一个女孩子就是统计学专业毕业的，材料也写得好，崔松国就有意让这女孩子接手。

如何安排周旭海小姨妹呢？崔松国让她收发报纸，附带搞卫生。一天江支应到乡里，周旭海小姨妹正拿着个抹布擦会议室桌子。江支应朝周旭海小姨妹屁股上瞅，周旭海小姨妹爱美，穿着紧身牛仔裤，屁股被勒得圆滚滚的，性感，江支应看着眼睛冒火。

周旭海小姨妹转过身来，褂子也是紧身的，胸口翘翘的。

江支应笑眯眯地说，你这大美人搞卫生可惜了，如果不嫌弃，到我们养殖公司当会计愿意不愿意？

不是逗我的吧？周旭海小姨妹惊喜。

我从来不逗人！逗人是这个！江支应跷起了小拇指。

啊！太好了！太好了！周旭海小姨妹有些失态地叫起来。江支应眼睛盯住了周旭海小姨妹的胸脯。周旭海小姨妹注意到江支应在盯自己，娇羞地转过身，这更撩拨了江支应。

你可知道江支应是怎么上手的？雅丽感兴趣地望着曹大海老婆。曹大海老婆绘声绘色地讲起来。

金秋十月公蟹肥母蟹儿黄，周旭海小姨妹是外来人，蟹子对于她来说是稀罕物。江支应便利用这个来下手。有天晚上，江支应春风满面地带着蟹子进了周旭海小姨妹房间。

我来给你送好吃的！江支应提了提小竹篮子。

什么好吃的呀？周旭海小姨妹嗲嗲地问。

你看看！你看看！什么好吃的！江支应从小竹篮子里拎出了一只绳索捆绑着的蟹子。

干吗用绳索捆绑呀？周旭海小姨妹不解地问。

不捆绑它会服帖？江支应说这话时，朝周旭海小姨妹放肆地眨了眨眼。周旭海小姨妹觉察出江支应话意，脸腾地一下红了。

快吃！快吃！现在吃鲜，等下冷了吃腥。江支应催促。周旭海小姨妹不会吃。江支应一点点地剥了塞到她嘴里。江支应看她吃得津津有味，便试探着举起了一只公蟹子调起了情：你看看这是公蟹子，还是母蟹子？

不晓得！周旭海小姨妹嗲嗲地说。

江支应指着蟹子肚子上的纹路，色眯眯地盯着周旭海小姨妹的脸，好好想想，这像什么？

像宝塔！周旭海小姨妹脱口而出。

还像什么？好好想想！好好想想！

像？像？像……

像——江支应说出了一个字，紧接着将周旭海小姨妹一把抱住。

下午第二节，距离下课还有点时间，一个学生问题目，王红雷向这个学生走去。叶逸铭走到王红雷所在的教室窗口，朝里望望，见王红雷在忙，便向前走，过了十秒钟又转回来，又朝教室里面望。

重复地望，引起了不少学生注目。王红雷尽管在给学生讲题目，可学生目光纷纷转向外面还是引起了他的注意，他目光也转向了窗外。

叶逸铭很喜悦地向他招了招手。王红雷走到教室外。

晚上到我家喝一杯！叶逸铭说。

王红雷没有听清，头往前伸了伸。

晚上到我家喝一杯！叶逸铭又重复了一遍。

干吗这么客气？王红雷不解地问。

没有什么，就是在一起聊聊。叶逸铭随意地说。

那好！王红雷点头。周旭海未当校长之前，王红雷到叶逸铭家喝过酒。王红雷喜欢与叶逸铭在一起喝酒，主要是叶逸铭这人没架子，喝酒随意。

晚上有酒喝，而且还是书记请喝酒，王红雷心里自然畅快。下课他提着课本往家走，脸上挂着笑容。邱长生从对面走过来，脸上也挂着笑容。他凑近王红雷，前后瞄瞄，神秘兮兮地说，红雷，我有话对你说，到你家去说！

王红雷打开家门，邱长生迫不及待地挤了进去，满脸狐疑地说：也是怪了，叶逸铭喊我晚上到他家去喝酒，不知道是为什么？

与邱长生到叶逸铭家，王红雷很惊讶，发现李雁还有其他几个教师也在。

李雁见王红雷来很高兴，对王红雷笑了一下。

王红雷也对李雁笑了一下。

叶逸铭不停地敬各位酒，口中不停地说着大家平时对他都很尊重的话，说这些话什么目的，王红雷没有细想。

过了几天，邱长生告诉王红雷一个消息，说周旭海想调走。

真的呀？王红雷有些不相信。

当然是真的了！你想想，周旭海不走，在长青洲还能再待下去吗？他把小姨妹带来，结果出了事，不走，口水能把他淹了！

也是！王红雷心里说。

周旭海小姨妹引产的事在长青洲上引起轰动，茶余饭后，甚至工作时间大家都在谈论这个事。这不光彩的事让要面子的周旭海在长青洲非常尴尬，在教师面前仿佛矮了一截。要命的是这事传着传着后来就走了形，直接把周旭海传成了主角。

现在外面都在传，传周校长把小姨妹弄到长青洲来不怀好意，在老家打小姨妹主意不方便，弄到自己身边来。还有传得更难听的呢，说周旭海打着看小姨妹的幌子，经常晚上到小姨妹房间去！

崔松国房间在二楼最里面，比一般的房间多出走廊部分。叶逸铭到乡里的时候，天已经漆黑，崔松国房间的灯火从窗户斜挂下来，照得楼下方的一块地面亮亮的。

平时傍晚叶逸铭抿上三杯，微醉，靠在沙发上看新闻联播。这天傍晚他老婆端菜上桌，他没有像往常拿酒瓶与杯子，而是坐在椅子上等盛饭。

他老婆不明白，瞅着他，眼中意思：你大老爷，今天杯子让我给你拿？

不是拿杯子哦，是让你给盛饭。叶逸铭对老婆说。

突 围

今天太阳从西边出来了？老婆不解地望着他。

我等下到乡里找崔书记。叶逸铭心情很好地说。

他心中压抑很久又渴盼很久的愿望在近日爆发。周旭海假如调走，自己或许还有当校长的希望，他想找崔松国表达自己的愿望。

灯亮着，崔松国在！叶逸铭欣喜。

楼梯在最前面的拐角，他快步走向楼梯，走得快的缘故，被石块绊了一下，于是他把步子放慢下来。到崔松国门口的时候，恰好门开了，周旭海从里面走了出来。

咦！他怎么在这？叶逸铭想。叶逸铭在暗中，他看到是周旭海，急忙往边上一闪。如果周旭海直接往前走，两个人就避开了，可是周旭海感觉到了影子，朝影子伸了下头，瞧见是叶逸铭。

是你？周旭海有些不快。

你们不知道吧，昨晚上叶逸铭到乡里找崔书记了，想当校长，崔书记骂了他。第二天上午，在教室与厕所交界的地方，孙恒向几个教师发布消息。

你怎么知道的？一个教师好奇地问。

这个你就别问了，反正叶逸铭昨晚去了乡里！孙恒绕着弯说。孙恒如何知道叶逸铭的事呢？很显然是周旭海透露给他的。周旭海透风给孙恒，显然对叶逸铭到乡书记那里去不高兴。

王红雷尽管不喜欢扎堆，可叶逸铭想当校长的事还是传到了他耳里。他从内心里同情叶逸铭，当年叶逸铭被撸下来的问题，在现在看不是问题，叶逸铭就那样被人害了，现在周旭海想走，他想重回位子可以理解。

起初，周旭海很少出办公室，一来情绪低落，二来怕教师们谈论。一个人没有短处理直气壮，有了短处哪怕是单位领导也灰溜溜的。其实现在教师的兴奋点也不在周旭海身上，都转到了谁当校长这个焦点上。

行政人员与教师就像孩子一样，没有人管，就自由散漫，铃声响了好几分钟还凑在一起热议校长谁当的事。学生本身就是孩子，老师不上堂，教室乱成一锅粥。

过了几天，周旭海主持召开全体教师会，声明没有调动的事。

周旭海为什么思想回转了？缘于那晚崔松国给他打了气。说身正不怕影子斜，我坚信你的人品。

多年不当校长了，可叶逸铭清晨到学校的习惯一直未变。他进办公室，打开窗户，将剑兰搬窗户边沿上，让剑兰透透气。

抬起头，见周旭海黑了脸站在自己边上。老叶你什么意思？有话就开诚布公地讲，干吗在背后打我小报告？周旭海跟进屋内。

你对我开诚布公了吗？叶逸铭反问。

我怎么没有对你开诚布公？周旭海怒气加重，脸色比先前更黑。

哼哼！你对我开诚布公！你是不把我放在眼中。叶逸铭冷笑。

五四青年节快到了，周旭海准备搞文艺活动，把学校年轻人弄活跃些，便召集行政人员开会，讨论筹办事宜。

应该是周旭海对那个晚上叶逸铭跑到崔松国那里去不高兴，认为叶逸铭有点乘人之危，于是耿耿于怀，开会有意不通知叶逸铭。会议散后不到二十分钟，叶逸铭知晓了，他认为这样的活动事先要与自己通气，开会更要请他参加。你想搞独立王国？本来叶逸铭没有当成校长就窝了一肚子气，不好发作，整天沉着张脸，现在终于找到了发泄的理由，于是火气如火山喷发，口水像岩浆喷涌，溅了周旭海一脸。周旭海抹了一把脸，他望了叶逸铭一眼，露出鄙夷的神情。

我想给你省点事！周旭海说完这句，便不再搭理叶逸铭，拿出笔记本，在纸上写起了字。

你小子不把我放眼里，我也不让你好过！叶逸铭回到办公室，用笔狠劲地点着纸，感觉咽不下这口气。他觉得如果这次事算了，那以后姓周的更不把他放眼里了，他这个支部书记岂不形同虚设？到乡里找崔书记去！现在就到乡里找崔书记去！他嘭的一声带上了房间门。

周旭海压根就没有把叶逸铭放在眼里，他认为叶逸铭好面子，不会到乡里去。谁知，人气头上什么极端的事都会做得出，叶逸铭真的跑到乡里去了。

叶逸铭毕竟是支部书记，以前当过校长，吃的盐比周旭海多，就这件事来说，叶逸铭在学校，周旭海不通知他参加会议的确说不过去。要知道，

突 围

这个节与别的节不同，它是青年节，是团员青年的节日。团是党的助手，你不把支部书记放在眼里，就是不把党放在眼里。太气盛了！崔松国觉得很有必要把周旭海找来，好好地说一顿。

这就是周旭海生气叶逸铭打小报告的事情。

发生了这件事，周旭海对叶逸铭尊重了些，可是过了年把，他对叶逸铭的态度又恢复到先前，大事小事都不告诉叶逸铭。反映多了领导烦，叶逸铭不好再跑乡里。不过他存了个心眼，躲在暗处观察。蛰伏了一年半后，他匿名写了封举报信，反映学校财务混乱，校长有贪污之嫌。

学校账务本来应该年年审计，也是怪事，自从周旭海当上校长后，乡财政所居然一次也没有来审计。上面询问，就说审计过了，可是事实上没有审计。外面人不清楚，叶逸铭清楚。老谋深算的他这次写信不仅写给了乡里，而且还写给了县教育局，两家都写了，这事就了不得了，于是一个由两家参与的审计组进驻了学校。

作为校支部书记，叶逸铭协助审计，平时他要求查看学校账目，会计都以各种理由拒绝，现在他可以在一旁翻看票据。叶逸铭认为，根据他掌握的情况，周的问题比自己当年严重得多，这次校长的职务肯定会罢免。出乎意料的是，审计结束，只发现了一些财务上的小问题。怎么会呢？怎么会呢？他嘴里叨叨，话没有说出来。

周旭海职务没有发生任何变化，发生变化的倒是叶逸铭自己，他被调离长青洲学校，到了县城二中的后勤科。

叶逸铭有所不知，财务审计中的奥妙，周旭海不仅与乡财政所关系搞得好，而且与县教育局财务科关系搞得也好。

叶逸铭被调走，学校变得相对宁静。不过王红雷有些不舍，从他上长青洲，叶逸铭一直对他不错。

六

　　夜晚十一点四十分，郑平路刚熄了灯躺下，就听有人在轻轻地叩门，喊：郑院长！郑院长！你开开门！

　　睡下了，有什么事明天再说！郑平路打着哈欠。太疲劳了，晚上已经送走了两拨人，都是要建门诊大楼的。先是江支应，他现在搞多种经营，也在长青洲揽工程了。江支应大大咧咧的，直奔主题，要做工程，掏出红包就往郑平路腰里塞。郑平路急忙摸出来，塞回去。

　　江支应红了脸，眨巴着小眼嚷，郑院长你这样是不是不给我做？

　　郑平路讨饶，老江，你是本乡人，长青洲的事情你又不是不晓得，不是我能做主的。

　　江支应不管这，照旧把红包往郑平路腰里塞，边塞边说，你放心收下，外围的事情我搞定！

　　郑平路生了气，说，你收起收起，只要领导发了话，在我这不挡道，这总行了吧！

　　江支应不甘心地将红包收起，他不走，赖着询问工程方面的事。

　　这时门口影子一闪，江支应朝门口睃了一下。

　　郑平路问，谁呀？

　　影子又闪了一下，没人答话。影子可能想，里面有人，肯定与自己一样，也是来求工程的，当着别人面，没法说事，还是在外面等等，等人走了再进去。

突围

江支应继续缠着郑平路谈工程方面的事，一缠又是一个多小时，影子应该在外面等急了，又在门口闪了下。这回闪的意思有两层：一层意思是提示郑平路，外面还有人在等，你快把里面的人打发掉；一层意思是提醒里面的人，你谈的时间不短了，该走了。

江支应又眨巴着小眼睛朝门口睃了一下，明白人这时应该起身了，郑平路也希望他起身，可江支应就像赖皮塞子，就是不起身。江支应心里是这么盘算的，我不走，你就进不来；你进不来，就说不成事，工程就是我的。

郑平路见江支应纹丝不动，不耐烦了，朝门外大声地问：谁呀，有事进来！

一个身体像电线杆子的细瘦男人伸着头推开了门。

是你这个家伙在外面！江支应见到"电线杆子"骂了起来。看来两人很熟。

呵呵，是江大哥！我还以为是谁呢？"电线杆子"见到江支应弓腰眯着眼笑。

你小子，你自己地盘上的工程做不完，跑到我们长青洲这小孤岛上来做什么？江支应朝"电线杆子"斜睨。

谁说我工程做不完，我都快要讨饭了。"电线杆子"收起了笑容。

你这个家伙说假话。江支应眨了两下小眼睛骂了起来。

我说假话是这个！"电线杆子"跷起了小手指。

两个人你一句我一句，又是一个小时，"电线杆子"嘴里与江支应绕，心里不停地祈祷，姓江的，你快走吧！你快走吧！可是江支应赖皮，就是不走。

郑平路打了个哈欠，说，我要睡觉了，你们回去吧，有事情明天说。"电线杆子"还是有些不甘心，江支应拽了一把"电线杆子"，说，走吧！走吧！江支应劲儿大，"电线杆子"被拽了出去……

郑院长，你开开门，我说句话就走。外面的人乞求。

不开！不开！郑平路语气很坚决。

是李宣委让我来的！

郑平路拽了一下开关线，灯亮了。李小应收了这人红包，他点拨这人来找郑平路，郑平路一听是李小应让找的，觉得不开门不好——不开门就是不给李小应面子，李小应是宣委，卫生院归他分管。

卫生院的工程，郑平路果然做不了主，不仅郑平路做不了主，而且卫生局局长也做不了主。有一个包工头找了局长，局长与崔松国通气，被崔松国一口回绝，说长青洲的工程历来都由长青洲乡决定。局长心里生闷气，想想地皮是长青洲的，强龙压不过地头蛇，吞下了这口气。

外面的人之前已找过崔松国，也是李小应点拨的。

江支应是地痞，他也找了崔松国，他的理由与崔松国一样冠冕堂皇，也是硬的，我是长青洲人，我吃长青洲这碗饭，长青洲的工程就得我做！不过，江支应在崔松国面前表现得非常乖巧，他觍着脸说：崔书记，我一家老小就靠这一碗饭吃，您老晓得，还是赏一碗饭给我吃！

你可是没有饭吃？崔松国歪了一下头。

我真的没有饭吃，要有饭吃是这个。江支应也像"电线杆子"跷起了小手指。好像包工头都喜欢跷小手指。

这次你就别做了，下次有工程一定给你做！崔松国语气很坚决。

不会吧！书记！江支应脸色马上暗淡下来。崔松国倾向于给"电线杆子"做，缘由是县里的一个领导打了电话，崔松国不能不给县领导面子。

乡里会议讨论由谁做，会开了两个小时得出妥协的结果，即让江支应与"电线杆子"合伙做。这样既满足了江支应的心愿，又照顾到县领导的面子。

送了李小应红包的包工头没有接到工程，李小应安慰他，还有下次。包工头苦着脸。

门诊楼建设很顺利，七个月时间建成初坯，粉刷用了一个月时间，石灰干了后即启用。

原先简陋，就一个门诊室，一个注射室，一个药房。现在条件大改善，门诊室分成了内科一与内科二。郑平路在内科一，赵正田在内科二。墙壁雪白雪白的，能照见人。桌子、椅子是江支应与"电线杆子"捐赠的，全部是新的。赵正田坐在门诊室里心情很舒畅。

突 围

听郑平路说，桌椅捐赠的事多亏了李小应。介绍的那个外边人没有拿到工程，李小应很不爽，当着崔松国的面敲打江支应，吐着烟圈说：呵呵，你江大经理中了大奖，将来门诊楼落成了，做公益捐赠点新桌椅总行吧？

江支应揽下了工程，心情好，没有与"电线杆子"商量，就私自表态：行！行！行！

李小应并没有就此打住，他继续敲打：卫生院与学校一样，都是困难单位，会议室的桌子也过时了，正好你江总再捐套桌子，现在流行圆桌子，你就捐套圆桌子。

江支应脸上的笑容瞬间凝固住，不过他毕竟是在场面上混的人，仅秒把钟工夫，脸上就现出笑容说：这个，这个，我们商量一下。他心里在骂：李小应，你这是在修理我！

长青洲卫生院面貌大变化，前面是崭新的门诊楼，后面一排破旧的瓦屋经过石灰一粉刷，像贫穷人家的孩子过年穿上了新衣裳。平房前面的两棵泡桐砍了，新移栽了四棵直径约达四十厘米的香樟。箍了院子，中央位置建了一个大大的腰盆状的花坛。长青洲卫生院今非昔比。

房屋多，门诊一楼靠东的两间屋借给了县血防站。长青洲是圩区，村民常年与水打交道，难免会被钉螺瞅上，血吸虫就藏在里面，进入人体。往年血防站来长青洲，上午来，中午就走，现在卫生院宽敞了，血防站在卫生局的协调下，与卫生院达成合作关系。每年还定时来，来时卫生院配合，走时，常规检测的任务就交给卫生院。

新门诊楼落成，有了两间屋，血防站有了固定医疗点，站里派了三个医生来，对全长青洲进行一个星期的血吸虫检测。方法是在耳朵部位取血。赵正田被抽调配合血防站工作。

上午九点钟的光景，门诊大楼前拥来了大批的妇女，叽叽喳喳的，像树林里的鸟儿。赵正田在紧张地忙碌着。

来来来！赵正田喊。一个妇女站到赵正田面前，身体悸了一下。

怕呀？平时很少言语的赵正田心情好。

有点怕。妇女吐着舌头。

没事的！没事的！你又不是没有检测过，就蚂蚁夹那么一下子疼。

妇女缩着头。赵正田拧过妇女的一只耳朵，用拇指与食指细捻了下，然后用刀片一刺，妇女身体猛地一抖，血出来了。

下一个！赵正田喊。

丹丹！丹丹！什么时候回来的？有人惊喜地喊。女人们目光都聚向丹丹，医生们也抬起头，朝丹丹望过去。

赵正田刀片正刺向妇女的耳朵，听见有人喊，刀片一偏，划到了自己手指头上。血瞬间流了出来。

哟！哟！赵医生划偏了，手流血了！边上的一个妇女惊叫。

赵正田急忙拿了个棉球压住血点。

丹丹本来要与几个妇女拉话的，见赵正田手被划，她拨开人群，快步来到赵正田面前，关切地问：划得重不重？

还好！赵正田浅笑。

包扎下！丹丹提示。

不要紧！赵正田掀开棉球，出血点继续向外渗血，他急忙压住。

还是包扎下！丹丹扯了下赵正田的衣拐。

妇女们都离去了，就剩下了丹丹——丹丹有意留在了最后。

周围也没有医生。

你什么时候回来的？

昨天！

回来做什么？

船装货正好经过！

我发现你过好了！丹丹瞅着赵正田的脸高兴地说。

真的吗？哪里过好了？赵正田显得很兴奋。

气色变好了！丹丹认真地说。

真的吗？

真的！

你也过好了！赵正田说。

我哪里过好了？

过胖了！赵正田自上至下打量着丹丹说。

整天在江上跑，哪里能胖？丹丹故意这么说。

赵正田憨，一时答不上话，急说：反正你过好了！

我给你带了个高压锅，在武汉买的，等下送到你房间。丹丹脉脉含情地望着赵正田。赵正田感觉丹丹眸子里有一股温热在向自己传递。

给你钱！

不要钱！丹丹又深情地望了赵正田一眼。

哟！你们两人这么亲亲热热的！赵正田与丹丹同时抬起了头。说话的人是警官女人，她恰巧在这时候进来了……

哐当！高压锅被扔到地上，翻了两个身，歪在了一旁。赵正田刚跨进家门，蒙了，他不清楚彩云为何如此发神经。他瞅着彩云。

你拿回家来哄我，当我是傻子？彩云上牙齿咬着下嘴唇，圆瞪着眼睛。赵正田听这话，明白她知道了高压锅是丹丹送的。

一定是警官女人告诉她的。警官女人居心何在呢？这不明摆着制造他的家庭矛盾么？上次夫妻二人闹离婚，还是她从中劝和的，现在这么做，让赵正田弄不清。

女人通病，那就是一喜欢吃醋，二喜欢搬弄是非。警官女人容不得赵正田与丹丹在一起，想给彩云通个气，却忽略了彩云脾气火暴。

长舌妇！赵正田恼恨起警官女人。他低下身子，捡起高压锅，发现锅口有个地方有点往里凹，试着用手扳了扳，扳不过来——老虎钳扳都不起作用，更何况血肉的手。他这么做，纯粹是心疼丹丹给的锅被摔坏了。

摔坏了，心疼了吧！嘿嘿！彩云瞅着赵正田冷笑。

赵正田看了彩云一眼，摇头，意思是不可理喻！

你们这些人最假！男盗女娼！表面一本正经，骨子里肮脏得很！彩云又嘿嘿地冷笑起来。

不知谁肮脏！赵正田本来就对彩云与那个退伍军人拉拉扯扯的事耿耿于怀，现在见彩云把肮脏的屎盆子扣在自己头上，他不由怒火汹涌，气话出了口。

你说这话什么意思？彩云往他前面进逼。

你明白什么意思！赵正田话堵彩云。拉拉扯扯的事是赵正田心里的痛，平时在长青洲卫生院上班，忙了还好，空闲时想起，他觉得窝心。可是这是家丑，又不能对外人说，压抑在心里，他非常地难受。

意外地，赵正田说了这句话后，彩云竟然不吭声了。彩云越不吭声，赵正田越觉得彩云心虚，他更加地怀疑彩云与那个退伍军人有染。如此一想，他更加地难受。

第二天早晨到长青洲卫生院上班，经过水上派出所，他黑着脸，朝门口望了一眼，发现警官女人不在门口。他想警官女人如果在门口，他要狠狠地瞪着她，让她心里发虚。

日子过不下去了，他想离婚，可是离婚的话又不好对外人说，他就心里不停地叨叨，离婚！离婚！仿佛这样，心里就会好受些。他在长青洲卫生院住了一个星期，很意外的，这回警官女人没有到卫生院来做劝和工作。

他想警官女人一定不好意思见他。

你可别对人家说，乡里正在规划建设新校区！教学区！父亲在长青洲乡任法委时，一个女教师与李雁关系好，两个人常一起上西拐角的厕所，上厕所的路上，这个女教师向李雁透露了内部消息。

新校区在什么地方建呢？李雁抬起头，望着这个女教师。

听说建在原珍珠场边的空场子上。女教师说。

李雁清楚，珍珠场早已废弃。当年长青洲在本市最先养起珍珠，在外地学习养殖技术并带领丹丹等一帮少女办起珍珠场的男青年高建强还获得了县"十大杰出青年"称号。

珍珠场离学校不远，要绕过一个方形池塘，还有一片村民的菜地。

建新校区，那上班不方便了。李雁想。以前教师宿舍与教室混杂在一起，上班特别地方便，铃声一响，拎着课本从屋里走出来就可以步入教室。下课铃响，回到家，就可以择菜与搓洗衣裳。建教学区，功能单一，上班时间得守在学校里，虽说有利于教学，可自己受到了约束。

不知是李雁传出去的，还是这个女教师自己传出去的，仅仅一天时间，全校教师都知道了乡里要建新校区的事情。建新校区好，这边作宿舍，住家就宽敞了。这是大多数教师们梦寐以求的事，以前他们每户只有一间长16米的房屋，中间用帘子隔开。教师们热烈地谈论着建新校区的事，个个脸上溢出光彩。周旭海也满面红光，走起路来特别精神，看来建新校区的事情板上钉钉。

乡里怎么想到要为学校建新校区的呢？为学校建新校区的动因是什么呢？王红雷后来才知道，乡书记崔松国调走了，新调来了个叫吴森华的书记，之前任建设局副局长。新书记搞建设出身，对建设感兴趣。听说在见面会上就问，长青洲哪些单位至今还破破烂烂的？

李小应汇报说，要说最破烂的单位就算长青洲学校了，其他单位这几年都建了楼房，唯独长青洲学校还是二十世纪七十年代末建的平房，宿舍与教室混杂在一起，不利于教学。

吴森华好奇，怎么会是这样？大家你望望我，我望望你，谁也没有说明原因。

现在乡里财政情况如何？吴森华问年轻的财政所所长。

财政所所长答，这几年乡财政还好。

哦。吴森华心里有了数。

昨夜下了点雨，清晨起雾，薄薄的，远处像披了层细纱。近处看得清。吴森华顺着乡政府门前的砂石路往前走，边走边往两边看。路一边是鱼塘，水面有一层雾气，缓缓地往上抬升，鱼塘边的雾气不安分，跑到了路上。吴森华抹了把脸，看了看手掌，掌心里水迹像蛇虫爬。一边是棉花地，棉桃已经绽开，露出了白色的絮，絮上沾有晨露，外表呈玻璃状，湿滑滑的。

走了一截，前面出现分支，一支上有两个背书包的学生，很显然这条路到长青洲学校，他踏上了这条路，决定到长青洲学校去看看，看看学校是否如李小应所说，很破烂。后面上来四个学生，他们走近吴森华，好奇地打量着这个陌生人。吴森华对学生笑了笑。随后他跟着这四个学生后面来到学校，看到了一排东西向的瓦房以及瓦房前操场上一南一北的两个乒乓球台。

吴森华打量着这排瓦房。正面墙壁刷过白石灰，年久的缘故，已经暗淡，侧面没有粉刷，墙壁红砖露在外面，有些难看。走廊倒是很宽阔，廊沿上有等距的砖柱子，支撑着屋顶。窗子有的有玻璃，有的没有玻璃，这些房屋无疑是教室，那些窗户拉了帘子的房屋无疑是教师房间了。在操场上转了几圈，雾气渐散，来的学生渐多，教师房间门也打开了。吴森华眼尖，他看到一个教师房间中间拉着帘子。显然教师居住情况不理想。

清晨忙，谁也没有留意到操场上站着一个外来的人，这个人的到来很快改变了长青洲教师的居住状况，同时也给长青洲教学带来新气象。

教学区的房子半年后建好，包括一幢二层教学楼，一幢二层办公楼，还有两排平房，呈四合院状。大门朝南。水泥操场，北面教学楼前用水泥灌注了一个高一米的正方形柱子，柱中间插着一根 10 米高的旗杆，旗杆上飘扬着一面鲜艳的五星红旗。

吴森华能耐很大，教学区启用，他请来了分管教育的副县长剪彩。一排人站在教学楼前面，手拿着金剪子，对准彩带。副县长站在中间位置，额头脱了发。左边上是吴森华，右边上是瘪嘴教育局局长。

王红雷边上站着李雁，李雁边上站着那位父亲在乡里任法委的女教师。那位女教师隔着李雁问王红雷：王老师，你可知道这副县长叫什么名字？

不知道！王红雷答。

你不看新闻啊？女教师很吃惊。

看新闻啊！只是不看本县新闻。王红雷解释。

王红雷在青年时，喜欢看诗集，偶尔看看小说，成家后务实了，认为诗这东西不能当饭吃，不看诗，也几乎不写诗了。他喜欢做饭，最喜欢看电视连续剧《篱笆·女人和狗》，他会哼片头主题曲《篱笆墙的影子》：星星还是那颗星星，月亮还是那个月亮，山也还是那座山哟，梁也还是那道梁……

他叫王红茂，与你的名字一字之差，有意思吧？女教师说出了这个副县长的名字。

哦！王红雷瞅着这个叫王红茂的副县长。日光强烈，他发现，王副县长缺少头发的额头上像搽了一层油。

说不定你们是本家呢！你可利用他的关系往城里调调，也活络活络，别把自己困死在长青洲！一旁的李雁侧身轻轻地对王红雷说。

教学区建好后，为了展现长青洲学校的精神风貌，也为了展现一下自己的能力，周旭海决定举办一次广播操比赛，到时请乡里领导、乡直单位

突 围

领导，还有村里领导来。

教师会上一提出，获得热烈响应。大家都说，搞活动才能彰显长青洲学校活力。初步确定，广播操比赛分三组进行，一、二、三年级为一组，四、五、六年级为一组，七、八、九年级为一组。每组取第一名，然后再比赛。当场公布结果并颁奖。奖品为奖状与大中小三面优胜小红旗。

当场颁奖很诱惑班主任。为荣誉而努力每个班主任都憋足了劲。王红雷这学年担任八年级班主任，他是要面子的人，自然不甘落后。比赛在一个月后进行。要想拿到奖，就得在这一个月内练习，动作做到整齐划一。

秋末，天黑得快，练习只能在中午进行。中午时间对于教师们来说很宝贵，尤其是王红雷。珍珠场倒了，长青洲上找不到事情做，妻子雅丽只得过江在县城的私人超市打工，顾不了家，他得在中午做家务。建了教学区后，学校实行了正规化管理，上班时间不允许回住宿区。如此一来，家务得在上班之前或下班之后做，因而教师们忙多了。开始到教学区上班时，有个把教师中途悄悄地溜回住宿区做家务，完了回教学区被周旭海堵住了，打此后上班时间再也没有教师往回溜了。一个习惯过程，后来即使让教师们回宿舍区，也没人愿意回，嫌来回麻烦。

在崭新的教学区，无论教师还是学生，心情都是非常畅快的。教学条件明显改善。办公楼的一楼设了文科与理科办公室，办公桌也全换了新的，听说是承建教学区的老板捐助的。

未搬过来前，因为操场小的原因，做广播操很不正常，一般也就周一做广播操，班主任参与。现在有了大操场，做广播操变得正常，全校教师都参与。无论学生还是教师精神风貌如新教学区一样焕然一新。

学校举行广播操比赛，还颁奖，大家想不想拿奖？王红雷在班上作动员。

学生们大声地喊：想！

要想拿到奖怎么做？他继续动员学生们。

练！用功练！

对！同学们说得对！想得奖就得用功练，好好地练！王红雷举起拳头。

体育委员张彪挽起了衣袖。

王红雷转向张彪，交代说：练习的事就交给你了。

张彪拍着胸脯保证：老师放心，您放心，我们一定好好地练！

王红雷目光扫视全班同学，说：大家都要听张彪的，练习的时候，如果我不在，张彪就代表我。

我们听张彪的！调皮蛋李爱国喊。

你要真听张彪的！王红雷望着李爱国，有些不放心。

老师放心！我保证听张彪的！李爱国也像张彪一样拍着胸脯。

那好！大家要有集体荣誉感，我们这次一定要拿奖！王红雷鼓劲。

争取拿第二名！李爱国又喊。

不是第二名！我们要争取拿第一！第一！王红雷强调。

第一天中午高年级学生在操场上各自找了一块地方就练了起来。八年级在操场西边占了块地方，张彪站在前面，背对着同学，边喊节拍，边做起了示范动作。

邱长生也担任班主任，他担任七年级班主任。他自尊心强，什么事都要争先，因而他与其他班主任不同，每天中午都带学生练。开始时自己作示范，后来感觉动作不规范，怕影响得奖，请了现在教体育的孙恒。孙恒扬扬得意。

王红雷见邱长生请了孙恒，着了急。以前在师范时学的是第六套广播体操，现在是第八套了，他不熟悉。自己不能上阵，只能请他人了。他想到了李雁，李雁说过她在师范时领过操。他求助李雁，李雁一口答应了，说：我一个人在长青洲，没有什么家务，闲，有什么事情你尽可找我。李雁教了八年级学生四个中午。这几个中午，王红雷都陪着。

学生动作教得较规范了，王红雷让学生自己练。开始几天还好，大家都比较自觉，几天后，李爱国就有些不听话了，张彪在前面作示范，他在底下挠同学，被挠的同学大呼小叫，引得其他同学哈哈大笑。

张彪回转身，望着大家。

被挠的同学说：李爱国挠我！

李爱国，你不要捣蛋行不行？张彪厉声斥责李爱国。

谁捣蛋了？谁捣蛋了？李爱国不承认。

你要再捣蛋我告诉王老师！张彪无奈只好搬出王红雷。

随你便！李爱国有些放肆。

李爱国捣乱，张彪治不了他，之后练习乱糟糟的，进行不下去。张彪向王红雷告状，王红雷找李爱国谈话，李爱国低着头，以为老师要训他，没想到，王红雷不仅没有训他，反而还表扬了他，说：你的几个动作我看了，很规范，明天中午你向同学们展示一下。李爱国惊讶老师如此对待他。

第二天中午，王红雷来到教学区，他让李爱国演示了几个很规范的动作。王红雷表扬李爱国，说：如果同学们动作都像李爱国这样规范，我们班拿奖肯定不成问题。正在李爱国得意之时，王红雷话锋一转说：不过，同学们，体育委员在上面示范，如果下面同学不配合，我们班能否拿到奖？

同学们齐声喊：不能！

李爱国，你说呢？

不能！李爱国喉咙里发出很轻的声音。

把手展开一点！再展开一点！拿出气势来！王红雷对着学生们喊。

深夜，墨一般地黑，王红雷急匆匆地往渡口方向走，突然路边草丛中有人钻出来，一把抓住他胳膊。他吓一跳，用力挣脱。那人手滑下，继而又抓住了他胳膊，死死地不放。他吓坏了，猛劲地挣脱。

醒了！

红雷！红雷！我肚子痛！王红雷胳膊又被抓了一下。

怎么了？怎么了？王红雷问。

哎哟！我肚子痛！痛死了！雅丽喊。

我来看看！王红雷拉亮了灯，只见雅丽紧咬着嘴唇，头上脸上滚动着豆大的汗珠。

我带你到医院去！王红雷说。

雅丽挥舞着手说：不行！不行！我痛得很！

那怎么办呢？王红雷吧嗒着嘴巴。声音大吵醒了隔壁儿子。儿子不清楚怎么回事，发出抗议，你们在吵什么呀？

儿子这一嚷让王红雷有了办法，他喊过儿子，让儿子照看他妈，自己去卫生院找医生。

凌晨一点，外面墨一般地黑，王红雷拧亮电瓶车前灯，一束粗大的光柱射向前方，犹如一根长长的电线杆倒向前面。

到了卫生院，院墙大铁门紧闭。从门缝往里面瞅，没有丝毫的光亮。在王红雷的意识里，家乡卫生院夜晚走廊灯是亮着的，虽然很昏暗。

喊了几声，没有人应声。又喊了几声，仍然没有人应声。王红雷敲起了门。里面仍然没有人应声，都睡得很沉。

嗵！嗵！嗵！雅丽疼痛难忍的痛苦模样在他头脑中冲撞，平时斯文的王红雷此刻暴躁起来，拳头使劲地砸向大铁门。

怎么回事？怎么回事？开门的是郑平路，睡眼惺忪。

我家雅丽生病了，肚子疼痛难忍！

她人呢？郑平路问。

她肚子痛得很！在家来不了！没有办法，我只好求院长上门。王红雷怕院长不愿上门，他带着哭腔。

哦，那还要到你家去呀！

真的不好意思，这大半夜的！王红雷很歉疚。

郑平路没有吭声，往院内走……

过了大约五分钟，赵正田出现在院门口，手抹着眼睛皮，抹了几下，放下。一见是王红雷，急忙问：红雷，你这大半夜来干什么？

院长懒得出诊，他喊醒了赵正田，让赵正田出诊，院长清楚他们二人的关系。

我家雅丽肚子疼痛难忍，不知道怎么回事？王红雷说明。

那快走！赵正田催促。这句话让王红雷感到很暖心。他感觉过去的朋友还是朋友，尽管如今不大走动，生疏了，关键时刻还是不错的。

急匆匆到家，只见雅丽手抓壁子，儿子在一旁不知所措。赵正田表情平淡，对王红雷说，是阑尾炎。

那怎么办！王红雷有些无措。

我带了镇痛药，先吃了，天亮后带她去县医院检查，这症状，可能要开刀。赵正田温和地说。

我现在学校里正忙，开刀顾不过来！王红雷吧嗒起了嘴巴。

这个拖不得哦，红雷！赶紧开刀！赵正田像兄弟似的嘱咐。

王红雷把雅丽带到县医院一检查，果如赵正田所说，是阑尾炎。就像当初诊断儿子得了肝炎一样，赵正田的诊断非常地准。

医生说，得开刀，你先办手续，住下来！

王红雷怯怯地问，手术费大概多少钱？

一千元！医生答。

这么多呀？王红雷苦着脸，一个小小的阑尾炎手术费竟超过自己好几个月的工资。

医生扫了王红雷一眼，转过了脸。王红雷注意到了医生的蔑视表情，感觉自己话不得体，便急忙补了句：不好意思。

把雅丽在医院安顿下来，王红雷回到长青洲，在床头翻找出平时雅丽保管的存折，发现上面只有二千一百元。他有些感叹，工作十几年了，夫妻两人勤俭持家，竟只有这么点积蓄。这次还好，雅丽得的是阑尾炎，要是大点的病，真的应付不了。

妻子要开刀，王红雷向周旭海请假。周旭海通情达理，安慰了下王红雷，问广播操练习的事如何安排。

王红雷说，我委托给了李雁老师，让她帮忙照看。

周旭海同意了。

来到班上，学生们望着满脸疲惫的王红雷，有些惊异。王红雷望着学生，动了几次嘴唇，都没有发出声音。学生意识到老师遇到事情了，静默，等待老师说话。

王红雷说了两句话，一句是我家人生病了，要开刀，我拜托了李雁老师，希望大家听李雁老师的话；另一句是广播操比赛是关系到我们八年级班级荣誉的事情，希望同学们拿出精气神来，赛出我们班的精神风貌。学生们望着表情凝重的老师，没有谁说一句话。

为雅丽办出院手续的那天，学校正好举行广播操比赛，王红雷身在曹营心在汉，惦记着比赛情况。

比赛分组进行，一个班级一个班级地上场。其他的班级是自然地上场，列出队形，然后按音律进行。任贤齐有首歌叫"对面的女孩看过来！看过来！看过来！这里的表演很精彩！请不要假装不理不睬！"八年级学生上场独具一格，不叫上场，应该叫入场。学生事先在两边站好了队形，然后端起手臂，跑步入场。这还不算，还高喊口号："舞动青春，放飞梦想！"

入场的动作与口号点亮了全场。饱满的热情、昂扬的斗志、自信的姿态、整齐划一的动作赢得了全场喝彩。孙恒是比赛的评委之一，邱长生请他教学生练习，他给邱长生班打了最高分，可惜被去掉了。王红雷班比赛之前，他心里想，我给打最低分，让你丢丢脸。在看了八年级班比赛后，他被感染，放弃了最初的想法，给打了中等分数，这个分数被采用了。

王红雷到班上的时候，学生拥向了他，喊：老师！老师！我们班拿第一了！拿第一了！是冠军！是冠军！

这是一群多么懂事的孩子呀！王红雷望着学生，眶里涌出了泪水。

后来了解，入场的程序是李爱国提议的。他舅舅在县城学校当老师，前年周末到舅舅家玩，正好碰到舅舅学校举行广播操比赛，他把看到的振奋人心的入场场景告诉了李雁老师。

今天轮到赵正田休假，上午他在房间翻了一会儿书，突然想念起女儿来。女儿今年六年级了，下学期就上初中，他不想因为夫妻感情影响孩子，可是与彩云又实在过不下去，这真是很纠结、很令人头疼的事情。

女儿的可人样儿在他脑子里晃来晃去，他实在想女儿了，心开始软起来，犹豫着要不要回家，在房间里转了会儿，他坚定了想法：回家！

女儿喜欢吃西红柿炒鸡蛋，他到菜市场拣了几个熟透的西红柿，又买了十个鸡蛋。到了家门口，发现门锁着，而且锁还是新换的，要是以前，没有告诉他就换锁，他会不高兴，现在回来是缓和关系，他没有往心里去。

彩云一定到娘家去了，他想。进不了家，他掂了掂手上的菜，无处放，他皱起眉头。

在门外四下张望了下，他再次掂了掂手上的菜，稍稍犹豫，便向岳母家走去。

他实在不想见到岳母那张阴不阴阳不阳的脸，他一想到岳母那张脸，胃就开始搅动，嘴巴无形中张开，胃里的东西到了喉咙口。

为了女儿，暂时缓和一下与她们家的关系，委屈一下。赵正田强制着自己。

到了岳母家，岳母还是那张老面孔。赵正田克制着自己，喊了声妈。

岳母用不阴不阳的语调说：你来做什么？

我来看看您老！赵正田马上答道，然后眼睛扫了一下屋子说，彩云在吧？

不在！岳母不客气地答。

岳母说不在应该就不在了，她没有必要撒谎，试想她那么强势，如果不让自己见她女儿，完全可以直截了当地说：你回去！彩云不想见你！

他舍不得把菜搁岳母家，拎着菜出了门。岳母斜睨了一眼他手中的菜，然后头一偏，意思乡下出来的人就是小气，带来的菜还拎走。

彩云不在岳母家到哪里去了呢？会不会与厂子里女工逛百货公司去了？没有钥匙他进不了门，必须找到彩云。

他往百货公司方向走，到老电影院前，见几个年轻男女说笑着进电影院。电影院现在放电影不吃香了，放录像吃香，港台生活片耳目一新，特别受欢迎。

电影院外放着个大音箱，音箱里面响着男女你一句我一句的轻柔话语，听着特别舒服。

他瞟了一眼音箱边的剧照，是台湾的一部生活片。

台湾的生活片人情味重，生活味道浓，很能打动人。看台湾的生活片，人很放松，心灵遭受创伤的人，看片子效果更不错，感觉心灵能受到抚慰。

看过后心灵能得到某种程度的修复，重燃起生活的希望。赵正田看到台湾的生活片有这样的感受。他现在心灵就遭受着创伤，亟待修复，抱着这样的心理，他走进了老电影院里。

里面已经在放生活片。最前面一个大屏幕，后面半空中架着一个大盒子，一束粗大的光柱从盒子里出来，射到最前面的屏幕上，屏幕上男女在甜甜蜜蜜地说话。

初进去，里面一抹黑，赵正田摸着椅子在后排坐下。

前面坐得很满，白天上班时间，后面位子基本上是空着的，赵正田把菜搁在旁边的一张椅子上，然后看起生活片来。

坐定后，适应了，借着光柱以及屏幕的光线散射，赵正田能够模糊地看到电影院里的全貌以及前面观众分布的大致情况。有一些男女观众受片中情节的感染把头靠在了一起，显得有些亲密。

生活片里出现亲密的镜头，观众眼睛都专注地看。一个男观众回了下头，赵正田也在专注地看，他眼角不经意感觉到了，不过没有在意。

生活片就是这样的一类影片，注重生活情调，里面不时有亲密的镜头，吸引观众。

每一次出现亲密镜头时，这个男观众都会回头朝同一个方向望一下。这引起了赵正田的注意，他顺着这个男观众的目光看，发现这个男观众望的是一个女人。

这两个人肯定有暧昧关系，怕熟人看见，才不坐在一起，男的回头，是用眼神与女的会意镜头中的亲密。赵正田在脑子里分析。

这正说明生活片有生活味道。赵正田赞许地想。他做梦也没有想到屏幕下这一男一女亲密的镜头与自己有关，如果他知道与自己有关，是绝不会赞许的。

这个男的再次回头的时候，巧合的是光柱亮度意外地增加了，赵正田看到了一张极为熟悉又极为憎恶的脸，这张脸上露出淫邪的笑容。

这个男的竟是那个退伍兵。

赵正田吃了一惊。

心里本能反应，他赶忙看那个女人，光柱弱下去，只能看到一堆头。

这个女人极有可能是彩云！他猜想。强烈的羞辱感让他粗气直喘，胸脯一起一伏。可是——可是光柱太暗，看不见，赵正田焦急地瞪着圆眼珠子盯着那个位置，等待光柱再亮起。

那个退伍兵又回了下头，看到那张憎恶的脸，赵正田恨不得一拳头砸下去，把那张憎恶的脸砸扁了。

赵正田已经有点等不及，他在想着离开座位，从走廊转到前面去，从前面看那女的是不是彩云。

正在这时，光柱变亮，赵正田赶紧朝那个位置瞄了一眼，从头部轮廓判断，十有八九是彩云。

光天化日之下！光天化日之下！赵正田嘴嗫嚅着，身体气得发抖。

光天化日之下偷情！任何男人都忍受不了这屈辱，何况是知识分子的赵正田。他想压住怒火，等散场，可是实在忍受不住，他在身体抖了十几秒后，不顾一切，大喊了一声彩云的姓名。

彩云惊恐地回头。

退伍兵也惊恐地回头。

整个电影院里人都惊恐地回头，不清楚这人为什么这么尖叫。

光柱凑巧地再次增亮，赵正田看到的确是彩云，是可忍孰不可忍，他失去理智，指着彩云怒喊：好啊！你大白天跑到电影院里来……他本来想喊，你大白天跑到电影院里来偷人，可"偷人"二字到了嘴边，他硬吞了下去。他觉得喊这二字，是玷污了知识分子的名声——这就是知识分子的高雅之处。

观众好奇，大家目光一齐朝彩云望过去。黑暗中彩云不知所措。那个退伍兵机灵，站起来试图从座位往走廊方向挤出去。

男盗女娼！男盗女娼！赵正田这回没有忍住，他怒不可遏地指着站起来想溜的退伍兵。众人目光又一齐朝退伍兵望过去，现在大家都清楚三个人是怎么回事了。

……

电影院里演出了一场真实的生活片。

长青洲学校每隔两年就有教师调进，调出。教师调进是因为长青洲虽然四面被江水包围，但毕竟过了江就是县城，比偏远乡下好；还可以把这儿当成进城的跳板，缓一步进城。调出是因为长青洲毕竟四面被水包围，与外界隔绝，信息不畅通，见世面少，犹如井底之蛙。

有教师调进，学校里来了新人，教师们都欢迎，王红雷当然不例外，心情是畅快的。

教师调出，一来意味着家庭有关系；二来意味着逃离了长青洲这叶孤舟，长青洲虽说四季常青，但在上面住久了，腻味。有人开玩笑地说，长青洲是一叶孤舟。

听到有人要调走，王红雷心情波动大了，他情绪坏透了，简直要窒息。这倒不是他喜欢嫉妒，而是他懊恼自己家庭怎么这么差，一点关系都找不到，看来要在长青洲这叶孤舟上终老了。

王红雷是诗情的人，他热爱长青洲，愿意在长青洲上为渔民子弟服务。可是越是诗情的人，骨子里就越奔放，越想有自由的空间。长青洲像一叶孤舟，束缚了他的身体与思想。

他在长青洲上奉献的同时也想调离长青洲，在长青洲外的地方生活……

每年的春上都有教师盘算着要调离长青洲。四五月份就开始外出找人。今年学校听说又有好几个教师想调出去。

王红雷也动了心。

清明节，王红雷决定回家祭祖，他向周旭海请三天的假。周旭海说，清明节一天假都没有，你一请就是三天，学生放野马呀？

这次我们家挑祖坟，人人都要回去的。王红雷找借口。

冬至挑祖坟，没听说过清明挑祖坟呀。周旭海眨巴着眼。

王红雷听了周旭海的话，判断他搞不清楚清明可不可以挑祖坟，心里窃喜，开始糊弄：周校长，不管人家什么节令挑祖坟，反正我们家清明挑祖坟。其实王红雷也搞不清楚，一般人家清明挑不挑祖坟。

王红雷家的祖坟他还没有去过。据父亲说，他家祖坟在两百里外的一个山坳里，从陆路走非常不便，需要绕过七八道山梁。水路走倒比较方便，那个地方往西的方向有一条长长的河流，这条河流通过一个湖泊与两百里外的老家河流相连。水路虽说方便，可是一没有船，二时间长，三水上有风浪，风险大，所以一般还是走陆路。

据父亲说，祖上是从陆路出山的，爷爷的爷爷挑着一担小猪绕着山梁到山外去卖。小猪卖掉后，爷爷的爷爷见山外的世界繁华与热闹，便不想回去了，于是做起了买卖小猪的生意。后来脚步不断挪动，挪到了现在王红雷家居住的地方，再后来成了家，繁衍后代，一代接一代，到了王红雷这一代。

以前王红雷的父亲也没有去过老家，二十世纪九十年代后，时兴追祖溯源，王红雷父亲赶潮流，一路询问着来到老家。父亲说，山路弯弯绕，

突 围

一会儿在山顶，一会儿到谷底，委实不好走。王红雷很佩服那位挑小猪的先祖，像华侨一样，有开拓精神。联想到自己，感觉很惭愧，自己的勇气还不如那位祖宗。要学习先祖的精神，跳出画地为牢的局限，迈出长青洲，王红雷心里暗暗发誓。

看王红雷平时遵守规章制度，教学又勤奋，周旭海还是给了王红雷假。

吃过晚饭，姐姐姐夫们都走了。王红雷问父亲，我这名字是否按辈分起的？父亲说，这我还真不知道，你的名字是你爷爷起的。

你问这话是什么意思？父亲想起来问。

王红雷把学校建教学区，县长来剪彩，县长姓名与自己姓名一字之差的事告诉了父亲。王红雷问父亲，那个王县长有没有可能与我们是一个宗族的？

父亲茫然地说，我哪里知道？我们家祖籍在邻县塘储乡，前几年你爷爷在世时我与他去过那地方，那里有一个叫古岭的村庄，所有人家都姓王，其中有一家与我们家还是五服之内。他家有完整的王氏族谱，听说"文革"时藏在草垛里才保留下来。顿了顿父亲又说，可以到祖籍地查查族谱，看你是什么辈？再打听打听，那个王县长与我们是否一个宗族，什么辈分。

王红雷听父亲的话，心中默默地谋划起来。

一个二三十户人家的村庄像一头温顺的老牛卧在了山坳里，夕阳像金粉一样洒在了村庄的边边角角，村庄像玉米棒一样地黄灿。

好有诗意的村庄啊！王红雷惊叫了起来。父亲诧异地望着他，不清楚他为什么这么兴奋。

这祖宗地真美！王红雷对父亲解释。

这里闭塞。父亲淡淡地说。

王红雷随父亲走进一户人家，父亲喊一位身体瘦瘦的掉了几颗牙齿的老奶奶为三奶奶。

三奶奶指着王红雷问父亲：这是你家老几？

父亲说：这是我家老大。

三奶奶说：一看就是有工作的。

父亲自豪地说：在一个江心洲上教书。

教书好！教书好！发达！三奶奶笑呵呵地夸。

三奶奶，你可知道我们王氏家族在外有做官的？晚饭后闲聊，王红雷父亲试探着问起此行想问的话。

考出去的有几个，至于是不是做官还真的不清楚。三奶奶摇了摇头。

可听说有一个叫王红茂的？这个人在老大教书的那个县当副县长。

你找那个人有事？三奶奶头伸向前问。

就是不知道他是否是我们一族的。王红雷父亲避开三奶奶的问话。

我不出去，知道不多，我带你到小奶奶家去，她家二小子当村干部知道得多。三奶奶边说边颤颤巍巍地站了起来。到了小奶奶家，一番寒暄后，三奶奶问小奶奶家二小子：你当村干部，见识得多，知道不知道一个叫王红茂的，在一个什么县当副县长？

王红……什么呀？二子问。

茂，王红茂。王红雷说。

王红茂……王红茂……二子念叨了两句后兴奋地说，想起来了，这个名字好像听过。

是吗？王红雷惊喜。

你想想！你想想！三奶奶有些急切。

王红茂……王红茂……二子又念叨了两句后说，哦，我想起来了，上次到县里开会，招商引资，说邻县一个什么姓王的副县长，就是我们隔壁乡的。

真的呀！王红雷与父亲显得兴奋异常。

你可问了，那个姓王的副县长是不是我们一族的，哪个村的？三奶奶催问。

湖山村的！

湖山村的呀，那是我们一族的，我们王氏家族还真出了个县长，祖坟上冒青烟了！三奶奶很得意。

族上的管什么劲，又不是我们家的！二子有些不以为然。

不管劲的时候不管劲，管劲的时候管劲！三奶奶阅尽人生似的说。

对！对！管劲的时候管劲！王红雷与父亲同声附和。

那明天我们到湖山村去跑一趟？王红雷心情显得有些急迫。

下次吧。父亲认为已经搞清楚了王县长老家地址，现在不着急去。

来一趟不容易，还是明天跑一趟。王红雷坚持。

那明天跑一趟？王红雷父亲望着三奶奶，三奶奶望着小奶奶，小奶奶又望向二子。

那我明天带你们去。二子有些勉强地说。

第二天清晨，父亲带着王红雷上坟，坟不像他想象的在山顶上，坟头也不像他想象的高，近代祖宗的几座坟就在村庄后的山冈上。这个是爷爷！这个是爷爷的父亲！这个是爷爷的爷爷！父亲不停地点着坟头向王红雷介绍。父亲介绍爷爷的爷爷的时候，王红雷对地下面这位老人肃然起敬。要不是这位老人当初走出去，也就没有父亲，没有自己，没有他家现在的血脉传承。

因为心里有事，清晨祭祖的过程进行得非常快速，在三奶奶家吃过早饭，王红雷父子二人便随二子往湖山村去。老家村庄起名非常有意思，譬如某村庄有棵弯腰的树，这村庄便起名弯腰树村，湖山村有湖有山，便起名湖山村。相较于祖宗所葬的村庄，湖山村靠湖，交通方便得多。

到湖山村了！二子指着前面说。王红雷放眼望，只见刚才还包裹着自己的山纷纷往路两边退让，成了八字状。远处的山腰上有一座庙宇。那是湖山庵！二子介绍。

湖山庵！王红雷嘴里念了一声。

庵菩萨很灵的，这周边人家下湖之前都到庵里来烧香，烧了香就不会出事。二子介绍。

哦！王红雷应了一声。他想到了家乡的渡神庵。家乡有条河，这条河与湖山村边的这湖实际上是相通的，以前船家经常出事，后来为了出行安全，船家便凑钱建了渡神庵，祈求渡神保佑平安。

湖离这有多远？王红雷伸长颈子朝前方望了望。

大概有七八里路。二子答。

王红雷知道这么远的路是望不到湖的，有些失望，他对湖有些遐想。路两边田里油菜花开得黄灿灿一片，太阳照着，发出馥郁的花香，直蹿王红雷鼻息。王红雷耸了耸鼻子，感到肺腑格外地清爽。

有几块田闲置，田埂上有一个七十来岁的老头牵着头如他一样有些年纪的牛往路这方向走。王红雷父亲急忙从腰里掏出红三环烟递了一支给老头，问：您老贵姓？

王！老头答。

王啊！王红雷有些高兴。

我们这一带都姓王，老头用手指了指四周的村庄。

您老可知道哪家有人在邻县当副县长？王红雷父亲高兴地掏出火柴为老头点烟。

我知道！我知道！高杉组王复来大儿子在邻县当副县长！

真的吗？王红雷喜出望外。

那还假得了！老头底气很足地说。

高杉组怎么走？二子问。

这个村庄过去，往左拐，见到一个村庄，过了那村庄，再往右拐，前面一个村庄，就是高杉组了。老头快活地吸了一口烟。

二子在前，左拐右拐，到了老头说的村庄。只见一个瘦瘦的中年人正在门口编簸筐。二子上前问：你们村庄是不是有一个在邻县当副县长的？

你们是？

我们是宗亲。

宗亲？瘦瘦的中年人审视着来的三个人。

宗亲！二子语气响亮地答。

哦，那家里坐。瘦瘦的中年人站起来。王红雷望着父亲，父亲笑，王红雷意识到，找到了副县长家。

谁呀？一位面容慈祥、头发梳得清亮的老人迎出门来。

他们说是宗亲。中年人指着三人。

是宗亲呀？哪里的？老人微笑着问。

我是隔壁乡的，他们是邻县的，都姓王。二子介绍。

你们什么辈的？老人很感兴趣地问。王红雷父亲报出辈分来。

老人摇了摇头，说：你这王不是我们这王！王红雷一听这话，心一沉。

我们这王的辈分是……，老人摇头晃脑地背起了口诀。

王红雷想，老人能熟练地背诵辈分说明老人对血脉传承有感情，可老人越能记清辈分内容，就意味着自己与那位想见的王副县长沾不上边。

老人得意地背着，像私塾里的学生。背诵完毕，意识到冷落了来客，急忙招呼中年人上茶。虽说你们那个王不是我们这个王，但五百年前是一家，哈哈！老人爽朗地笑起来。见老人如此说，王红雷冷了的心又热了起来。

接着双方亲热地聊了起来。王红雷父亲向老人介绍了自己这支的发展情况以及前些年自己寻根问祖的过程，老人不住地点头。老人津津有味地讲述起了他们那支一世祖迁居本地的过程。讲述了一会儿后，老人想起来，问，你们来，可有什么事情？

是……是……王红雷父亲犹豫了下，指着王红雷说，他在王县长他们县的一个江心洲上教书，十几年了，想调出来，又不认识人。

哦，是这么回事呀！老人笑。

还想麻烦县长！王红雷父亲脸上堆着笑容。

只要能办到的都行！老人爽朗地答。

那就好！那就好！这趟跑对了。王红雷父亲非常地高兴。

麻烦您老写封信，对县长说说，我去找他。王红雷趁机提出要求。

丹丹这次在江里跑的时间长，以往不超过三个月就回一趟家，这次出去半年才回长青洲。主要是业务忙，开始装水泥，从铜陵装往武汉，一装就是四个月，准备回时，又接到了装粮食的业务，这回是从芜湖往九江装，一装又是三个月，这样装了七个月。业务源源不断来，丹丹对钱大学说，我想家了，孩子在家里，怎么也要回去看看。

就这样她与钱大学回到了长青洲。

每次一回到长青洲，丹丹第一件事就是到卫生院看望父母，钱大学要跟着，她不让，说：你忙你的事。

钱大学吞吐地说：不好吧，我回来不去看望岳父与岳母，外人会说闲话。

丹丹质问他：你孝心到了，外人说什么闲话？

钱大学噘着嘴说：你不让我去，孝心到个屁！

粗俗！丹丹横了他一眼。

我粗俗，谁不粗俗？赵正田那儿子不粗俗？钱大学来了气。

你再说！你再说！丹丹朝钱大学瞪着眼。

钱大学嗳嚅道：我说又怎么样？说又怎么样？

丹丹不让钱大学一起到卫生院，有她的考虑，钱大学喜欢吃醋。以前一到卫生院，双眼像耗子直睃，看赵正田在不在，如果赵正田在，他就像过去革命群众对待反革命，警惕地注视，看赵正田有没有在看丹丹，丹丹眼睛有没有对赵正田放电。他这样睃来睃去，弄得丹丹极不自在，以后丹丹就不让他一同前往了。

当然钱大学一个人去看她的父母是可以的。丹丹不在，钱大学也就没有必要吃醋了。

丹丹一个人到卫生院，钱大学是不放心的，他曾尾随丹丹到卫生院。碍于人多，丹丹顾及钱大学情面，只狠狠瞪着他。到了家，丹丹发狠端起锅就往外扔，怒气冲冲地说：你不想过就不过了，我们离婚去！

钱大学一听"离婚"二字，便尿了，赶忙赔礼说：好！好！好！以后不跟你总行了吧？

再厉害的男人都怕烈女，何况钱大学不一定算得上厉害男人。钱大学怕丹丹，丹丹刚烈当然是一方面，另一方面丹丹确实漂亮，如果不黑，是绝对的大美人——黑某种程度上来说显得更美。外人称她黑牡丹！牡丹，本身就是赞美的意思。丹丹的美是狂野、奔放的美，更是摄人心魄的美。摄人心魄的表述很准确，狂野、奔放的表述似乎不准确，丹丹性格开朗，可个性并不豪放，如果她想偷情养汉子，只要眼神轻佻一下，可她从未这么过。看似野性，实际专一。像这样的女子，哪里寻？因而钱大学对丹丹格外宝贝。

你还不知道吧，他……他……离婚了！母亲下巴抬起，朝门的方向歪了歪。意思是院里某人离婚了。

谁？谁离婚了？丹丹很惊讶。

他……他呀……他离婚了！母亲还是没有说出人名。

你把我急死了，到底谁离婚了？丹丹催问。

还有谁离婚了，赵正田呗！母亲终于说出了赵正田的名字。

他离婚了？他怎么会离婚呢？丹丹喃喃自语。

他老婆偷人，他与老婆离了婚。母亲告诉了她赵正田离婚的原因。

什么时候离的？

你上次走后不久离的。

哦！丹丹陷入了沉默。

从宗族老家回到长青洲，王红雷一脸的喜色。

事情办得还好吧？雅丽瞅着王红雷的脸问。

王红雷是个感性的人，什么事都挂在脸上，那张脸简直就是晴雨表，心理的些微变化都能从脸上看个一清二楚。

好！王红雷喜滋滋地说。

即便雅丽不问，他也会主动地说。

一家的？雅丽问。

一笔写不出两个"王"字，不是一支的，算一家的吧。王红雷很自信。

不是一支的，远了，那人家给你办事？雅丽皱着眉头。

怎么不给办事？你看！王红雷给腰间掏出了折叠的信纸，抖开。

是什么？

县长父亲写给县长的信！王红雷得意地说。

我看看！雅丽一把抢过去。王红雷得意地看雅丽读信。

晚上炒个把菜！我来喝一杯！王红雷开心地支派雅丽。

雅丽拉开碗橱中间抽屉，从里面掏出一个纸包，拆开，露出扁形闪着光亮的毛花鱼。一股腥香味扑入鼻息。这毛花鱼是江里的鱼。

雅丽抓了一把毛花鱼放在水盆里。毛花鱼煮之前要先浸泡一下，煮时放几个红辣椒到锅里，这样又入味又漂亮。

再炒点花生米！王红雷又支派。雅丽性格好，今天心情又好，再次拉开抽屉，见左边抽屉没有花生米，她拉开右边抽屉。

没有花生米！雅丽望着王红雷。

那炒点黄豆，黄豆我记得有的，那天我过江买了的。王红雷高声说。

煮毛花鱼的同时雅丽不停地在另一个锅里翻炒黄豆。不论王红雷还是雅丽脸上都溢着光彩。

雅丽忙碌，王红雷也没闲，他从碗橱上格一个蓝边碗里拎出了两只小酒杯子，朝里看看，然后放在水池子里，冲起来。

你拿两只干吗？雅丽好奇地问。

你陪我喝一杯啊！王红雷显得有些兴奋。

我不喝酒的，你又不是不知道。

今天高兴！你也喝一点。

两人同时举杯，同时抿酒。王红雷感到少有的幸福。

嘭！嘭！嘭！有人敲门。

我去看看是谁！雅丽把自己的那只酒杯往桌子里边一推，然后站起来去开门。

王老师在家吧？一个身体壮实、前额凸出的男人在前，一个矮个子女人跟在后面。女人微笑着，手里拎着小篮子。

在家！雅丽答。两个人被客气地让进屋内。

女人把篮子放下，篮子里码着鸡蛋。

王红雷站了起来。

我是许明祥爸爸，刚从船上回来，听说老师对我孩子不错，特地来看望。

老师对我孩子不错！我们船回长青洲，孩子都对我们说了！女人补话。

应该的！应该的！王红雷摆着手说。

坐！坐！坐！雅丽客气地招呼两人坐。

停止喝酒，然后聊起了孩子的学习情况。

许明祥学习成绩不好，内向，以前一直坐在教室最后一排的左端。今年排位子的时候，王红雷无意中将他同位的同学调走了。位子调好后，王红雷巡视教室，目光扫到许明祥时，发现许明祥身体抖了一下，眼神有些悲戚。许明祥孤独！有点伤感！王红雷敏感地察觉到了这点。作为教师要平等地对待学生，让每一个学生都能均衡享受教育的阳光。王红雷反省，于是把许明祥调到了第一排的正中间，就在讲桌边。位子调好后，他观察，发现许明祥原先抑郁悲伤的眼神变得清澈明亮了。之后许明祥变得自信，学习成绩有了很大的提升。

老师的一个作为，改变了一个学生的状态，还有可能改变一个学生的一生！这是包含王红雷在内的很多教师的体悟。

王老师，真的谢谢你！许明祥父亲身子往起抬了抬。

真的谢谢王老师！许明祥母亲身子也抬起。

王老师！下学年还是你当班主任吧？许明祥父母同时问。

这个……这个……王红雷不知道如何回答好。

王老师不会下学年不当班主任吧？许明祥父母担心地问。

这个……这个……王红雷还是不知道如何说好。

他是说，下学年的事情还早，还要听学校安排。雅丽见丈夫答不上来，急忙代答。王红雷是老实人，老实人最不善于说谎。在说谎这方面，还是孙恒最拿手，他说谎成性，一点不脸红。

送走了许明祥父母，雅丽说：人家家长这么相信你，你要调走，人家肯定会伤心的。

王红雷听了雅丽的话，没有了主意。

可还调动？雅丽问。

王红雷张了张嘴唇，想说，可是没有说出来。

连着几日王红雷的心情都好，好心情也被周旭海发觉了，周旭海与王红雷半开玩笑：你回家过清明，捡到宝贝了吧，这几天这么高兴？

没捡到宝贝呀。王红雷急忙掩饰。

那你怎么这么高兴？

我没有高兴啊！王红雷有些吃惊地回周旭海。

你高兴的神情都写在脸上了，还说没有高兴？周旭海指着王红雷的脸说。

王红雷意识到自己高兴过了头，急忙收敛起了笑容。

该不是回去找人办调动的事情了？周旭海试探着问。

没有呀！王红雷急忙否认。他想调动的事现在还没开头，还不知那个本家的副县长可愿意帮忙，如果现在漏了口风，将来肯定会让教师们笑话。

没有就好！现在学校就缺像你这样认真负责、教学成绩出色的教师。王红雷听周旭海这话，心里一沉，他怕到时自己办调动，周旭海卡自己，那就麻烦了。

晚上夫妻二人躺在床上看电视，雅丽盯着荧屏看得津津有味。王红雷拽了雅丽的胳膊一下。

雅丽问：什么事？

想对你说一件事。

什么事？

今天周校长说了不希望我调动。

周校长怎么知道你要调动？雅丽紧盯着王红雷的脸问，她感到有些奇怪。

我怎么知道？王红雷有些无奈。

我知道，你这人心里想什么都挂在脸上，周校长还看不出来？

那调动的事情还办不办？王红雷问雅丽。

办！你有这关系，不办可惜了，总不能一辈子待在长青洲。现在连出生在长青洲、长在长青洲的雅丽也希望丈夫离开长青洲了。

到时县里同意，周校长不同意怎么办？王红雷担忧。

你呀，也不想想，如果真的县长给你办，周校长不同意行吗？雅丽点拨。

是呀！是呀！我怎么想不到！王红雷佩服雅丽。

一个月后，王红雷带着王老爷子的亲笔信来到县城。虽然他常上县城，也去过教育局，可是不知道县政府在哪里。他问了下路人，人家告诉他，县政府现在移到了新建的环湖路。哪条是环湖路？王红雷只知道正大街，至于路名一概不清楚。就在新华书店东边不远那条新开的路上。人家指点。

说到新华书店东边，王红雷知道了方向，那个地方过去是一片山冈，冈上有几户人家。早些年，他与赵正田单身的时候，曾经去过那片山冈，上面密布着红得滴血的鸡冠花。王红雷想起了当年那个脸上有些微雀斑的营业员女孩，他现在很少去新华书店了，偶尔去左瞧右瞧也见不到那个女营业员了。听说调到二楼办公室任会计去了。

县政府很气派，前面是长达二百米的广场，办公楼高十层，这在县城屈指可数。据说，建这样高标的办公楼五十年不淘汰。

王红雷走进了办公楼，东张西望，很多进出的人朝他望。

你找谁？有个看似门卫的人问他。

我找……找王县长。王红雷吭哧着说。

你找王县长？门卫审视着他。

找王县长。王红雷肯定地答。

你找王县长有什么事？门卫问。

王红雷瞅了门卫一眼，他觉得没有必要对门卫说。

王县长事情多，你没有什么事情就不要找县长。门卫语气有些不客气。

王县长是我本家。王红雷硬了语气，他认为在门卫面前不应低声下气。

哦，你是王县长家的人呀，他在四楼。门卫态度变热情。

王红雷上了四楼。四楼又有很多很多的办公室，王红雷这个办公室伸伸头，那个办公室伸伸头，办公室里的人朝他瞄。

我找王县长，请问王县长在哪个办公室？王红雷到了一个办公室门口，对着里面的人怯怯地问。里面一个披着长发的女人瞄了他一眼，没有应声。王红雷放大声音，又问了一句。

在那头！女人有点不耐烦地摆动着手。

到了王县长办公室，王红雷朝里面瞄了下，好多人。

王县长到过长青洲学校，王红雷认识，只见王县长坐在位子上，在听桌子对过一个人说话。王红雷进办公室，王县长朝门口望了一眼，收回目光，继续听那人说。

两张沙发上都坐着人，沙发边还站着三个人，办公桌边也站着一个人，这个人手里拿着张纸，好像等王县长批示。王红雷进办公室，自觉地站在了离县长最远的角落。那个人还在喋喋不休地说，王红雷瞟了下屋里人的表情，个个都显得很焦急。他们都巴不得那个人快快地把话说完。

王县长开始说话，说了几句话后，那个人起身。几乎所有人面部因为等得焦急而聚皱的皮肤都松弛开，有两个还微微地笑了下。沙发上坐着的一个人迅速地补位。拿纸的这个人将纸递给了王县长，王县长瞄了一眼，在上边快速地签了几个字。

这个人走了。王县长将目光转向补位的人，这时那个披长发的女人进来了，她噔噔地走到王县长面前说，县长，会议马上要开始，你现在得过去了！

哦！王县长随即起身。屋子里坐着的人全都起身。

王县长！王县长！目光都聚向王县长。

现在要去开会，开过会再说！王县长说。

集体现出失望的表情，有一个人还吧嗒了下嘴。

王红雷来到雅丽打工的超市，雅丽问：事情办得怎样？王红雷摇头。

办得不怎样？雅丽问。

王红雷说：没有办。

你不是去了么？怎么没有办？雅丽有些不相信。

去是去了，县长太忙，没有说得上话。

那边有人要货，雅丽急忙过去。

第二天上午下班的时候，王红雷急匆匆地准备回家，周旭海截住了他，说：你先别急着回去，我找你有件事。

有什么事不早说？王红雷心里说。

你来！来！到我办公室来。王红雷慢腾腾地跟在周旭海后面，十分不情愿地进了办公室。你坐！坐！周旭海热情地招呼王红雷坐下。

王红雷站着不动。他急着要回去，烧饭给儿子吃。

坐下！周旭海亲切地按了按王红雷的肩膀。王红雷坐了下来，茫然地望着周旭海，不知道他想说什么。

我打算让你当教导副主任，协助徐副校长工作，如何？周旭海和蔼地望着王红雷。王红雷身子抖了一下，坐正。临离开时，周旭海叮嘱王红雷，现在还没有定，暂时不要对外说。

到长青洲工作快十几年了，王红雷经历了最初的师范生大补入与代课教师大辞退，到后来一部分教师调离长青洲，一部分教师进了校班子，他与好友邱长生一直没有进步，始终为普通教师。

突 围

　　说老实话，王红雷早年没有要戴帽子的欲望，他一直认为当教师把书教好就行，有了帽子反而费心。至于他有戴帽子要求源于两件事刺激：一件是孙恒当办公室主任，时不时地在教师尤其在王红雷面前显摆，让王红雷有些生气；还有件事，每学年分课，学校总以戴帽子的人要承担教学外的工作而给他们减课，造成了王红雷及其他教师心理失衡，认为不太公平。

　　而直接诱因是有年汛期长江水位较高，县里各部门都派人上长青洲来防汛，教育局也派来了人，派的是教研室罗副主任。王红雷隔壁住着前两年分来的一个教师，放暑假回去了，罗副主任就住进了这个教师房间，这个教师没有买电风扇。罗副主任白天在长青洲圩堤上巡逻辛劳，晚上在房间里热得睡不着，拿了本书在操场上扇。王红雷出来小解，见罗副主任拿着书，热情地对罗副主任说，我家里有台小电风扇，我拿给您扇。

　　那怎么行？罗副主任推辞。

　　没事的！没事的！我家还有一台大落地扇。王红雷说着就进屋拎出了小电风扇。

　　那台大落地扇还是结婚那年买的上海出产的海风牌电风扇，虽说牌子夸大了，而且买了就坏了，可是很有意思的是，自从那次修了后，再也没有坏过。儿子六岁时，王红雷给儿子分床，家里又添了台小电风扇。

　　有了这台小电风扇，罗副主任晚上再也没有出来过。轮到白天休息的时候，罗副主任闲着没事，与王红雷聊天。他了解到王红雷非常敬业，教学成绩也很不错。临离开时，罗副主任对周旭海说：学校班子如果加人的话，把王老师考虑考虑。

　　很多教学上的事有求于教研室，教研室主任的话不能不听。后来班子加了几次人，每次加的时候，王红雷都期待，可是加进去的都不是自己，到后来，王红雷不再抱期望。现在周旭海居然考虑到自己，王红雷心里还是非常喜悦。至于周旭海这次为什么考虑自己，王红雷没有细想。

　　下午见到邱长生，王红雷掩饰不住喜悦。

　　邱长生瞅着王红雷的脸问，你有喜事？

　　嘿嘿！王红雷笑。

　　邱长生追问，到底什么喜事？

王红雷嘿嘿地笑说：周校长打算让我当教导副主任。

什么？周校长准备让你当教导副主任？邱长生一听王红雷的话，脸马上变了色。

王红雷意识到自己走了嘴。周旭海让他暂不要对外说，自己还是对好友邱长生说了。

在王红雷的意识里，邱长生与自己关系不错，对他说没有关系，再者邱长生知道了，还会为自己高兴，可是没有想到与自己关系不错的邱长生听了竟变了脸色。王红雷不清楚，好友邱长生背后一直为进入校班子在努力，通过有关人士找过周旭海多次，只是周旭海不中意他，未答应。

上午下班，赵正田低头从前面门诊楼往后面院落走，抬头，发现丹丹站在走廊上，闪着丹凤眼望着自己，眼神温热。

丹丹听母亲说赵正田离婚，讶异、惊喜、忧虑、心疼等各种各样的心理情感都涌了出来。讶异是每个人都会有的，惊喜似乎不应当，可对于她来说那是心中的秘密，几多回梦中出现，现实达不到的，她渴求梦中达到。丹丹经常梦到赵正田离婚大概就属于这种情况。忧虑与心疼很好理解，她是爱他的，爱到了血液里，爱到了骨髓里，当然会为他离婚的事焦虑。

注意到丹丹看自己的眼神，赵正田喉结部黏稠了一下，他是医生，他明白这是对外界感动的生理反应。这种反应是连体的，接着眼睛有了察觉不到的湿润。

你回来了啊！赵正田故作轻松地问。

嗯！回来了！丹丹接话。她本想微笑着回答，犹豫了下没有显现出笑容，她觉得此时露笑容，即便浅笑也是不合适的，她深爱的人离婚了，正伤感，她应该与他一道伤感才是。

赵正田撇过脸，往自己房间走。

丹丹还想与赵正田说句话，可是又觉得不知说什么好，便止住了嘴。

丹丹深情地望着赵正田的背影。她发现赵正田腰弓了，脚步也有些拖沓。她禁不住难受了起来。

回来已经半个月了，钱大学急着走，天天催，每次催，丹丹好像都没

突 田

听见。催急了，丹丹不耐烦，不才回来几天，急着走干吗！

你说干吗！再不走！业务被人抢走了！

抢走就抢走呗！丹丹一副无所谓的样子。

业务好，钱大学有了更大的发展设想，他想把百吨的挂机船卖了，再订购一条大点的船，这样接的业务量更大，可以从武汉跑到上海。

钱大学曾经在一次酒后对丹丹描绘人生梦想，丹丹当时用少有的欣赏眼神望着他。钱大学很受鼓舞。那次酒后，在芜湖的江岸边，周边还有许多船，看到丹丹欣赏自己的眼神，他突发兴致，手抚摸着丹丹的脸，丹丹不像以前抽打他，而由他任意抚摸……

钱大学开始留意丹丹，发现她每天都往卫生院娘家跑，回来后容光焕发。会不会又与那个姓赵的旧情复燃？钱大学神经紧张起来。

丹丹拖着不上船，钱大学没有办法，他情绪糟糕，每天中午酗酒，然后到村部边新开的麻将馆打牌。这天，他手气特别不好，打了三个头输了七百元。

不打了！他把牌一推，起身要走！

还有一个头没有完，你不能走！牌桌上一个人拉他。钱大学生气地把那个人一推，那人没防备，倒在了地上。

迈开步子出门，那人爬起来对着门大声嚷：你横什么横，你老婆偷人去了！

钱大学应该听到了这句话，前几天打完牌他都往家赶，这天不然，直奔卫生院。钱大学不清楚丹丹在不在卫生院，他到卫生院就是来查看，看丹丹是不是与赵正田在一起。

丹丹还真在卫生院内。赵正田离婚后吃住都在卫生院，烧饭的器具是蜂窝煤炉子，中午烧过后封了炉子，下午没有病人时赵正田回来查看，发现炉子火灭了，拿了几张报纸与柴棍子在引火。

丹丹吃过中午饭后就来到卫生院，嘴与母亲呱白，眼却瞄着门诊楼窗户。赵正田在门诊室窗户晃动，全都收入她眼中。

赵正田划火，报纸燃着，放入蜂窝煤炉内，上面加报纸，柴棍子加进去后，火熄灭了，冒起了一股烟尘，赵正田咳了起来。

丹丹走出屋子，她见赵正田呛得泪滚，急忙从母亲家蜂窝煤炉内夹了个着了的煤球过去。

钱大学正好看到了夹着蜂窝煤的丹丹。他像疯了似的上前，夺下丹丹手里的火钳，将着了的煤球用力向墙外扔去，火星子迸溅，一颗煤粒烫了丹丹的手背。

事情因为丹丹手背被烫而平息，丹丹是郑平路的宝贝，手烫伤，小两口裂痕增大，本来已淡化了对赵正田不良印象的郑平路迁怒于赵正田，找他谈话，说，为了他们夫妻平安地过日子，你离丹丹远点好不好？

赵正田望着郑平路，气恼，本来他想说：你怎么不分青红皂白，把板子打到我身上了？明明是你家丹丹。可是他想，丹丹为的是他，不能把责任推到丹丹身上！于是嘴巴动了动，没有说话。

他心里感到非常压抑，决定出走透气，就像当年吴安平出走一样，他到了市区。

周校长找你！要提拔你了！王红雷往办公室走，孙恒手拎着茶杯截住他，脸上挂着捉摸不定的笑容。

如果别人这样的表情，王红雷一定心花怒放。可孙恒的话王红雷不仅不相信，反而往坏的方面想。他太了解孙恒了，笑里藏刀，阴坏。

来到校长办公室，周旭海一顿怪罪：王老师啊！王老师！学校还没有定案，我私下对你说的话怎么能对邱老师说呢？你这样把我搞得很被动！

邱长生找了周旭海！王红雷脑子里第一反应。他怎么能这么做呢？我们平时关系不错呀？他不该嫉妒我啊！王红雷很郁闷。如果换了他，知道这件事，绝对不会这么做的，这么做严重伤害了两人感情。

我以为说了没事呢？王红雷如实回答。

你啊！你啊！也太单纯、太实在了！周旭海摇头。

王红雷不好再说话。

刚才邱老师来找我，提出要当教导副主任，弄得我很被动，现在看来你担任这个职务要缓缓了。周旭海把手一摊。王红雷心一冷。他体味出了孙恒刚才的话，里面含有讽刺的意味。

这个家伙！王红雷心里骂道。

突围

回到家，坐在沙发上生闷气，一会儿想孙恒口蜜腹剑，一会儿想邱长生，自己与他关系不错，他嫉妒谁都没有问题，就是不该嫉妒自己。王红雷就这样想过来，想过去，忘记了烧饭。儿子做作业，肚子饿了，见老子在生气，不敢吭声，只好一会儿望望老子，一会儿又望望老子。

也不晓得做饭！雅丽回家，见两人模样，再伸头看看厨房，见没有烧饭的迹象，脸上挂着不高兴！

没有劲头烧饭。王红雷丧气地说。

怎么没有劲头烧饭？雅丽瞅着王红雷的脸。儿子也望向老子，想知道老子为什么不高兴。

邱长生嫉妒我！我真不敢想象！

你这话说得不明不白的，快说清楚了，我好去做饭！雅丽催促王红雷快说完。王红雷说出了事情缘由。谁都不怪！就怪你那张嘴！人家想当教导副主任也正常！生什么气？雅丽说着进了厨房。

怎么还是我不对？王红雷觉得有些莫名其妙。

雅丽就是这样豁达、开明的女子，总站在别人的角度想问题，这样就个人来说，心气顺，就双方关系来说，心结小。如果换上另外的一个女人，火上浇油，矛盾就扩大化了。

第二天王红雷与邱长生撞面，邱长生面带微笑，王红雷冷着个脸。邱长生觍着脸说，周旭海老早就说让我当教导副主任了，屁大的主任，我懒得干，所以一直到现在没有任命！

王红雷朝邱长生脸上望了又望，心里说，邱长生你一向很朴实的呀，今天怎么说这样虚伪的话，这样的话只有孙恒才说得出的呀！都是虚荣心祸害的！自己有没有虚荣心呢？也有的！人之初，性本善，性相近，习相远。王红雷不知不觉地想起了这几句话。邱长生经不住王红雷望，避过脸走了。

调动！调动！一定要调动！再在这长青洲上待委实没有意义！王红雷嘴里轻轻叨念着。

他揣着王县长家老爷子的亲笔信再次来到县政府，这次轻车熟路直奔王县长办公室，没想到办公室门关着。透过窗玻璃朝里面望，办公室内空无一人，看来县长不在办公室。上厕所去了？下基层去了？上厕所关系不大，下基层去了的话，又白跑一趟。他心里嘀咕。

问一下，王县长到哪里去了。转到隔壁办公室，见里面端坐着一个干部，这干部器宇轩昂，非常有气派，王红雷不敢进去问。他在走廊上走来走去。咔！咔！皮鞋声由屋子里响到了屋子外。王红雷朝声音方向望过去，只见上次通知王县长开会的那个披长发的女人走了出来。她肯定知道王县长到哪里去了。王红雷立定，做出了要问的姿势。那女人经过王红雷身边时，王红雷嘴巴动了动，没有敢问——女人的气场镇住了王红雷。

王红雷悻悻地离开县政府。

今天乡里组委来学校，王老师你不知道吧？王红雷回到学校，往班上去，李雁正好从班上出来，告诉王红雷。

宣委管学校的，王红雷明白，组委做什么的，王红雷不太明白。他四十出头了，至今还不是党员，与党组织没有任何接触，因而不明白组委的工作范畴。

组委！组委到学校干什么？王红雷疑惑地望着李雁。

组委都不知道呀，组委是管教师入党的，入了党的比没有入党的优先提拔！李雁也不是党员，可说出的话很内行。

哦！王红雷应了一声。他还没有意识到李雁对他说的话的用意。

邱长生是党员，组委是来帮邱长生说好话的！李雁见王红雷木，只好直接对他说。

王红雷脸上松弛的肌肉马上紧绷了起来。

组委为什么来帮邱长生说话？邱长生不知受谁点拨，到乡里找了组委，说自己是党员，王红雷不是党员，有这样的区别，期望组委对周校长说一下。

周旭海委婉地对组委说，邱老师教学不如王红雷，提拔不适宜。

组委也不强求，说，你考虑考虑！

周旭海面无表情。

过了两天，王红雷起了个大早，七点三十的时候他就已经守在了王县长办公室门口。

突 围

王县长提着包走近，王红雷开始弓着腰，面部挤了挤，露出卑微的笑。王县长瞄了王红雷一眼，掏出钥匙开办公室的门。王红雷贴着王县长屁股走了进去。

你有什么事？王县长放下包，面无表情地问。

哦，这个！王红雷卑微地弓着腰，把信纸递了过去。

王县长接过被王红雷折得有些皱巴的信纸，打算瞄一眼放下，可是瞄一眼发现这纸不寻常，是自己父亲写的，父亲的笔迹很有特色，是朝一个方向歪斜着的。

于是王县长把整封信看了一遍。王县长父亲见王红雷父子很朴实，有意帮忙，在信中说王红雷是他们这一支的。亲不亲！家乡人！何况一个宗族的，而且还是老父亲让帮忙的，自然不能小视。

父亲在王县长心中有崇高的威望，父亲喝过墨水，而且父亲目光远大，当年很多农家子弟考不取大学回家种田了，可是父亲坚持让他补习，一年补不上再给补一年，第三年终于考上了大学。

王县长看过信，态度变亲切，让王红雷坐，问王红雷喝不喝水。

王红雷说，不喝，然后两眼望着县长。

你想调离长青洲？王县长问。

嗯！王红雷答。

想调哪里？王县长又问。

能调县城最好！王红雷身子前倾，小心翼翼地说。

县城你没有听说吧，不像前些年了，现在各学校教师都富余，几乎没有可能！王县长语气很坚定。王红雷一听，脑子嗡了一下。

歇了歇，王县长又说，如果你想调到郊区那还好办。

调郊区行！王红雷一听这话，就像夜晚透过屋顶亮瓦看到了皎洁的月光，赶忙同意。

那你回去，哪天我与教育局说说看。王县长和蔼地说。

好！好！感谢县长！王红雷抑制不住内心喜悦再次对王县长弓着腰。

出了县政府大门，王红雷没有急着回长青洲，他快步向雅丽上班的超市去，与雅丽分享这份喜悦。然后他又快步向菜市场去。王红雷有个喜好，遇到高兴事喜欢上县城，称上两斤好肉，再买上斤把腐竹，猪肉烧腐竹。

肉案一字摆开，个个屠户脸上都对王红雷挤着笑容。其中一个胖得眼睛眯成一条缝的屠户对王红雷喊了一声：一看就知道兄弟今天有喜事，来两斤！

好！就在你这称！来两斤！王红雷也显得很爽气！胖子一刀斩下去，一钩，对王红雷说，兄弟，神了，我这手就是秤！事实上足足少了三两。王红雷这一乐吃了亏。

来时，太阳刚擦着江面，照得长江像一张羞红了的脸。回去时，太阳已经爬到了江滩上的树梢，光线也由红变成了橘黄。这是油画的色彩，王红雷喜欢这色彩，他有好几件褂子都是这色彩。

王红雷喜欢写诗，这些年已经不写了。不会作画，可是现在色彩在他头脑中晕开，晕成了一幅灿烂的画卷，他的锦绣人生在画卷中铺展。

回到学校，他脚步轻飘，满脸的喜气。邱长生朝王红雷走过来，脸上有些不自在。王红雷对邱长生友好地笑了笑，大声地说，我不想当那个教导副主任了，那个教导副主任你来当吧！

邱长生望着王红雷，有些不相信。

真的！我真不想当那个教导副主任！王红雷话语很诚恳。

你真不想当啊！你为什么不想当呢？邱长生有些不相信。

老实的王红雷告诉邱长生，我想调动，找了县长，县长答应了！

哦！原来是这么回事啊。邱长生恍然大悟。

王红雷虽然年纪接近四十岁，可他始终在长青洲，始终在长青洲学校，人生经历太单纯，还有他是个诗情的人，感情也太单纯。调动的事情，王县长仅仅口头上表态，至于能否办得成，还是个未知数。再者说调动的事不到办手续是不能随便对外说的，说了会弄巧成拙。

俗话说，锅盖不能掀早了，掀早了，气跑了，饭煮不熟。

果然如此！上午放学，王红雷又急着回去烧饭，孙恒假装亲热地喊王红雷，王老师，周校长找你有好事！

哦！王红雷明白孙恒又在戏谑自己，他不理会孙恒，然而心里很紧张。

你在邱老师面前瞎说了什么？周旭海阴着脸问。

说……说……王红雷没有意识到邱长生会马上找周旭海要当教导副主任，而且说话直筒，等于把自己卖了。

说……说什么了！周旭海厉声问。

王红雷自觉错了，不敢吭声。

学校对你这么好，还想调动？你想调动就随你愿呀，我不同意！周旭海很生气。

我不同意！王红雷一听这话，脑子一炸，他意识到事情坏了！

校长权力说大不大，说小也不小，如果坚持己见，不放，上面关系不是太过硬，很可能走不掉。县长的牌子是过硬，可是王县长与自己连本家都不是，关键时刻是不一定会为自己说话的。

这个邱长生，上次吃过他亏，现在又吃他亏了，怎么就是管不住自己的嘴？王红雷把嘴巴狠劲地拧了一下。

被卷入丹丹夫妻矛盾的旋涡，赵正田决定出去走一走，他想到了平步青云已在市卫生局办公室供职的吴安平。

吴安平屁股坐在活动靠椅上，很优雅地往边侧一转，接着又转了回来。这么一转，或许是习惯，也或许是有意，赵正田从这转的动作感受到吴安平活得很惬意。

岂止这动作，转之前吴安平不断地拨电话，听声音，拨给的几乎都是秘书，听口气，秘书的职务比吴安平大。吴安平与这些秘书通电话，可以看出他交往的层面不一般。赵正田还听出，拨的电话中有一个不是秘书，是什么总，好像叫储总。

正田！走！我们吃饭去！吴安平往起一站。

赵正田随之站了起来。吴安平站起来的时候颈脖稍稍往后摆了下，这如同转动椅子，许是习惯许是故意为之，反正与现在的颈椎病扯不上关系。赵正田站起来的时候，腰略微弯了弯。

非常有意思的是，十几年前，吴安平出手术事故躲避到长青洲，那时赵正田在乡政府食堂就餐。晚饭点之前，两个人在房间里聊。到了晚饭点，赵正田站起来，吴安平也随之站起来。赵正田颈脖往后摆摆，吴安平腰弯曲了下。

这扯不上礼节，应该与所处的地理位置与身份有关，尽管是同学，离开了学校，处在不同的层级，心理距离也就随之拉开。

十年后同学聚会，赵正田对此有深刻体会，除了两个家庭困难的同学没有来，一个同学因事没有来，其他来了的同学在入座时，做官的围坐在一桌，经商的围坐在一桌，小职员围坐在一桌，等次非常地分明。

赵正田坐着吴安平的小车子在街道上转来转去，他面无表情地望着快速移动的高矮楼房以及楼房上显示的单位标牌、商场广告语等花里胡哨的东西。转了一阵后，车子停了下来。前面出现了一个曲形的长廊，上面垂下了从未看过、叫不出名字的绿植。

从这里走！吴安平只嘴里说着，并没有做出引导的手势。这不碍事，反正跟着吴安平走就是，赵正田想。长廊走完，是一道玻璃旋转门，吴安平进去后，门就旋转了过去，赵正田站在门外不知所措。很快，缺口又转到面前。

快进来啊！吴安平嚷。赵正田准备迈脚的时候，门又旋转了过去。

这一道门，隔开了赵正田与吴安平，它仿佛时间年轮，暗示着吴安平生活在新时代，而赵正田仍生活在旧时代。

快！进来！吴安平重新走入旋转门内，将呆站着不知所措的赵正田拉了进去。

赵正田紧跟着往里面走，不停地有人与吴安平打招呼，吴安平也不停地与人打招呼。一个像是领头的，脸蛋很俏腮帮有两粒蝴蝶斑的服务员还向吴安平抛了个媚眼，吴安平也朝她挤了挤眼。赵正田感觉他们关系很暧昧。

里面也有走廊与绿植，看来这是个花园式饭店。转了一会儿后，吴安平带赵正田进入一个房间。赵正田进去，心里哇了一下。这房间并不大，里面的布置却非常优雅。前后都有绿植，好像进来不是吃饭。靠里侧还有一个书橱，格子里也摆了一盆绿植。

吴安平进去的时候，里面已经有三个人了，其中一个人恭敬地称呼吴安平，吴局长。

这是我同学！这是商界巨亨储老板！吴安平分别介绍。那个称呼吴局

突围

长的人瞅了瞅赵正田，稍稍犹豫了下，伸出了手。

赵正田准备握那个人手时，那个人抽回了手。赵正田异常尴尬。

王红雷上长青洲以来还未遇到过这么大的水。

江水奔涌，泛着黄泥浆色，一波接一波地冲击长青洲堤埂，就像古代勇士端着圆木一阵一阵地撞击坚固的城门。波浪碎片掉落到圩堤上。江面离堤埂只有两尺距离。

兵临城下。

雨自六月中旬开始，一直未停，现在已是七月六日，连续下了二十多天了。

更要命的是长江上游也在比赛着下，江水奔腾而下，抬高了水位。

一个头发花白的老头牵着一头猪上渡轮，这头猪一只脚搭上渡轮，前面铁板突然掉转方向，撞上了渡轮上的人，引起了一阵骚动。猪劲大，拽着老头下了渡轮。

后面的人纷纷地挤上渡轮。

你走不走哦？渡轮二层把舵的在喊。

走！走！这死猪！老头急着捡起一截丢弃的木棍，对着猪身一阵猛打，猪转起圈来。

你还走不走哦？把舵的再次喊。

走哦！走哦！老头猛收绳索，拽着猪上了渡轮。

人命关天，疏散长青洲上群众的工作已经进行了整整一个星期，渡轮一刻不闲地往返，现在洲上的群众已经撤离了大半。堤埂岌岌可危，随时都有崩塌的可能，现在这条渡轮相当于大渡河上的渡船。

长青洲渡船经历了大约四个发展阶段。王红雷刚到长青洲的时候坐的是木渡船，用桨划。过了大约十年时间，与时俱进，木渡船上安装了挂机，挂机一发动，渡船嗖嗖地向对岸驶，节省了三分之二的时间。船上安装挂机，应该说是水上工具的重大革命，是水上交通的伟大进步。后来木渡船又改为了铁船，船头比原先尖利，船开动时犁出了三角状的很漂亮的波浪，久不写诗的王红雷禁不住咏怀。又过了七八年，国家对安全工作特别重视，加强检查，海事部门说渡船太小，不安全，要求建渡轮，于是长青洲乡政府牵头，摊派费用到各单位，建了这条渡轮。

受命于危难之际，现在这条渡轮发挥了至关重要的作用。

江水如煮开的稀粥向上翻腾，没有到过长江的人看了战栗。长青洲圩埂上不断聚集从里面撤出来的人。

对岸的江堤上搭满了帐篷，长青洲学校搭了十顶帐篷，每顶帐篷长八米，宽三米，大约一千元。学校账面上只有四千元，吴森华慷慨地对周旭海说，你到乡里借六千元。

长青洲学校的帐篷在离渡口一里路的地方，住宿之用，只可以放一些随身物品。有亲戚的教师投奔了亲戚，没有亲戚投靠的教师如何居住，在这个问题上有两种意见：一种意见是妇女儿童在一起，男教师在一起；还有一种意见是一家人在一起，中间拉布帘子。讨论来讨论去，最后定了同性别的在一起。

还是搞了点特殊，周旭海全家住在其中一个帐篷里，中间帘子隔开。据说提这主张的人是孙恒，周旭海有洁癖，自己不好提，孙恒主张，他顺水推舟，住了进去。周旭海不亏待孙恒，也让他全家住进了这顶帐篷。

第二天经过排查，确认长青洲里面的群众全部撤出来了，县里在长青洲堤埂要不要保的问题上出现了争执。县长强势，说既然人撤出了，堤就不保了。县委书记强调人虽然撤出了，可群众财物在里面，要千方百计保堤。县长只好苦着个脸说，保堤要物资，要经费，要人员，现在到处都是汛情，财力支撑不过来。县委书记说，再怎么的，都要保堤。在相持不下的状况下，王副县长支持了县长，说了一句"没有什么保头"的话。县委书记狠狠地瞪了王副县长一眼。这一眼很起作用，其他人不再言语。

县委书记向市防汛指挥部汇报，市长不像县长，他大事基本不做主，市委书记说了算。书记说长青洲的圩堤必须保，于是县里确定保。人手不够，县里决定从各县直单位抽调人员。长青洲乡照葫芦画瓢，从各乡直单位抽调人员。

乡里分配了学校五个名额保堤，要求身强体壮，有战斗力。王红雷被抽调，邱长生也被抽调。

我也算有战斗力呀？知道自己被抽调时王红雷张大了嘴巴。王红雷身

突 围

体单薄，在学校所有男教师中最差。他想问周旭海，想了想，觉得不合适，保卫家园，人人有责，哪还分什么身体强壮不强壮。

雨倾盆地下，在雨中来来往往搬物品被淋成落汤鸡的王红雷哪有心思细想，人是谁抽调的。其实这五个人是周旭海委托孙恒抽调的，作为单位主要负责人必须在内，当然名单里也有周旭海。

周旭海都在理，王红雷便没有话说了。

救！救！救我！呼救声响起，只见一个孩子在离塘岸五六米的水中扑腾，头像鸡啄米似的，呛得够呛。

流火的天气，王红雷在一户姓刘的人家门前池塘里洗澡，他与一个叫长冰的孩子狂烈而兴奋地击水，扯起了一张张透明的水帘。

听到呼救声，长冰还在犹豫，王红雷迅速地游过去。到的时候，那个孩子只剩下手在水面了。王红雷抓住那孩子手，使劲地往岸边拖。那孩子像遇到了救命稻草，双手拽住了王红雷，可能呛晕了的缘故，他反方向拽王红雷，王红雷被他拽下了深水。这还不算，那孩子死死地抱住了王红雷。王红雷拼命地挣脱，挣脱不开。

两个人一起沉下去。

这是王红雷十一岁时的情景。

先哲赫拉克利特说过，人不能两次踏进同一条河流。三十年后，王红雷虽然没有掉进同一处水里，但被水呛的情景类似。

王红雷本来不在打桩组，他与邱长生被编在巡察组。白天巡查任务还较轻松，就是查看堤埂哪里出现了裂缝，哪里出现了管涌，发现及时报告。夜晚的时候，他与邱长生提着手电筒，一会儿照照江里，一会儿照照堤上。

红雷，我有些怕！你说这堤埂要是突然崩塌怎么办？邱长生见到剧烈跳动的江水有些害怕。

王红雷没有应声。其实王红雷也害怕这种情况发生。上半夜还好，王红雷担心下半夜，人精神疲乏，如果堤埂突然坍塌，很难自救。

老天就像破了似的不停歇地下，堤埂上所有人衣服全都湿透，水从上往下淋。王红雷这班巡视时间到了，两人往回走。正好前面堤埂出现了要坍塌的紧急情况，有的人运送树木，有的人跳到水里打桩。王红雷站住了。

邱长生打喷嚏，他对王红雷说，这里有他们，我们快些回去！

王红雷说，你先回去，我看看情况。邱长生回去了。

还缺人！还缺人！水里人焦急地对堤埂上喊。堤埂上好几个人跳到水里。王红雷稍稍犹豫了下，也跳入水里。别人打桩，他体力不够，扶桩。

一个浪头迎面猛然打来的时候，王红雷身体本能地倾了下，手自然地与木桩分离，然后意识散失，确切地说，大脑来不及反应，身体就被裹入了浪里。

似乎被绞肉机在绞，这时王红雷的大脑竟奇迹般地恢复了意识。他没有办法，只有随着水涡转，之后被转晕了，他又失去了意识。水打了几个转后，将王红雷抛到了水面，他随着波浪向下游漂去，漂了不长的时间，挂在了水面上游动的一棵桦树上。

当年那个孩子是被一个叫"水鬼"（水鬼因为眼皮子直眨，诡计多端，被大人起了这么一个绰号）的孩子逗下深水的。那个孩子不会踩水，蹲在岸边水里，羡慕地望着在深水里的水鬼。水鬼调皮，他逗那个孩子说：来呀！来呀！你看！你看！这里水浅，只齐我胸口深！他边说边在胸口比画。那个孩子老实，信以为真，往前一探，掉入了深水中。据后来大人们说，那个地方有两米深，是这个塘最深的地方。那个孩子掉入水中，水鬼却跑了。

就在王红雷与那个孩子一起下沉的时候，生的希望出现了。王红雷家隔壁住着一个地质勘探队，他们夏日里吃西瓜，队长切了半个西瓜送到王红雷家。王红雷父亲找王红雷，正好找到了塘边，见此情景，扑入了水中。

王红雷命不该绝！

……

这回在长青洲，王红雷又捡了一条命。

王红雷从死神那里转了一圈回来，得到了巨大的荣誉，他被授予"抗洪英雄"的称号，到县城与各乡镇巡回演讲，很是风光。

其间，他想抽出时间到王县长那里去一趟，询问调动进展情况，可是演讲太忙。在县城演讲的时候，他看到王县长就坐在主席台上，神情似乎不是太好，猜想是防汛工作疲倦所致。他心想等散了场，问王县长一下，可是散场时拥挤，等他到主席台前，王县长已经离开。

巡回演讲结束，他急不可耐地要到王县长那儿问问，正准备动身，周旭海到他家，笑呵呵地对他说，告诉你一个好消息。

王红雷不明白周旭海要说什么，他望着周旭海。

你现在是抗洪英雄，学校研究了，徐校长不兼教导主任，让你当教导主任！周旭海微笑地望着王红雷，他猜想王红雷一定惊喜。

王红雷眼睛亮了一下后就恢复正常。周校长，我想……想……想办调动！王红雷有些口吃。

让你直接当教导主任了，还不满意，还要办调动？周旭海有些不高兴。

七

王红雷心里是极其矛盾的，当教导主任吧，就要在长青洲奉献一辈子了，之前找王县长的努力全部白费；继续办调动吧，看样子周旭海是不会轻易放自己走的。

他思前想后，决定留在长青洲。

一步跨上教导主任的位子，不仅王红雷自己惊讶，教师们都惊讶，王红雷怎么爬得这么快，有点像坐飞机。

周旭海为什么如此慷慨提拔王红雷呢？

主因是教研室罗副主任上升的步子快，那次在长青洲防汛回去以后即被扶正。后来传言要升教育局副局长，现在这种传言越趋真实，而且传言要当的还是分管人事的副局长。如今财权、人事权归教育局，分管人事的副局长相当有实权。

王红雷对罗主任有恩，罗主任说过希望提拔王红雷的话，自己按罗主任的意思办了，罗主任肯定高兴，这样一来准罗副局长自然会器重自己。周旭海心里这样地盘算。

新官上任三把火，王红雷当上教导主任，第一把火就是开展教研活动，参与听课！他文科、理科都行，都听得懂。

长青洲学校偏于一隅，周旭海刚当校长的时候教研抓得比较紧，这几年松弛了下来。王红雷想自己带头听课，以此促进备课，让教师把课堂四十五分钟都高效运用起来，让长青洲的子女都能学到更多的文化知识。

突 围

王红雷最想听的就是孙恒的课，孙恒除了带体育外，还带小学一个年级的自然课。共事这么多年，他还从未听过孙恒的课，只知道孙恒上课水平低，还真不知道孙恒上课水平低到什么程度。

以往教导处安排听孙恒的课，他都以这事那事要办给推挡掉了。三番五次推，后来教导处也不安排听他的课了。在听课方面，孙恒在长青洲学校应该是个特例。这特例后面一定有它的原因，教师们私下议论，王红雷不想在这方面费脑筋琢磨。

这次与孙恒打招呼，听他的课，他肯定拒绝。王红雷想，与其他拒绝，不如我先入为主，造成既成事实。

接下来一节是孙恒的自然课，铃声一响，王红雷就随学生进了教室，坐在了最后一排。铃声响过大约20秒，孙恒才夹着本《自然》，提着个茶瓶慢腾腾地走进教室。

教师们都知道，孙恒离不开茶瓶，除非上厕所，他都提着茶瓶，而且孙恒喝茶声音很大，喝一口后还有舔一下嘴唇的动作。孙恒放下书与茶瓶，眼睛朝后一扫，看到了端坐在教室最后面的王红雷，脸瞬间赤红，继而变白，只见他怒气冲冲地对学生说：这节自习！

学生们面面相觑，不清楚老师的意思。此时王红雷有些尴尬，他不知是离开还是继续坐下去好。离开吧，有点灰溜溜的，没面子；不离开吧，坐下去两人都尴尬。略想了想，王红雷起身。

哼！身后传来孙恒的冷笑声。

他愤愤地去找周旭海，控告孙恒，说：他是办公室主任，也是教师，我作为教导主任去听课，他居然让学生自习，周校长你说，他怎么能这样？

你先喝口茶，消消气！周旭海微笑着走到三角拐橱边，拿出一个茶杯，倒了点开水递给王红雷。王红雷接过杯子，放到桌上，眼睛望着周旭海。

周旭海没有急于答复。

那周校长，孙恒的课还要不要听？王红雷追着问。

要听！要听！等会儿我找他谈。周旭海安抚。

一个轮回听下来，就孙恒的课还没有听，王红雷较真，又来到校长办公室，询问周旭海可与孙恒谈了。周旭海一拍后脑勺，呵呵地笑说：看！我这记性，我把这事给忘记了，等下去与孙主任谈。

王红雷傻傻地期待着周旭海与孙恒谈的结果。可是每次找周旭海，周旭海都笑呵呵地说忘记了。王红雷一根筋，这回他找周旭海，说我不走了，等着周校长您与孙恒谈出结果。

看来你还指挥我？周旭海脸上虽挂着笑，但表情已显出不悦。

不是！不是！我哪能指挥校长您，我就是性子急了点。王红雷见周旭海不悦，急忙解释。

周旭海不言语。王红雷明白，自己说话不注意得罪了周校长。

人家课不让听就不听了，以后我们课也不让听了！其他教师当着王红雷的面说起了风凉话。王红雷听了这带刺的话，浑身上下像长了刺般地难受。

所有教师都理应接受教导处听课，他孙恒有什么理由不让听？王红雷是性情中人，他被教师们话语一激，火气又上来了。

冲动是魔鬼，往往把一个人导入不理性状态。他打算自己去找孙恒谈。孙恒虽说是办公室主任，与自己同级别，可是在教学这一块，他理应受自己管。王红雷心里想。

他来到办公室，只见孙恒手提茶瓶，正津津有味地在看武侠小说《笑傲江湖》。孙恒朝王红雷冷眼瞟了一下，眼神像是在说，你算老几！跑来找老子！

孙主任，教导处安排明天听你一节课。王红雷语气力求平和。

孙恒不理睬。

孙主任，教导处安排明天听你一节课！王红雷提高了声音。

你什么意思？是有意报复我？孙恒抬起了头，大着嗓门。

这听课是正常工作，怎么扯上报复？王红雷耐着性子解释。

你怎么就盯上了我？孙恒显得有些生气。

怎么叫我盯上了你呢？

你这不是盯上我是什么？

王红雷瞅着情绪反应激烈的孙恒，无奈地摇摇头。

突 围

赵正田伸长脖子朝江北的堤上望，他希望能望到黑色的小轿车，并且小轿车能顺着斜道开下江堤。

他见识浅薄，认为干部坐的一律是黑色轿车，其实不然，有些干部坐的轿车是白色或银灰色的。

对于小轿车来，赵正田是充满期待的。说八点到，赵正田不敢怠慢，提前半个小时就在长青洲这边的渡口等候。他不时地看表，现在又朝表上瞄了瞄，已经九点半了，两个小时了，怎么还不到？他非常地急躁。

望累了，他收回目光，看向江北岸渡口。现在渡口被一个外来老板承包，渡轮也换了，容量增大为原先的三倍，最明显之处，新渡轮甲板上一次可以停放两辆小轿车。长青洲渡口的客流量有限，外来的这老板大脑哪根筋坏了，非要废弃原先的渡轮而置办这样的大渡轮？

现在各乡镇都在招商引资，长青洲最近招来了一个老板，也就是承包渡口的这老板，在洲上面开办了一家茶楼。利用的是信用社的老房子，运来了不少新沙发，将外面粉刷一新，门楼上竖着块大招牌——茶楼。

不说在长青洲，即便在县城，这个时候茶楼也是个新名词，赵正田从未听过。他按字面理解，茶楼，茶楼，这应该是个喝茶的地方，雅致所在。可是为什么茶楼不在县城里开，而跑到长青洲这偏僻地开呢？他弄不明白。弄不明白归弄不明白，他不想在这上面花脑筋。

可是长青洲学校的一帮教师闲时无事，在一起聊起了这个事。

你们说，茶楼里那些女孩子到底做什么事？邱长生很好奇。

给客人倒茶的呗！李雁随意地答。

不仅仅倒茶这么简单！邱长生否定李雁的话。

那你说还做什么？李雁反问。

可能还陪客人睡觉！邱长生话语很肯定。

不可能陪客人睡觉的！一看就是小姑娘呢。李雁反驳。

不管那里有没有出格的事情发生，有一点是肯定的，到那里要花钱消费，而且可能还是大钱，这对于生活在长青洲上的人来说是不敢的。还有关于色情的猜测也让谈论者止步。因而茶楼的里面对于众人来说是个谜。

越是谜，长青洲人越好奇，越好奇，越觉得可以向外炫耀。

赵正田在市里炫耀。

那晚在那庄园式的饭庄，最后到来的是吴安平亲热地称呼为何办与方办，包括吴安平、储总在内的众人把二位用手势请到了主席位置。赵正田看出来了，其实不用请，这二位也笑容满面地直接往主席位置而去。

吴安平对二位的称呼，赵正田能听出来，前面是姓，后面那个"办"字是什么意思他不明白。入席后，从二位"办"的说话语气，他判断出这二人来头不一般。

吴安平这家伙发达，能与上面挂上钩，不简单！真不简单！赵正田瞟着满面红光谈笑风生的吴安平，心里佩服。

他是？被吴安平呼为方办的家伙瞄了一眼筷子伸向酸菜鱼锅的赵正田。赵正田筷子正夹住一块鱼片，听见这家伙在问，一紧张，鱼片掉下，落在了锅里，溅出了汤，他一慌张，筷子散落，一支筷子斜着滑下了桌面。赵正田面红耳赤，赶忙低头捡。

服务员，来一双筷子！吴安平大声地喊。筷子随即送到了赵正田面前。

他是我大学同学，在一个叫长青洲的江心洲上。吴安平介绍时漏掉了赵正田的名字，或许他认为介绍名字无意义。的确如此，在大人物面前，小人物的姓名是无足轻重的，只要让大人物们了解小人物来自哪里即可，如果来自的地方能引起大人物兴趣则更好。

在江心洲上呀？方办来了兴趣。赵正田不知道自己答好还是不答好，他没有吭声。

吴安平接话，怎么？方办感兴趣呀？

上面可有什么耍的？何办说话。

耍的？吴安平望着赵正田提示。

耍的？耍的？赵正田念叨了下，忽然想起什么似的说，我们那里新近开了个茶楼，也不知道做什么事情的。

你们那里有茶楼啊！江心洲上有茶楼，这真是稀罕事！吴安平，哪天带我们去他那里去耍！何办显得很兴奋。

对！吴安平，哪天带我们去他那里去耍！方办显得也很兴奋。

突 围

众人腆着肚子从饭庄往出走，赵正田注意到，那个叫储总的人走到吧台边，从西服腰里掏出了一沓红得发亮的大钞。

与孙恒的争吵，某种程度挫伤了王红雷的工作积极性。新官上任，他满腔热忱，想把长青洲学校教学提升一个水平，可是孙恒挡道，周旭海又是那态度，王红雷心气有些下降。

星期天他到县城去，在渡口碰到了乡里一个干部，干部微笑着喊他：王主任，听孩子说，你抓教学很有力度，现在教师上课比以前尽心多了！

王红雷明白一定是这干部女儿回家说的。干部女儿在初二班，小女孩长得清清秀秀，字也写得清清秀秀，学习成绩位列前五名以内，非常上进。干部希望女儿考取县城一中，王红雷抓教学，有空闲亲自听课，促进了教学，家长有感受。

干部夸奖的话让王红雷这只瘪了壳的气球又重新鼓了起来。他决心不负长青洲群众厚望，踏踏实实把教学这块抓好。

也可能干部的期望对学校产生了压力，也可能周旭海觉得应该支持王红雷。过了段时间，周旭海找王红雷谈心，说乡里领导对长青洲学校教学评价很好，这是学校的荣誉，很难得。你这阵子抓教学吃了不少苦，也受了气，我知道。以后教学还要一如既往地抓，碰到什么困难找我。

王红雷动了动嘴巴，想说孙恒的事。周旭海微笑，说，你想说孙恒吧，他教学也就那个水平，大家都清楚，听与不听就是那么回事，你以后听课干脆把他去掉。

还是维护孙恒！王红雷心里嘀咕。

无论出于抓教学，还是这么多年孙恒一直暗害他，王红雷都不能对孙恒退让，然而王红雷自知，没有周旭海的支持，靠自己单打独斗，是斗不过孙恒的。退一步海阔天空，有周旭海的开导，王红雷决定不再与孙恒这种小人纠缠。

然而孙恒是有心计的人，王红雷不与他纠缠，他却要与王红雷纠缠。他是小人，小人制造矛盾的方式从来不当着众人面。

中午，孙恒提了颈子套有黑色胶带的大圆口茶瓶，来到邱长生家。邱长生正在写备课笔记。孙恒往沙发上一坐。邱长生给孙恒倒水。你中午还写备课笔记？孙恒故作惊讶地问。

不写不行呀，现在学校教学抓得紧。邱长生答。

其实教师都自觉得很，根本不需要学校监督。孙恒说话了。他说话很有技巧，不说学校督促，而说监督，有意让听者不舒服，从而让听者生发怒气。

邱长生是软耳朵的人，最听不得挑拨，他一听监督二字，就来了火：什么监督？！不把教师当人看！

就是不把教师当人看！孙恒注意察看邱长生脸色，他发现邱长生颈脖开始有些僵直，心里窃喜，不失时机地往火上浇油。

学校不把教师当人看！我们干吗都听学校的！邱长生火烧起来了。

就是！孙恒提高音调。

邱长生是个意气用事的人，虽然之前很多年与王红雷关系不错，可上次与王红雷为了教导主任帽子的事心里本就不快，现在被孙恒一挑拨，心理失衡，决定不再配合王红雷的工作。

第一阶段教学工作结束，教导处出通知，检查教师作业。以往由学科组组长检查，大致看一下，敷衍了事，这样个别批改作业不认真的教师就打马过关。王红雷是教师出身，他了解这弊端，因而每个学科组组长检查他都坚持参与，这样学科组组长就不好马虎。

检查到邱长生，学科组组长吧嗒了下嘴巴，王红雷明白意思，接过作业，一翻，发现批改不及时，还有错误没有批改出。

邱老师！你这样批改也太马虎了！王红雷不注意表达方式。

邱长生本来经孙恒挑拨肚子里就窝着火，现在听王红雷如此说他，面子上挂不住，火往上喷：你算老几？这么说我！

王红雷已不是先前的王红雷了，现在教师们大都喊他王主任，无形中滋长了他身份上的优越感，现在见邱长生质问他老几，火也喷上来了。

你说我老几！我是学校教导主任！检查教学的！

你教导主任又有什么名堂？邱长生僵着脖子，不以为然。

我教导主任就有权让你批改好作业！王红雷不相让。

突围

我让你有权！邱长生被王红雷激怒，他丧失理智，抬起手臂，把桌子上作业往地上一推。

你给我捡起来！王红雷厉声要求。

不捡！邱长生僵着脖子拒绝。

王红雷动手拉邱长生。邱长生端起茶杯向王红雷砸去。

天气已近深秋，晚上有些冷，邱长生早早地洗了脚，坐在床上看电视。"嘭！嘭！嘭！"门被拍得直响。邱长生身体一抖，猛地坐直，眼睛望向门。砸茶杯子的事情，一时情绪失控，事后邱长生冷静下来，自觉理亏，担心学校要处分自己，便提心吊胆。果然，现在找到头上来了，要不然现在都七点半了，外面墨黑，不会有人敲门的，而且敲门声音也不对。邱长生害怕地想。

邱老师！你出来一下！周旭海的声音。邱长生身体抖了一下，原因可能是害怕也可能出被窝受了冷的刺激。

邱长生打开门，周旭海冷冷地对他说：邱老师，你到我办公室来一下，乡里李宣委来了。听到李宣委来了，邱长生身体剧烈地抖，他的头，甚至他的嘴唇都在打战，夜幕遮掩，周旭海应该没有注意到。邱长生与王红雷都是心理素质很差的人，相较于王红雷，邱长生的心理素质更差，容易受挑拨，情绪易激动，而一旦发生事情又受不住惊吓，表现得张皇失措。惊动了李小应，看来这次自己要受大处分了。想到这，邱长生身体又抖了一下。

周旭海办公室里烟雾缭绕，看来李小应已经连着吸了不少支烟。灯光明亮，之前四十瓦的灯泡临时换成了六十瓦，这个瓦数在长青洲学校很少，所以显得格外明亮。

邱长生进去的时候，发现里面坐了好几个人，李小应果然在，徐副校长在，王红雷也在。

王红雷瞄了邱长生一眼，起先硬邦邦的心莫名地软了下来，他再看邱长生时已无胜利者的表情。邱长生没有留意王红雷的表情变化，此时王红雷的表情对于他来说已经不重要，重要的是李小应的表情。如果李小应的表情还好，处分的结果可能好一些，如果不好，那挨什么处分就难说了。

他瞟了李小应一眼，发现平时嬉笑的李小应此刻神情凝重。他身体又忍不住抖了下。邱长生坐下，低着头，身体瑟缩着，此时他就像冬日屋角一只冻僵了的老鼠一样地猥琐。

周旭海眼睛望向李小应，李小应吐了口烟对周旭海点点头，意思可以开始了。于是周旭海对王红雷说：王主任，你把那天的事情简单说一下。王红雷一五一十地描述那天发生的事情，邱长生在众人眼里更加地猥琐。

邱老师，当时情况是不是这样？周旭海问。如果放在平时，放在白天，依邱长生的个性，肯定会辩驳一番。可是现在大灯泡照着，就像一个法槌悬在空中，邱长生感受到了"法"的无形威力，他的抵抗防线彻底溃破，确切地说，他自从听到敲门声便意志崩溃，放弃了建立虚弱防线的念头。

邱长生轻微地点点头。

情况属实！周旭海下结论。

李小应咳嗽了两声，开始讲话：我们长青洲乡就长青洲这么一所学校，长青洲百姓把孩子希望都寄托在我们学校，寄托在我们教师身上，学校只有全身心地抓教学，把教学质量提高上去，才能不负长青洲百姓重托。停顿了下，李小应说，王红雷王主任是个教学很认真的教师，同时又是抓教学很得力的教导主任，无论学校，还是乡里都全力支持他！

李小应说这番话的用意，是在树王红雷，同时又是在对邱长生进行心理压迫，迫使他接受下面的处理决定。邱长生一直担心学校要处理他，至于如何处理，以什么名目处理，心里没有数。

党员处分有：警告、严重警告、撤销党内职务、留党察看、开除党籍；行政处分有：警告、记过、记大过、降级、撤职、开除；教师处分有：警告、记过、降低专业技术职务等级、撤销专业技术职务或者行政职务、开除或者解除聘用合同等。因为学校之前一直没有实行，所以不仅邱长生，就是王红雷也不清楚。

邱长生心里清楚的是，受了处分，会影响涨工资，这点他特别在乎，所以他怕。

邱老师，你谈谈对这件事情的认识！李小应语气严厉地说。

我不……不对！邱长生说话声音有点抖。

突 围

仅仅说一句不对就行了呀？你知道你的行为造成了什么恶劣后果？周旭海语气严厉。

邱长生低垂着头。

这件事情你可受哪个挑拨？李小应猛不丁地冒出了这句话。

邱长生思想没准备，他哆嗦着说：孙恒孙主任说，说……

周旭海眼睛逼视着邱长生，示意他不要再说下去。然而邱长生没有注意到周旭海的眼神，他继续说：孙主任说，其实教师都……都自觉得很，根本不需……不需要学校监督。说完，偷瞟了李小应一眼。

我知道了！李小应说。

周旭海吁了一口气。

李宣委，事情大致弄清楚了。周旭海的意思，你李宣委拿个处理意见。

周校长，你看这事如何处理？李小应不急着拿。

你是宣委，是乡领导，意见还是领导来拿。周旭海显示对李小应的高度尊重。

两个人让来让去，邱长生非常地紧张，身体剧烈地抖，嘴唇也颤动起来。王红雷瞟着邱长生，想笑，忍住了。

好！既然周校长让我拿意见，现在时候不早了，那我就说句吧。鉴于邱老师平时比较老实，今晚对错误又有所认识，那我们就给他个改正的机会，这次就不处分了，不过邱老师现在有必要当面向王主任赔礼道歉，今后要配合王主任工作！

王红雷望了望李小应，又望了望周旭海，想表达的意思是：他认识到错误就行了，就不要当面道歉了！

两个人面无表情。

邱长生顺从地站了起来，面对着王红雷，头低下。

……

你也太不地道了！你与王红雷那家伙有矛盾，怎么把我扯进去！在离厕所还有三米远的地方孙恒把邱长生堵住，黑着个脸。

我……我……邱长生红着脸，说不出话。

邱长生上厕所，看见孙恒在前面走，准备转身，孙恒听出了他脚步声，猛地回头，邱长生来不及转身，硬着头皮。说不出来的原因，邱长生历来怕孙恒。

以后不要再把我扯进去！孙恒教训。

孙恒显然受到了批评。至于批评是来自周旭海还是李小应外人不知。孙恒以往在背后挑拨，教师们考虑他在学校任职务，特别是考虑他与周旭海之间有说不清道不明的关系，没人把孙恒挑拨的事往出说。这助长了孙恒气势。这回老实的邱长生在被逼无奈的情况下把孙恒供出，狠杀了孙恒的气焰。

以后在有些人面前不能随便说了。孙恒在心里嘀咕。

邱长生向王红雷赔礼道歉，孙恒被批评，歪风邪气被刹住，长青洲学校教学出现了蓬勃之气。

仅在家里闭门造车不行！王红雷对周旭海说：我们长青洲学校长期闭塞，要走出去，与其他学校交流。

周旭海接话，你这想法不错，其实我早就有这想法了，就是一直没有落实。我认识几个校长，可以去他们学校观摩。

王红雷开心地说，那好呀！

周旭海问，王主任，你可有同学在其他学校任主要职务，你也可以与他们联系联系。

王红雷说，这些年在长青洲上待着，只隐约听说有几个同学已经当了校领导，至于具体情况还真的不清楚。

周旭海说，那我来联系联系。

不几天，周旭海就联系好县城二中。二中与一中一样，都有高中部与初中部。一中高中部教学水平好于二中，二中初中部教学水平好于一中，到二中去，显然很适合。

二中如何同意的呢？二中的副校长叶如柱与周旭海是师专同学。叶如柱恰好分管教学。这就像磨子的上下两爿石片正好吻合。

长青洲学校早些年叶逸铭在的时候走出去回把，这些年来一直没有出去过，当教师们听说学校组织出去交流，都跃跃欲试。

孙恒想出去。要是以往，他胸有成竹，现在有些犹豫。对王红雷说吧，肯定通不过。在王红雷眼里，他不学无术，肚子里没货，纯粹拿工资混日子。对周旭海说吧，上次挑拨的事被揭发，周旭海对他开始冷落，说与不说，他心里忐忑。

邱长生上次赔礼道歉后，若换上孙恒，表面会不动声色，脑子里盘算着如何治王红雷，可意气用事的他与王红雷碰面，眼睛总死死地瞪着王红雷，意思是我恨死你了！

现在邱长生想去，他看王红雷的目光变得温和了。

组织哪些教师去，主意由周旭海拿，王红雷提出分批去，第一批让那些教学出色的教师去，回来起示范效应。周旭海基本默认王红雷的提法。

按照这个提法，邱长生显然去不了。王红雷看出邱长生的心思，他想让邱长生去。他想起邱长生刚分到长青洲学校时的情形，邱长生人单纯，心眼儿还不错，他与王红雷很好，期末统考时，他改王红雷教的学生试卷，手松，可扣可不扣的分数都没有扣，让王红雷教的学生平均成绩多了好几分。他还把邱长生与孙恒比较，认为邱长生不像孙恒，本质是好的，自己是教导主任，要团结广大教师，邱长生有些恨自己，现在正好是两个人和好的契机。

王红雷走进周旭海办公室，周旭海正拿着笔在纸上圈。王红雷凑上前，见有些名字上面有划痕，底下又补上小圈。周校长在忙啊！王红雷打招呼。

有几个名额还在考虑。周旭海用笔尾敲着桌子。

周校长，我考虑把邱长生带上。王红雷小心翼翼地说。

说说道理。周旭海目光温和地望着王红雷。

我想借此机会，与邱长生和解。

嗯！嗯！周旭海点了两下头，意为同意。教学要靠王红雷，周旭海倚重王红雷。

出去听课的名单公布，教师们除了对邱长生去感到诧异外，基本上没意见。诧异的原因，大家都觉得邱长生与王主任不对付，王主任居然让他去，这有点让人捉摸不透。名单里没有孙恒，孙恒想对周旭海说，犹豫了好长时间，还是没有说出口。邱长生听说自己在名单里，非常地高兴，他心想，王红雷肯定念旧情，以后自己再也不能受别人挑拨了，对王红雷的工作要主动配合。

一行人兴高采烈地过江到达县城二中的时候，正好是下课时间。二中是县城学校，学生人数多，场子上都是学生。他们见到这些学生有意将身体站直，以显示身份的特殊。

周旭海与王红雷走在前，直接奔叶如柱办公室。

叶校长，这是我校教导处王主任。周旭海向二中叶校长介绍王红雷。叶校长客气地拉着王红雷的手，王红雷的目光却投到了办公室里一名女子的脸上，他惊异。

……

柔和的春日，一个男孩子牵着一个女孩子的手，女孩子笑呵呵的，放松了男孩子牵着的手，一阵风刮来，女孩子飞了起来。

玲子！王红雷大喊了一声。

女孩子长裙飘舞，歪斜着向天空飘去，男孩子望着飘去的方向，在地面上疯了似的追赶！无奈风太大，片刻工夫女孩子没了踪影。玲子！玲子！王红雷一声接一声地大喊。

什么玲子？！玲子？！雅丽被吵醒，推着王红雷的肩膀。

床头灯扯亮。

王红雷侧着身睡，被雅丽一推，放平身子，望着雅丽，不明白她在说什么。

你刚才在喊玲子！玲子！喊哪个玲子？雅丽狐疑地望着他。王红雷望着雅丽，揉揉眼睛，他开始清醒，明白刚才自己做梦了，梦中喊了玲子。哦！

学校的铃子！王红雷急中生智解释。雅丽似信非信地望着他。真的是学校的铃子！学校以前敲钟现在改成电子铃，这电子的东西容易坏，昨天又坏了，时间慢了三分钟，结果有的老师按手表来，乱了套！王红雷为了让雅丽相信，还特地吧嗒了一下嘴巴。

哦！那明天你赶紧找人把它调准了。雅丽说。

王红雷望了一眼雅丽，发现雅丽面色平和，随后放心地关上电灯。他狠劲地掐了一下自己的大腿，怪自己，刚才要不是反应灵敏，雅丽就会看出破绽。

王红雷平躺在床上，睁着眼睛，望着黑乎乎的屋顶，他在想白天的事情。二中叶校长与自己握手时，他目光无意地散了下，看到了从座位上笑着起立的一位女子，他异常惊喜。

女子几乎在王红雷注意她的同时注意到了王红雷，与王红雷一样，她也异常惊喜。

你们认识？叶校长见二人这样，惊奇地问。

王红雷有些拘谨。

嗯！我们是同学！师范同学！女子大方地回答。

哦，你们还是师范同学啊！怪不得！周旭海插话，他也注意到了两个人脸部表情的变化。

不会当初谈过恋爱吧？哈哈！叶校长打趣。

看你说的，叶校长就喜欢开玩笑！女子脸马上红了，像大红玫瑰开了。王红雷脸也同时红了。

这是我们学校的教导处姚副主任！今天你们的听课就由姚副主任安排！叶校长说。

姚副主任上前，礼貌地伸出手，与周旭海握过。与王红雷握的时候，她注视着王红雷的眼睛，王红雷也注视她的眼睛，四目相对，有如电流，在中间交汇，闪出了耀眼的火花。这火花是暗藏在目光里的，只有她与他两个人才能够感知到。

这女子就是姚玲玲，王红雷曾经的恋人，读师范时的恋人，从师范毕业后短暂阶段的恋人。

让我们荡起双桨

小船儿推开波浪

海面倒映着美丽的白塔

四周环绕着绿树红墙

小船儿轻轻飘荡在水中

迎面吹来了凉爽的风

......

在师范时姚玲玲与王红雷桌子在一起，两人各有特长。姚玲玲歌唱得好，尤其是那首《让我们荡起双桨》，唱得情真意切。姚玲玲一唱这首歌，王红雷就闭上眼睛，摆动脑袋，仿佛姚玲玲的歌把他荡到了舟上，他正与姚玲玲荡起双桨。

王红雷的特长还在诗，他作的诗《银河里的蜻蜓》，美轮美奂，把喜欢幻想的姚玲玲带到美妙的意境。姚玲玲感觉王红雷就是那银河，自己就是银河里翩翩飞舞的蜻蜓。

两个人彼此爱慕，便好到了一起。

星期天他们常去的地方是清岚河。春天的时候，清岚河水清得能看见水中的游鱼，岸滩草皮柔软得就像姚玲玲的秀发。王红雷这样比喻，是因为他喜欢抚摸姚玲玲的头发，他的抚摸特有意思，平着手掌，放在姚玲玲头顶上，顺着滑翔下来。

当然他们偶尔也远行，远的地方是石台的牯牛降。在那个三洞的地方，王红雷已不记得洞的名字了，只记得连着有三个洞，水声欢叫，姚玲玲也快乐地欢叫。前面有一个坡坎，王红雷在上面拽着姚玲玲，姚玲玲被绊了一下，手与王红雷分离，惊叫一声向下面滑去。

......

王红雷不像赵正田，他是富有诗情的人，对事情看得开，当年姚玲玲离开他，他相对来说就很坦然，平淡地接受事实。

不是有首歌这样唱：

只要你过得比我好

过得比我好

什么事都难不倒

所有快乐在你身边围绕

只要你过得比我好

过得比我好

突围

什么事都难不倒
一直到老
不知道你现在好不好
是不是也一样没烦恼
像个孩子似的神情忘不掉
你的笑对我一生很重要

王红雷认为只要姚玲玲幸福就行了，看看！看看！王红雷是不是个富有诗情的人，天下的男人有几个能做到？

两位校长在办公室里叙友情，姚玲玲与王红雷负责把前来的教师都安排到相关的教室。然后姚玲玲陪着王红雷在一个教室后面坐下来，打开听课笔记。不清楚姚玲玲心思有没有分散，反正王红雷心思没有分散，他津津有味地听课。

王红雷感到收获很大，回校总结的时候，听课教师兴致勃勃地谈收获。都说平时我们在长青洲坐井观天，没想到外面教学方式发生了如此大的变化。教师们感触最深的一点就是平时自己只顾哇哇地上课，而二中教师则注重与学生的互动，让学生参与问题探究。

事实上姚玲玲心思分散了，她眼睛余角瞟着王红雷，感觉王红雷至今未变，还是个单纯的人。她忍不住转头朝王红雷看了一眼，眼睛里流出柔情。

……

王红雷跨进周旭海办公室门。孙恒望见是王红雷，话戛然而止。孙恒想，这讨厌的家伙，怎么早不来迟不来，非得现在来。

孙恒在周旭海办公室里站着，侧对着门。王红雷只听到"就我没有"这半句话。

周校长我走了！孙恒急于离开。

周旭海点点头。

王红雷望了望孙恒，不清楚他与周校长刚才在说什么。鉴于孙恒与周旭海的特殊关系，他不便问。

从二中听课回来后，长青洲学校教学方式在发生变化。学校召开了全体教师会，听课的教师谈感想，大家话语热烈，都说师生互动、合作交流的教学方式好，学生真正成了教学主体。没有去听课的教师听了羡慕不已。为了让新的教学方式进入长青洲课堂，学校开办了新教学方式的示范课。

长青洲学校教学气氛空前地活跃。周旭海被王红雷的工作热情所感染，想长青洲学校在自己手上达至巅峰。王红雷注意到周旭海思想的变化，他想趁热打铁，再来一个举措。

现在教师积极性起来了，学生主动性也有了，我们最好召开个家长座谈会，把家长的积极性也调动起来，更好地配合学校，相信长青洲学校定会在周校长你的领导下走向新的辉煌。诗情的王红雷诗情地鼓动。

你的想法不错，我早已想过，六七年前就想过，与家长通通气，可是我们长青洲不同于城里，老百姓都忙，有的还在水上，召集起来很困难。周旭海解释。

老百姓白天忙，那改在晚上？王红雷与周旭海商榷。

晚上恐怕更不行！黑灯瞎火的，老百姓到学校来不方便。周旭海没有信心。

周校长你看这样行不行？我们发一个通知让学生带回去给家长签字，强调开家长会的意义，看看家长反映。

周旭海没有急于吭声。他点了点头说，按你说的印发通知。

王红雷乐滋滋地说：好哩！周校长，你放心，我一定把事情办妥！结果收回来的通知单让王红雷分外惊喜，全校只有一个家长没有签名。询问原因，父母在船上，爷爷奶奶年龄大，晚上到学校不方便。

周一晚召开了家长会。天刚黑，所有教室灯全部亮起，办公室灯也都亮起，整个学校亮如白昼。教师们早早地吃了晚饭，在教室里恭候家长的到来。王红雷比其他教师显得更加地兴奋，毕竟这次家长会是他提议的。

周旭海站在大门口，客气地与前来的家长寒暄了一会儿就巡视教室去了。王红雷代替周旭海在大门口迎接家长。欢迎！欢迎！面对前来的每一个家长，王红雷都微笑着招呼。

呀！王主任！我们盼星星，盼月亮，终于盼到学校召开家长会了！家住长青洲西北边高个子的村民老葛拉着王红雷的手不停地摇晃。他与王红雷是在那年抬鱼的时候认识的。老葛负责分鱼，他穿着一身糊满泥巴的皮衣服，专拣大混子往王红雷箩筐里丢。边上的村民不满地望着老葛。老葛可能意识到，他故意说给村民听：你们教师太值得我们尊重了，跑大老远路到我们这孤岛上来教书，不容易！不容易！

后来，养殖公司不再给学校鱼，过年王红雷就去买，老葛称秤，手在杆上一滑，报出的斤数让王红雷惊讶，明明二十斤，只报了八斤。在老葛的心里，教师值得尊重，王红雷更值得尊重。当然在王红雷眼里，老葛这人实诚，更不错。

老葛小儿子在初三，成绩排班上前几名，老葛非常希望儿子能上县城一中。他说，我们家土球儿也要考个大学，光宗耀祖！

是哦！是哦！老葛！我们早就想召开家长会了，就怕家长来不齐，担心。

为孩子学习的事情，为孩子好，再忙也要来！老葛狠劲地抖着王红雷的手。

王主任好！还这么客气，在大门口迎接！曹大海老远就开始叫喊。

欢迎！欢迎！王红雷放开老葛的手，去招呼曹大海。

老葛笑容满面地走进校园。

家长会开得热烈，气氛异常好。老师们先介绍孩子们在校的情况，然后家长纷纷抢着发言，恳切希望老师关心自己的孩子。邱长生比较情绪化，很兴奋，不过他头脑简单，当着全体家长的面，念起了孩子们的分数。两个平时关系不错又喜欢攀比的妇女坐在一起，一个孩子成绩在前面，一个孩子成绩在后面，邱长生当着两人面念成绩，孩子成绩差的家长感觉脸像被抽了一巴掌，她修养差，往起一站，气冲冲地说：我家里有事，先走了！抬起脚就走，惹得大家都惊讶地望着她。

这个班的家长会乱了套。

老葛在家长会上积极发言。他提出了一个要求，说现在天长了，希望学校下午加一节课。老葛一提，家长们齐声应和。初二、初一的家长提出周六上午加班的要求。家长会后学校研究，尊重家长要求，也为了出成果，决定初三下午加一节课，初一、初二、初三周六上午加班。每节课给教师补贴二十元。

孙恒找周旭海就是为钱这事的。他不是主课教师，不在加班之列，心理不平衡。周旭海之后安排他周六值班，这样他不上课也照样享受到了加班补贴。

以往赵正田都是临睡前洗澡，这天他身体有些燥热，吃完晚饭后即洗澡。一身清爽，心情很好，他少有地拿梳子对着边缘有些铁锈的圆镜子抓了几把头发，看看顺溜了满意地出门。太阳已经落山，西边的天空残存着一抹红色，赵正田瞧了瞧，感觉像少妇的脸。

他本来是严谨的人，缺乏想象力，可这会儿心情好，竟也能像王红雷一样有诗性的想象。试想一下，人的大脑活跃程度还真与心情密切相关。心情极端恶劣，不说想象，即使想回忆什么也难回忆得出，脑子就像木头一样。心情特别好，思维活跃，能产生创造性的想法。李白能吟出"飞流直下三千尺"的名句，与心情密切相关，是酒激发了他的豪情。

出卫生院前的大道，拐弯，可以向东拐，也可以向西拐，赵正田犹豫了下，向西拐去。他之所以做这样的决定，是因为西边偏，并且好长时间没有往那个方向去了，他想逛逛。路两边是棉花地，棉桃全部开出了，暮色下的白更加地明显。赵正田停下，走到地块边，从棉桃里拽引出一团棉花。他团在手心里捏了捏，然后一手往外拽棉线。拽扯的感觉就像小时候舀糖稀。

他禁不住笑了。看来往西边拐是对的。

就是这个赵医生，前几天带着一帮人上茶楼去了！一个说。

是的，我也听说了！另一个搭腔。

什么听说了，我亲眼见的，我看见他带着一帮干部进去的，还是外面来的干部！前面那个例证强调她所说的真实性。

正津津有味地拽扯着，棉地里几个妇女的交谈声传进了赵正田的耳朵，他抬起了头，尽管光线很暗，他还是能看见两个年纪约六十岁的妇女正把

突 田

嘴朝他所在的方向拱。他心情瞬间坏到极点。要知道，这两个妇女的话代表了长青洲村民对他的印象。自己那天带吴安平跑了茶楼一趟，竟给长青洲村民这么负面的印象。

完了！完了！赵正田想。

那天，赵正田在渡口，眼望着江堤，痴痴地。实在等不及，他乘渡轮过了江。

赵正田夹在人流中往堤上走，只见一辆白色和一辆银灰色的小轿车往堤下开来，人群急忙闪开。赵正田也躲闪到一边。此时他大脑像少根筋似的，继续往上走。走了几步，反应过来，急忙回头，小轿车已经上了渡轮。

在市里的那晚，饭后，吴安平醉醺醺地对着储总嚷，今天晚上你安排什么节目？嚷的时候，赵正田注意到两位"办"在嘿嘿地笑。

储总也嚷，老节目！老节目！

吴安平拍着手说，好！好！老节目！老节目！

什么节目？赵正田心里嘀咕。

一行人上了车子，不一会儿到了一个叫沁园的极雅致的歌吧。吴安平脚步有些歪斜，赵正田怕他倒了，急忙扶住。吴安平搂着赵正田的颈脖。赵正田感觉有些难受，他推了推吴安平的手，吴安平搂得更紧，酒气直往他脸上喷。

一群人往一张老长的弧形沙发上一躺，就见五个身着白色纱裙的年约二十岁的女子仙女般翩然而至，依次坐在每个人的身边。让赵正田吃惊的是，也有一个女子紧挨着他坐下。淡淡的香水味扑入他的鼻息。他感到很好闻。

喏，喝饮料！女子拽开易拉罐盖口，往他嘴边送。他头一偏，恰好瞧见女子的一大片酥胸。

我要走！赵正田站起来，走到正在狂吼的吴安平面前。吴安平没有听清，赵正田拽了下他。

要走干什么！也帮你要了，耍耍！

我要走！赵正田又说了声。

别走！别走！你知道他们是谁！他们都是有头有脸的人物，权力大得很，以后你要想调出长青洲，还得靠他们。吴安平对着两位"办"摆动着手。

赵正田见吴安平如此说，便坐回原处。吴安平继续吼，赵正田有些难受，他再次站起来，不过这次没有再拽吴安平，他推开室门，然后又推开歌吧门，到了外面。他大口大口地吸着空气。

他木然地朝街上望了一会儿，索然无味，正准备往歌吧里走，一个高个子女人从他面前过去。

他瞅着高个子女人的背影，感觉像一个熟悉的人。

中考，长青洲学生的考场在二中。过去的县委招待所如今叫清湖大酒店，这里离二中只有二百米路，最方便。周旭海在一个月前就订好了房间。

按惯例，初三班主任参加送考，其他科教师不参加。可这次送考邱长生非吵着要去，理由很简单，他孩子参加中考。送考费用一部分由学校出，还有一部分由学生承担。邱长生参加送考，无形中省了陪儿子考的开销。他向周旭海提出要参加。周旭海想了想说，我们研究研究。过后征求王红雷意见，王红雷考虑以前邱长生与自己走得近，后来虽然有过节，但他改过了，自己肚量应大些。至于邱长生有私心，王红雷认为每个人处于这种情况都一样，应该同意他参加。所以周旭海一问，王红雷就利落地答，他孩子参加中考，他送考也可以考虑。

王红雷答得巧妙，既表达了意见，又把决断权让给了周旭海。王红雷以前说话很随便，现在担任了教导主任，经过历练，考虑问题周到了。

那就让他去？周旭海望着王红雷。周旭海这么问有他的担忧：邱长生这个人老实归老实，可他性格有些无常，怕出问题。

事实证明周旭海的担忧是对的。

中考前一周学生交费用，主要用于吃住开销。所有学生都交了，就邱长生没有为儿子交。

班主任见邱长生不交，也不与他多说，就把钱在王红雷面前一抖说：王主任，钱都收齐了，就缺邱老师一个！班主任这人精明，收齐了与就缺一个，明明在逻辑上有矛盾，可他偏偏这么说。为难的事让王主任去做！

班主任这么想。

哦，我知道了。王红雷性子急，他来到理科教师办公室。邱长生正在整理一堆废书与废作业本，准备卖给收破烂的。

邱老师，你出来一下，我跟你说个事情。王红雷说话很注意方式。

什么事情？邱长生抬头问。

你出来一下！王红雷朝他眨了眨眼睛。

办公室里教师都望着两人，不明白王主任要与邱老师说什么私密话。

听班主任说，所有学生费用都交了，就缺你孩子一个，你把钱交了，班主任也好上交学校。王红雷语气柔和。

不急！不急！现在我忙，到县城就交！邱长生利落地说。

王红雷见邱长生如此说，觉得再说有些不近人情，嘴巴嗫动了两下没有再说。

后来王红雷才明白，邱长生要的是拖延战术。这点像孙恒。孙恒以前经常在头脑简单的邱长生面前挑拨，近墨者黑，邱长生也学到了点耍巧的窍门。

这是王红雷第一次参加中考送考，他心里特别兴奋。更兴奋的是考场在二中，姚玲玲在二中，又能见到姚玲玲了。

那次到二中听课，人多，时间急，他没有与姚玲玲多说话。中午吃饭出学校餐厅的时候，两个人有意落在了后面。王红雷注意观察姚玲玲，他发现姚玲玲不再是学生时代那个剪着短发的女孩子了，而是头发盘在后面高高翘起的端庄妇女。

在王红雷的潜意识里，姚玲玲是不适合当干部的，可现在姚玲玲不仅当了干部，而且还当了大学校的干部，环境锻炼人啊，他感叹。事实证明，当初在学校出类拔萃的某些学生走向社会，事业与人生并不一定出色，而那些在学校不起眼的学生到了社会上往往轰轰烈烈，这大概是前者在书本知识学习上有特长，而后者在实践能力方面有特长。如鱼得水说的应该就是后者。

葡萄眼还是葡萄眼，姚玲玲闪着葡萄眼问，还好吧？这问话太空洞，也太丰富。空洞是没有内容，丰富是信息量广，含了很多的内容，包括工作，包括家庭，包括情感，甚至包括分手后的情况。这么问，很简单也很有技巧，体现了对对方的尊重，意思是你可以随意说，拣你好的说。

还好！王红雷不假思索。他这么回答很得体，既表达了对生活的自信，又暗含了对自尊的维护。

还好就好！姚玲玲浅笑。欣慰与歉疚皆在话中。

还好吧！还好！还好就好！回学校后，一有空闲，王红雷就反复琢磨这几句话。琢磨时，他处于陶醉状态，仿佛回到了恋爱时代。

王红雷把安排房间的事情交给了班主任，他到二中，看姚玲玲在不在办公室。路上王红雷猜想姚玲玲见到他的表情，一定会诧异地说你怎么来了。

我来送考！这样回答，很自豪，显示自己走出了长青洲。还好姚玲玲在办公室。不过办公室里有人。他眼神中流露出失望。

走！我们到隔壁房间去！姚玲玲看出了王红雷在办公室说话有顾虑，她也觉得在办公室里说话不方便。

孩子今年几年级了？姚玲玲发起了话题。王红雷其实等着她问。

今年初二，明年也要中考了！

好快呀！姚玲玲感叹！

是呀，是好快！王红雷淡淡地笑。

男孩？女孩？姚玲玲问。

男孩！王红雷答。

学习成绩肯定不错吧？

还好！前三名！

那明年考一中应该没问题！

那不一定！

你把孩子督促紧了，应该行！

王红雷淡淡地一笑。

在姚玲玲的地盘，姚玲玲占主动，王红雷被动地应答，不过他愿意姚玲玲问话，希望姚玲玲一直问，他一直答，姚玲玲问他这些年是怎么过来的，他全部都愿意回答。

嫂子……姚玲玲转换了话题。这么问话，稍有常识的人都知道，姚玲玲把王红雷当成哥哥了，试想没有哥哥，哪有嫂子一说。当成哥哥，说明姚玲玲对王红雷的感情还在。当年分手，实在迫不得已。只问两个字，这话里的空间太大，不好回答。主要指向不明，到底是问嫂子漂亮不漂亮，性格好不好，工作怎么样，对王红雷又如何，还是问是不是胜过她？

最后一个问题，女人都喜欢问。

从二中回到清湖大酒店，问题出来了，房间紧张，本来两个学生睡一张床，可是邱长生让儿子独睡一张床，而且费用仍然未交。

周旭海事先是这样安排住宿的，王红雷与班主任住一间房，不与学生住在一起。邱长生要参加，床位无法增加，只能与王红雷或者班主任睡一张床。按常理，邱老师与班主任睡一张床，王红雷一个人睡一张床。可是邱长生不仅没有给孩子交费，反而还为孩子独占了一张床，另外一个学生没有床睡。

邱长生你这家伙得寸进尺，也太不像话了！王红雷很不高兴。可是他知道如何化解矛盾。他微笑着对邱长生说，邱老师，你孩子睡一张床，还有一个学生无处着落，家长有意见，而且传出去对你对学校影响都不好。你看这样如何，你与孩子睡我的床，我与班主任睡一张床？邱长生想了想，点了点头！

还有费用的事，你孩子没有占用学生的床铺，住宿费就不交了，吃的费用还是要交，不然说不过去，你说对吧？邱长生犹豫了下点点头。那现在你就手把费用交了，班主任也好记账！怕邱长生还不交，王红雷很技巧地一把搂住他，把他往放包的地方推。邱长生从包里取出钱，递给班主任。

邱长生这些年变化非常大，为人处世不大气了。前些年，尽管工资低，可他在钱上从不斤斤计较，所以王红雷喜欢与他交往，常在一起喝酒。这几年不知是他孩子大了，考虑到要用钱，还是与孙恒接触多了，受影响，心态变得不是太好。

从二楼饭厅回到房间，邱长生就喋喋不休地给儿子讲明天考语文需要注意的地方，班主任有些烦，无奈地朝王红雷笑笑。王红雷觉得他此时对孩子多讲无益，反而会影响孩子，于是善意地进行干涉，说：你别影响孩子，走！我们到底下转转！拽了邱长生一把。

做家长的都这样，生怕孩子哪个知识点没有掌握，考试前千叮咛万嘱咐，结果往往把孩子弄紧张了。前一年就发生过这样一件事，长青洲学校有个姓琚的学生，他父亲是家中老大，在乡民政办当主任，家族蒙荫庇。中考那天早上，二叔、三叔、四叔还有小叔，二妈、三妈、四妈还有小妈全都到了场，每个人都怕大伯说自己不关心侄儿，每个人都嘱咐侄儿好好考，别紧张，结果把孩子说紧张了。孩子到了考场，手不停地抖，字落不下。

从房间来到服务台，王红雷问服务员，可有象棋？

服务员有些勉强地答，没有。

王红雷伸头朝吧台里面瞄了瞄。

没有哦！没有哦！服务员见王红雷不相信，有些不高兴。

走！我们出去买！王红雷亲热地搂了一把邱长生的肩膀。邱长生脚步迟钝了下。走哦！王红雷把邱长生的肩膀捏了捏，两个人走出了酒店。

两元钱买了副象棋，木质的，很疏松，棋子只有一分的硬币大，棋盘比练习本大不了多少。两人环视了大厅，没有桌子，王红雷对邱长生说，没关系！没关系！我们就在沙发上下。三人棕色皮沙发，王红雷坐一端，邱长生坐另一端，摆开了棋子。

你走！王红雷示意。

邱长生将炮往中间位置一架。

王红雷笑。他太熟悉邱长生的棋法了，第一步必走炮，而且是正中架炮，因而大家都开玩笑，说只要开始把邱长生的中间炮端掉，他就没辙了。王红雷清楚，好的棋手不一定先走炮，他曾经在搭车时见路边一个老头下棋，先走马，两匹马连着走，在对方阵营直吃横扫，非常地带劲。

王红雷以往有时走炮有时飞相，这次他没有走炮，而是飞相，接着走马，自始至终，步伐都柔柔的，没有使用惯常的战术，先端掉邱长生的当头炮。

哈哈！哈哈！邱长生忘记了儿子中考的事，沉浸在得势的快乐之中。

突田

......

这年长青洲学校中考破历史纪录，五个学生考上了一中。

教师节，乡党委书记吴森华率领一大帮人来到学校慰问。

喏，吴书记给的红包！财政所所长很会说话，他笑眯眯地将一个上面印有喜字的红纸包揣向周旭海腰间。周旭海往出掏。所长按住周旭海的手，做怪样说，不准掏！不准掏！

好！我不掏！谢谢乡领导！

哈哈哈！哈哈！大家一起笑起来。大家开心笑的时候，周旭海掏出红包交给了孙恒。

吴森华笑谈了一会儿说，上午高副县长要来乡里，我先走了，留下李宣委陪各位老师，中午好好地敬各位老师！

山上无老虎，猴子称大王。书记不在，作为宣委的李小应谈笑自如，说话走动没有了顾忌。

中餐就安排在学校里。女教师都在食堂里忙碌，帮助炊事员做杂事，有的切菜、有的捣锅灶、有的洗碗刷盘子……李雁卷着袖子在刷盘子，她没有系围裙，怕水溅身上，离水池远远地站着。

呀！周校长，你这食堂里开着这么多朵花啊！李小应张大嘴巴。

周校长学校里的花就是多！财政所所长附和。

呵呵！呵呵！周旭海开心地笑。

李宣委来啦！女教师们停了手头的活与李小应打招呼，毕竟他是乡里领导，而且没有架子。

周校长一点都不怜香惜玉，多叫几个边上村庄的妇女来帮忙就是，怎么能让"花"来弄这些油拉的东西！李小应打趣。

我们开心！我们乐意！李雁笑滋滋的。

李雁说得对！我们乐意！其他几个女教师一齐附和。

乐意好！中午让周校长敬你们几个酒！李小应兴致极高。

周校长敬肯定的，你李宣委就是醉也要敬这些美女教师！财政所所长打趣。

那当然！那当然！李小应高声说。

饭厅里摆的两张桌显然不够，用学生课桌又拼成了几张饭桌。李小应是乡领导，自然安排在饭厅里，可李小应眼睛却瞅着那边的教室。

周旭海把李小应往饭厅引，财政所所长与李小应常年共事，知道他习性，笑着说，李宣委不习惯坐正规饭桌，就喜欢坐学生课桌。

就怕不恭！周旭海微笑着把李小应引到教室里李雁坐的桌子。你们几个到饭厅里，徐副校长嘴巴对三个年纪大一点的女教师歪了歪。女教师们会意。

李雁也站起来。你不要走！不要走！等会儿敬李宣委酒！周旭海笑着挽留。

王红雷在李雁这桌。

周旭海与大家站起来，集体敬李小应，说：感谢乡党委、政府对长青洲学校的关怀，希望乡里一如既往地关心学校。

李小应端着杯子站起来，语调激昂地说：感谢老师们为长青洲争了光！希望明年考得更好！

不行！不行！李老师你杯子没有干！教师们放杯子的时候，李小应朝李雁的杯子瞄，发现李雁的杯子里还有三分之一的酒。

我酒量不行！真的不行！请领导原谅！李雁求饶。

再不行也要把头一杯干了，周校长你说是不是？财政所所长嚷。

喝干！喝干！李宣委都喝干了，你也把酒干了！周旭海朝李雁使眼色。

我酒量不行！看在领导对学校关怀的份上，我舍命陪君子，把这杯酒干了！李雁闪动着晶亮的眸子，端起杯子，稍稍犹豫了下，将剩下的酒倒入嘴中，然后伸了下舌头，意思，辣！

好！好！李小应开心地拍起了手。财政所所长跟着也拍起了手。周旭海也拍起了手。大家都拍起了手。王红雷做出拍的姿势，但没有拍。

周旭海不停地使眼色，女教师们明白校长的意图，要让乡领导喝得尽兴，喝得开心，这样乡领导才对学校有更多的关心。女教师们开始轮番地敬李小应，李小应很开心地喝。喝了一会儿，他盯上了李雁，不与其他女教师喝,专门与李雁喝。王红雷望着李小应,发现李小应的眼珠子中间有一个亮点。

李宣委,我不能喝,求求你了!李雁喝了两杯后,面若桃花,她欠着身向李小应求饶。

不喝不行!今天是教师节,是大喜的日子!一定要喝!

不行这样,你喝半杯,我喝一杯!李小应一仰脖子,先干为敬,将整杯酒倒入喉咙。

现在看你的了!他盯着李雁。

我真喝不下!李雁叫苦。

不喝不行!不喝不行!今天是教师节,大喜的日子,又不是平时!李小应仍不放过李雁。

把酒喝了吧!周旭海劝。

所有的人都望着李雁。王红雷也望着李雁,他望李雁的目光是复杂的。他希望李雁喝又不希望李雁喝,希望李雁喝,是不想看到李小应继续纠缠她;不希望李雁喝,是他不想看到李雁放开的状态,他希望李雁矜持,这样符合他的审美。

只见李雁愁苦地端起杯子,吃力地喝了一口。

不行!不行!没有半杯!李小应嚷。

李雁又抿了一口。

李小应继续拉李雁喝,李雁不再推挡,开始主动,她提要求说:李宣委,如果你非要我喝,你看这样行不行?你喝两杯,我喝半杯?

行!行!把李雁的酒兴激发,李小应非常开心。喝了三个两杯后,李小应舌头开始有些卷。又喝了两个两杯后,李小应头往桌子上一磕⋯⋯

茶楼在什么地方?刚在赵正田房间坐定,吴安平就急着问。

老信用社还记得不?老信用社?吴安平眨巴着眼睛。

噢!当年你到长青洲来,晚上我带你到信用社打牌,可还记得?

毕业时,吴安平被分配到了靖桥镇,这是个江北古镇,徽式建筑风格的房屋，水光铮亮的麻石条街道，离县城是远点，可比长青洲要繁华得多。

镇卫生院在街口，科室设置齐全，有二十多人，可以做小手术，不过医生都懒得做手术，也怕出事。吴安平胆大，他不怕出事，只要小手术都做。毕竟稚嫩，八个月后，出了一起医疗事故。

这起事故本来可以避免的。有一个与赵正田母亲年龄差不离的妇女，肚子剧痛，吴安平一检查，发现是阑尾炎。当时院长正好在场，建议病人家属赶快将其送县医院。吴安平实习时做过阑尾手术，他认为手术难度不大，决定做。以往卫生院为了规避风险，大点的病都往县医院推，即使现在很多医院也都是这样做。院长劝阻说不要惹事，他坚持要做，说自己有把握，结果手术失败，妇女死在手术台上。家属哭天喊地，大闹卫生院，要卫生院偿命，要吴安平偿命。为了息事宁人，院长一面安抚死者家属，一面让吴安平躲起来。吴安平躲到了长青洲上，这里江水阻隔，保证吴安平不受袭扰，而且非常地有情调。

喔！我想起来了！想起来了！就在那个地方呀？吴安平一拍脑袋说。

是的！是的！信用社前些年在乡政府边建了新楼，那老房子空置下来被人承包办了茶楼。

哦！哦！吴安平开心得接连点头。

当年赵正田与王红雷被分配到长青洲，人生地不熟，很孤独，好在其他单位也来了年轻人，于是这些年轻人互相串门，彼此都非常热情。这些年轻人喜欢到信用社聚，与信用社有钱无关又有关。信用社当然有钱，可钱是公家的，去与不去都得不到，自然无关。信用社是金融部门，其他单位都无围墙，信用社有，还有信用社食堂伙食好，周末照样开伙，来了个把人也没有关系，所以有关。

吴安平手术失败躲避到长青洲，白天窝在赵正田房间里看书，傍晚与赵正田散一会儿步，然后就随赵正田到信用社里去。信用社里正好有两个年轻人，一个叫小汪，一个叫小童。小汪是中专毕业，瘦瘦的，个子矮矮的，一天到晚见人笑眯眯的，特别热情。小童是当兵退伍的，个子高高的，壮壮的，话不多，对人很实诚。

突 围

赵正田与吴安平一进去，小汪就拉房间长桌子，一人坐床沿，另外三人坐椅子上，打争上游，从2开打，再打到2算一轮过去。一晚上快可以打三轮，慢只能打两轮，打过去的一对贴胡子。那时不玩钱，可玩得比现在还带劲。整整一个月的争上游，抚平了吴安平心灵的创伤，一个月后吴安平离开长青洲，回到卫生院，不久被调动到县里……

那天晚上在市区，赵正田从歌吧出来透气，看见一个高个子女人打面前经过，他感觉这女人像刘桃，可是他想不会呀？刘桃怎么在市里呢？而且在夜晚的市里呢？该不是歌吧里面迷蒙，花了自己的眼，看错了人？他用手自上至下用力地抹了一把脸，然后睁大眼睛朝前面的女人背影看，越看越觉得是刘桃。他现在已经不怨恨刘桃了。时间真是个怪东西，创伤也罢，遗憾也罢，时间一长，全都淡忘。

他想证实是不是刘桃，于是快步向前，在走了大约三百米后，他与那个高个子女人处于平行的位置。他平着望过去，一望，还真是刘桃。

刘桃！赵正田兴奋地喊了声。

刘桃猛地一偏头。

刚才侧望不是太清楚，只看到了大概模样，现在刘桃面对着他，赵正田感觉异常地吃惊，刘桃的面容发生了太大的变化。尽管灯光不是太明亮，赵正田还是看清了，刘桃的脸瘦得脱了形，几乎少了三分之一，皮肤塌着，眼圈暗得发黑。

刘桃见到赵正田，一瞬间有些惊讶，紧接着有些慌张，似乎不该让赵正田见到自己。

你也到市里有事？赵正田问。他这么问，无形中告诉刘桃，自己是有事到市里来的。

我……犹疑了一下，刘桃说，我住在市区。

你在市区住？赵正田有些不相信。

出乎赵正田意料的，刘桃居然没有回答。

我过去一个在长青洲的朋友调到市里，我到他这来玩。赵正田没话找话。

哦，刘桃似乎不感兴趣，偏过脸，望了望前方。

你有事，你走！赵正田看刘桃的眼神，急着逃离。

好！那我走了！刘桃面部勉强挤出了点笑容。

赵正田留意到，刘桃不笑还好，一笑皮肤牵扯，显得分外地苍老。

怎么一下子衰老了许多，是不是遇到了什么变故？赵正田揣测。

八

一年五个学生考取一中，创下了长青洲学校的纪录，县城甚至其他乡镇都有不少学生往这里转。

老周，你今年很不错嘛！他到教育局开会或办事，其他学校校长见到他第一句话就是这样。

哪里！哪里！瞎碰的！瞎碰的！周旭海谦逊地摆着头，心里却很自得。要知道，这些校长都是一方的诸侯，他们不随便恭维同行的，尤其是城区的校长，还有那些区位不错、规模不小的学校负责人，眼珠子从来都是往上吊的，从不正眼瞧一下在长青洲的他。

在山区走路，上坡过后紧接着就是下坡，很难找到一段平坦的路。长青洲学校发展就像走山区路，考了五个一中后没有几年，就四三二一地往下滑坡。四三都还好，数目都还不少。考到二与一的时候，教育局领导倒没怎么说话，他们是行家，认为这很正常，可乡里领导颇有微词，敲打起周旭海，说：老周啊！你这可不行啊！像你现在这样可不行啊！周旭海听了，脸就像一根根针在扎。

考到二与一，或许是教育的规律。每一个国家、每一个民族都会经历兴衰存亡，何况一个学校、一个单位，不可能永远保持长盛不衰。

我班上这学期转走四个了，你班上呢？一个教师从楼上下来，见到李雁有感而发地问。

转四个还算好的，我班上转了六个。李雁做了一个手势。

224

我班上也转了六个。邱长生从教室那边过来，把统计的转学学生名单给二人看。

像现在这样大面积地转，长青洲学校维持不了几年。李雁忧心忡忡。

维持不了几年，你正好到县城里去，还省得找人调动。那个教师只顾说，没有留意周围。李雁朝他挤了挤眼睛。那教师侧转身，见周旭海从教室那边走过来。他朝周旭海脸上瞟了瞟，发现周旭海脸上表情严峻，像吊着块铅锤。

几个人赶紧停止交谈。

王红雷拿着个笔记本，起身，正准备去找各个班主任统计这学期转走的学生数。周旭海阴着个脸进来，遭遇丧事一样冲口就问王红雷：王主任！你可知道，这学校转走了多少？周旭海以前很少主动到王红雷办公室，都是王红雷到他办公室。周旭海随和归随和，可他特别讲究这一点。据说这样的细节讲究能在下属面前保持权威。

我正准备去统计！王红雷见周旭海绷着张脸，他也只好绷着脸。

你说！你说！现在怎么搞的？学生转学怎么转这么多？周旭海说话的语气急。学生转学的原因多，主要原因还是教学质量滑坡，而滑坡的主要原因是内讧。这几年评聘中高级职称，工资与职称挂钩，这就让教师对职称非常看重，因而很多学校都发生了内讧。有的学校处理得好，内讧就小些；长青洲学校教师的职称问题，由于周旭海没有处理好，严重挫伤了教师积极性，引起了教学质量下滑。周旭海心里也清楚，可他嘴里不承认，其他人不好说。

主要是两个方面不公平引起的内讧。一方面是周旭海为了自己能评聘上高级职称，在制订方案时，规定担任行政职务加分，并且行政职务不同，加的分数也不同，这样明显地拉开了与他竞争高级岗位的教师考评分数，引起了这部分教师的强烈不满；另外一方面是他为了与乡里搞好关系，在制订方案时，偏向了那位父亲在乡里任法委的女教师。李雁等一批教师也参与职称竞争。尽管李雁与这位女教师平时关系不错，但涉及个人的正当利益，关键时候还是要争取的，周旭海偏心，又引起了李雁在内的一批教师的不平。吵吵闹闹了好几个月，虽然在乡政府的施压下事态得到平息，但教师的积极性被严重挫伤，他们开始以消极的态度对待教学。

你说说学生为什么这么大面积地转学？周旭海像一条浮上水面的绝望的鱼，望着王红雷。

怎么说呢？王红雷心里琢磨，说职称问题周校长你处理不当造成了现状，这样的回答周旭海肯定不高兴。已经有教师私下里在说，学生转学原因在周旭海身上，这话不清楚他有没有听到，如果听到，压力会更大。试想一个兴旺的学校因为他处事不公造成目前的局面，他应该承担什么责任？还有教师说得更难听，说像现在这样下去，长青洲学校要不了几年就会倒。周旭海如果听到，会吃不下饭。

问了第二遍，再不回答，有些不好，可是怎么回答呢？王红雷实在是犯难。

见王红雷不回答，周旭海不高兴了，他生气地望了一眼王红雷，动脚往外走。

上次听我父亲说，我老家小学的学生也转走了七八个。王红雷嘴里终于发出了声音。

你老家小学也转走了不少学生？周旭海惊喜地转过身。这真是奇异的现象。作为教育工作者，无论听到哪个学校转走很多学生都应该忧心，而他听到竟是这种态度，这实在不可思议。

其实很好理解，这也是人的一种劣根性，就是人喜欢找平衡，喜欢精神安慰。王红雷的这句话，对于精神无助的周旭海来说，是莫大的安慰。人家学校也一样，又不是我一所学校的问题，与我无关，我可以得到解脱了。周旭海心里肯定这么想。

可能大多数乡下学校都是这种状况。王红雷接着说。

你说得有道理！有道理！周旭海激动得手有些抖。

现在城里学校对户籍要求松了，助长了乡村学生转学，城里条件毕竟好些，父母在城里打工，把孩子转到自己身边，照顾也方便一些。王红雷滔滔不绝地说。

你分析得有道理！有道理！周旭海红光满面。

所以这是一种趋势，与我们无关。王红雷开导周旭海。

可是像这么转下去不得了！周旭海的脑筋又转了回来。

王红雷觉得再说下去不好，便机智地不再吭声。

我有个想法，想把星期天上午也利用起来补课，学生成绩考高些，想转的学生应该少些。周旭海渴求地望着王红雷，希望获得教导主任的支持。

王红雷心里是抵触周末加班的，可作为教导主任，他明白，人家学校周末在加班，自己学校不加班，学生会吃亏，因而他从实际情况出发，同意之前的周六加班一天的做法。现在周旭海想让学生与教师满负荷地转，他觉得适得其反，因而不赞成。星期天加班，周旭海心里是没有把握的，教师们很可能不愿意。在长青洲学校，大部分教师有想法，憋在肚子里不发，这些教师在他眼里当然是好教师，但也有刺头老师，你刚说出想法，他马上站出来否定。

要教师同意，首先得统一行政人员思想，而行政人员思想统一，教导主任与校长的思想统一是至关重要的。

红雷，你说说，你是怎么想的？周旭海平时大都称呼王红雷"王主任"，现在称呼"红雷"，显然有套近乎之意。过去这些年，王红雷对周旭海是顺从的，因而思想从来都是统一的。

可现在王红雷不知是觉得自己资格老了，还是觉得自己应该有主见，他像吃错了药似的，居然闷闷地说：星期天上午再加班，这不好吧！

王红雷尽管是试探着说的，可是在周旭海听来非常地刺耳，脸马上拉了下来，反问：星期天上午加班，下午还有半天休息，怎么不好了？

后面"怎么不好了？"提高了好几度声调。

周旭海已经非常不高兴了，如果此时王红雷精明，立即转换话语，应该能获得周旭海谅解，可是他一根筋，把心里的话如实地说了出来：星期天上午上课，把学生教师都弄得精疲力尽，效果反而差。

是你不想加班吧？周旭海狠狠地瞪了王红雷一眼，生气地出了门。

周旭海坚持要推行他的想法，第二天召开行政会，当着所有行政人员提出了星期天加班的打算，为了获得通过，他把星期天上午加班上升到长青洲学校生死存亡的高度，让大家表态。

周旭海当了多年校长，在这个问题上严重失策。如果他不征求大家意见，直接宣布，也就成为既定事实。可是他错就错在征求意见。一征求，王红雷势必要表态。王红雷一表态，造成了两人多年没有的对立。王红雷不仅仍然表示反对，而且还把教育局上半年发的，一份关于周末不准补课的文件给找了出来，当挡箭牌。

从这点来看，王红雷前期自认为成熟，事实上并不成熟，为此他即将付出惨痛的代价，以致后来多年心灵留下创伤。

下午最后一节课开行政会，王红雷往会议室走，前面徐副校长听出脚步声，站住，头偏了下，又转回去，迈开步子。

王红雷纳闷，徐副校长今天怎么了？以往像这种情况，他一般都停下脚步，等自己靠近，然后亲切地交谈几句。

走进会议室，发现大家都来了，周旭海端坐在椭圆形会议桌朝南的窄端，脸色阴沉。发生了什么事情？王红雷看周旭海这样，急忙瞄了一下其他人面部，发现大家脸色都很严峻，只有孙恒嘴角滑出一丝不易察觉的笑。王红雷有了一种不祥的预感。知己知彼，他与孙恒在一起多年，太熟悉这个人身上散发的恶劣气息了。他这是在笑自己，至于为什么笑，等下就知道。

他敏锐地意识到刚才徐副校长为什么没有等自己。徐副校长本想与他说什么，但心有顾忌。王红雷的心忐忑起来。他朝周旭海脸上望了望。周旭海仍绷着个脸。

他低着头，脑子在琢磨问题，周旭海哇里哇啦地说了些什么，他一句没有听进去。会议快结束时，他思维适时地收了回来，抬起了头，朝周旭海瞄了下。这么巧，周旭海目光也对着他。四目相对，王红雷没有躲闪，他想从周旭海目光中捕捉到关于自己的信息。

周旭海又把目光转向徐副校长，他开始说：我们学校的教学质量严重滑坡，照这样下去，不用半年，所有学生都会转走！为了把教学质量提高上去，徐校长，从明天起，你把教导这块具体负责起来！

徐副校长蚊子似的哼了一声，表示答应。

几乎所有的行政人员目光都投向了王红雷，看王红雷如何反应。

孙恒冷笑着。

让徐副校长把教导这块"具体负责起来"与"抓起来"的措辞显然不同，孬子都能听得懂。抓起来，是让徐副校长督促到位，绷紧教导处工作的弦；而具体负责就是把教导主任的工作也担当起来，教导主任无形中靠边站了。

王红雷是要面子的人，周旭海这么安排，等于是当众羞辱了他，抽了他一巴掌，他脸上火辣辣的。他手抖着，脸抽搐着，在静默了几秒钟后，站起来愤怒地说：我不当教导主任了！说完抬脚就走。

王主任！不要走！不要走！徐副校长拉他。

谁说不让你当教导主任了！我是说让徐副校长把教导这块督紧点，为着学校好！周旭海语气变和缓。

坐下！坐下！徐副校长按着王红雷的肩膀。

自此后，王红雷感觉自己被打入冷宫，他心情压抑，心里极度苦闷。接着又发生了一件事，让王红雷与周旭海的矛盾更加激化，同时也让王红雷心情更加压抑。

事情是这样的，曹大海弟弟在县城做水果批发生意，业务很好，租了房，他弟弟老婆也在县城帮忙。曹大海弟弟认为王红雷是教导主任，清楚转学的事情，探王红雷的话：王主任，我想把孩子转到县城，想请你通融。

王红雷顾及面子，没有解释自己虽然是教导主任，但已经靠边站了，敷衍地说，你如果实在想转就转，不需要什么大的通融。

转学是需要学校盖章同意放才行的。王红雷说不需要通融，曹大海弟弟不清楚，他老实巴交地找周旭海。周旭海不同意盖章，说学期中间转学对学校会造成影响，于是曹大海弟弟把王红雷的话搬了出来。

这个吃里扒外的东西！周旭海听了气得吹胡子瞪眼，恨不得一口把王红雷吞了。

其实王红雷对曹大海弟弟说的那番话，有与曹大海私交的成分在里面，换了一般的学生家长询问，王红雷是不会说那番话的。

你带我们去茶楼！吴安平有些急不可耐。

好，我带你们去！赵正田显得分外自豪。来的都是市里人，而且是大领导，他们什么未见过，特地到长青洲来，就是好新奇，长青洲有个茶楼。

在市里有茶楼不稀奇，市里已经有五六处茶楼了，有的就是喝茶，还有的打着茶楼的幌子经营其他的内容。醉翁之意不在酒，吴安平他们酒足饭饱之后到茶楼自然为的不是喝茶。县城里有茶楼还是有些稀罕，只在莲城宾馆边一处新建的楼房开设了个茶楼，布置很优雅，华灯初上的时候，不少情侣坐在一个个的小隔间里喝茶聊天；二楼似乎也有茶室，不过里面灯光较暗，上去的几乎都是喝了酒红光满面的人。至于上面是否只是喝茶，没有上去过的人只能猜想。

江中央的长青洲有茶楼在吴安平他们看来自然稀奇。茶楼为什么开在偏僻的长青洲呢？长青洲像船，在长青洲上喝茶等同在船上喝茶，浪漫。可是到长青洲茶楼来的人中有几个有情调？情调上解释不通，开销上更解释不通了，来往要坐渡轮。唯一的解释就是长青洲隐蔽，茶楼里的女子有情调。

赵正田激动得面部发热，他迈开大步往前走。一行人紧跟着他，都显得异常渴盼，像在荒岛上刚放出来一样，急于见要见的人。

就是那个吧？吴安平眼尖，他看到了前方一个院落门楼上竖着块深褐色的茶楼牌子。

就是那个！赵正田兴奋地答。

就在到达茶楼前的空场地时，赵正田仿佛突然意识到了什么，脚步猛地停止，面部笑容也瞬间消失。

走呀！吴安平催促。

赵正田朝后面瞄了瞄，发现远处有一个年纪大的妇女。赵医生要进茶楼！妇女目光紧盯着他。赵正田身体抖了一下。

进！不进！不进！进！他犹豫了。进吧，茶楼在村民意识里，绝对不是简单的喝茶之处，他们把它当成了旧时秦淮河上的那种船，一脚踏上，名声可能就毁了！——后来证明确实是毁了。不进似乎不妥当，吴安平是客人，自己不进去如何招待？

怎么办？怎么办？赵正田犹豫了下，迈出了步子……

　　她现在怎么变成了这个样子？那晚刘桃快速逃离后，赵正田站在原地，望着刘桃渐渐消逝的背影木然地想。

　　赵正田不清楚，刘桃家就在市区，一年前离的婚，现在独身一人。刘桃的婚姻生活一直不如意。主要原因是他的两任丈夫均有外遇。在县城时，第一任丈夫下海，创办了家旅行社，雇用了一个名叫鸿雁的大专生做导游，丈夫带着鸿雁出去踩点，然后那个鸿雁就怀孕了。刘桃眼里容不了沙子，断然与第一任丈夫离了婚。几年后她经人介绍认识了在市商务局工作的一名副科级干部，结婚后被调到了市一中。

　　她期望这次婚姻能够稳定，没想到这位副科级干部又与县里一个农场老板的漂亮情人搞到了一起。双休日不回家，住在县城的丽景大酒店里。老板不知怎么把刘桃手机号码搞到，打了个电话，刘桃风驰电掣赶到丽景大酒店。在服务台问清了房间号码，刘桃压抑着怒火，轻轻地敲了两下门，她毕竟是有素养的人，也怕信息有假。里面没有应声。刘桃又重重地敲了两下门。

　　谁呀？传出第二任丈夫的声音。

　　我！开门！刘桃压抑不住怒火。

　　在等候了大约五分钟后，丈夫开了门。

　　刘桃往里闯，丈夫身体挡着后面。她闯进去的时候，丈夫快速地移动身体，这时一个瘦小的影子从门后疾速钻出。刘桃急忙回头，往门口奔。丈夫挡在了门口。刘桃从腰间掏出一把剪刀，往丈夫裤裆处剪，丈夫手一挡，咔嚓，一截手指头糊着血掉到地上……

　　茶楼里面有六个小隔间，一个三十出头长相还可以的女子将他们引入一个个的小隔间。赵正田也被引入了一个小隔间。隔间里一张长沙发，一张褐色的茶桌，还有一台电视。里面有一个二十岁不到翘着马尾巴有些稚气的女孩。赵正田以为女孩会坐到他身旁，没想到女孩子在沙发的另一端坐下来，然后问他喜欢看什么节目。

　　原来没有什么异样啊！赵正田想……

　　赵正田不清楚，茶楼是李小应招商引资来的，李小应已经是副乡长了。乡里担心有负面影响，最后还是吴森华拍板，茶楼要招，服务项目派出所要予以规范。规范制约了茶楼业务发展，县城里人，甚至市里人好奇，纷纷来到长青洲。半年后，在客人相互转述实情后，加上各地茶楼如雨后春笋般冒出，长青洲茶楼倒闭了。

仅仅几年工夫，长青洲的塘湖全部被村民承包，形成了大大小小的垂钓中心。每到周末，从县城跑来垂钓的人络绎不绝，各种牌号的车辆都能见到。

卫生院院长也易了人。赵正田完全没有想到，他当副院长十几个年头了，新院长居然不是他，而是远离县城七十里地的桃竹卫生院院长童嘉兴。童嘉兴是他的学弟。本来他没有当上院长就受刺激，学弟来当院长他受刺激更大——面子上挂不住。

时光过得真快，郑平路自己都不觉得就到了退休年龄，局里征询意见，让推荐院长人选。郑平路略略犹豫了一下说，赵正田在长青洲卫生院也有十七八年了，他业务能力强，待病人热情，与同事相处也还比较融洽，又是多年副院长，当院长适合。局里记下了他的意见。

回头郑平路把赵正田叫到办公室，少有地给赵正田泡了杯茶。赵正田接过茶杯，疑惑地望着郑平路，不明白他为什么对自己异样热情。

长青洲卫生院自建立至今我一直在，我对卫生院有深感情，你不清楚，当初洲上就只一个小小的卫生所，当时也就三个人，我当所长，后来发展再发展，就发展到现在的规模，真的不容易。说着说着，郑平路眼里涌出了泪花——说明他对卫生院有感情。

赵正田望着郑平路，不知所措。

郑平路摸了摸椅子把手，深情地望着赵正田说：我到了退休年龄，这个位子谁来坐，你是副院长，也快二十个年头了，我看你合适！

郑院长……你……赵正田没有想到郑平路会说这话，他有些激动，端茶杯的手颤抖了下，水泼洒了些到裤子上，他急忙抹了抹。

我向局里推荐了你！郑平路高声地说，生怕赵正田没有听见。

真的呀？谢谢郑院长！赵正田喜悦地站起来，走向拐角处，拎起水瓶，给郑平路加水。

郑平路点了点头，他显然对赵正田这个举动很满意。这个举动代表了对郑平路的尊重，一个即将退下来的人很看重后继者对自己的态度。

早些天隐约听到郑平路要退休的信息，赵正田萌生了当正院长的念头，他把院里几个医生条件琢磨了一下，感觉自己占优势，可是他心里暗暗担心，怕郑平路因为当年的事记恨自己。

赵正田跑了一趟市里，把情况对吴安平说了。

吴安平满不在乎地说，不就一个小小的卫生院院长吗？回头我与你们局长说说，要不然我让何办给你们局长打个招呼。

赵正田心安定了。

你也到局里走走！与局领导接触接触！对提拔有帮助！郑平路提醒赵正田。

最初郑平路的确不想提拔赵正田，可是他想到赵正田这些年过得也不是很如意，便产生了恻隐之心，关键的时候还是推荐了赵正田。

赵正田听了郑平路的话买了包玉溪烟到局里，见到局长拆封头。局长把桌子上一包红彤彤的烟挪动了下，示意我有。

我是赵……赵……他口吃。

你是赵正田吧？局长问。

是……是……他还是口吃。

坐！坐！局长指着卧式沙发。

赵正田坐下，怯怯地望着局长。

局长问他的学习经历、工作经历以及对长青洲卫生院管理的看法，赵正田说话开始不口吃。

你的事吴安平对我说了！你回去好好工作！局长微笑着站起来。

赵正田随着站起来。他心里非常地快活。他想，吴安平这小子还真有点能耐。

几乎成定局的事情怎么翻了船了呢？吴安平打了招呼，局长说的，千真万确。郑平路说推荐了自己，当自己面说的，态度很诚恳。可是到底在哪个环节上出了问题呢？他苦苦地思索。后来得知，卫生局收到了一封举报信，举报赵正田道德败坏，嫌弃工人老婆，与老婆离婚；自己嫖娼不算，还带着一帮人嫖娼。第一条算不得大过错；第二条有巨大的杀伤力。提拔的关口，县里正在严厉打击卖淫嫖娼行为，作为一个医生，一个国家编制的干部嫖娼，而且还带他人嫖娼，这种行为不说提拔，就是聘用都成问题！赵正田就在这阴沟里翻了船。

那么这信是谁写的呢？是郑平路写的，还是其他人写的？他为什么要暗害自己呢？

赵正田病倒了，躺在床上好几天了，头痛得很。这打击也太大了！兢兢业业地工作，为长青洲奉献了全部青春，到提拔时却没有份儿，试想如何想得通？还有刚到长青洲没几年就被提拔当上了副院长，这么多年一直没有进步，现在好不容易机会来了，却被别人抢去了，心里如何能承受得了？

丹丹家里的船外出，自然不知道，如果知道，一定会来看望他的，他心情能好受些。王红雷学校里、家里事忙得很，也不知道，没有过来看望，如果劝慰几句，他心里多少会好受些。可是不管怎样，他心里都感到压抑，他感到在长青洲再也待不下去了。

他需要出去透口气。

他躺在床上那几天，郑平路来看望过他，劝慰了几句，让他把眼光看远点，以后还有机会。郑平路老婆心肠软，端来热面条，面条底下藏着荷包蛋，露出金黄的一角，怪馋人的，只是赵正田吃不下。

再在长青洲待下去要窒息，赵正田到市里去找吴安平帮忙，决然离开长青洲。

你怎么成这样了？赵正田出现在吴安平面前时，吴安平吃惊异常，只见赵正田脸色枯黄，脸上似乎还沾有灰土；头发蓬乱，有一绺挂在了耳朵旁。

赵正田没有回答吴安平的问话，抬起头，出口就是：安平，你一定要帮助我！帮助我离开长青洲！我不能再在那个地方待下去了，再待下去我就要疯了！说完这番话，赵正田双手用力地搓揉了下脸，再次抬头，双眼盯着吴安平，像口渴期望得到水。

到底怎么了？你慢慢说。吴安平示意他坐。然后去倒水。听完赵正田的话，吴安平才清楚，卫生院院长的事情对赵正田刺激这么大。

浪不断地从上游翻滚下来，又往下游翻滚而去。要永久地离开长青洲了，临离开前赵正田心绪复杂。长青洲有什么好留恋的，过江就走，头也不回，他心里决然地说。可真过了江，脚步却移不动了。他这回一走可能就再也不回来了！再也见不到深爱他又爱他的丹丹了。想到这，之前要离开的轻松感变沉重起来。

赵正田与王红雷有些年没有来往了，当初两人一起来长青洲报到，一起玩，这对于一个人的人生来说非常难得。现在要走了，他想与王红雷道个别，来到王红雷学校。

王红雷对于他能调走感到很惊讶，不过调整表情，强笑着说，调走是好事，我明天送送你！

王红雷陪赵正田在江堤上已经站了十多分钟了。赵正田默然无语，王红雷也无语。突然一颗泪珠从赵正田眼眶里滚出，顺着面颊流成一条弯曲的细线。

那天赵正田去市里求助吴安平，吴安平只答应帮助他，具体怎么帮，一时没有办法。可是凑巧，吃饭喊了市三院的院长，随便问了句：你们医院可能进人？谁知院长说：看是什么类型，如果是学针灸的，可以进。吴安平与赵正田一听这话顿时精神一振。吴安平机灵地向三院院长介绍：我老同学在中医学院就是学这个的，而且在他们当地名气很大。

赵正田不失时机地对院长笑了笑。

就这样，本来很难安排的事情就这样轻巧地安排了。老天相助，赵正田得到了一个逃离长青洲的千载难逢的机遇。

别这样，正田！你能离开长青洲该开心才对，不像我再怎么憋屈，也只能终老在长青洲了。王红雷安慰赵正田。其实王红雷心里也不好受。就像感冒鼻子发酸，神经受到牵扯，带动眼睛流泪一样。

网上有幅摄影家抓拍的鹅的图片：主人出外，自行车后座绑了个蛇皮袋，袋里装了只鹅，这只鹅在袋里伸出了头，另一只鹅站边上，头紧贴着袋里鹅的头，恋恋不舍。不难想象车上的鹅的离开对地上的鹅的心理造成的冲击。连带效应，赵正田离开长青洲，对本来心境就不好的王红雷造成了强烈的冲击。王红雷表面平静，其实内心里波涛起伏。

突 围

在长青洲，王红雷起初是得意的，有点自我满足，把长青洲当成了世外桃源，不再关心洲外的世界。再后来，看到同学飞黄腾达，受到刺激，还有同事频繁往外调动，他心理波动，也试图离开长青洲，可是都没有成功。现在在学校又受屈辱，他渴盼像赵正田一样地离开长青洲，可是又有谁能给他帮助呢？现在赵正田离开，就剩自己了，他感到孤单起来。

此地伤心不能道，
目下离离长春草。
送尔长江万里心，
他年来访南山老。

李白的这首《金陵歌·送别范宣》道出了王红雷的心境。人真是怪东西，在一个地方待久了，腻味、烦、憋屈、委屈。真要离开，却又十分地不舍。

赵正田走了，王红雷心里就像被挖去了什么东西，空落落的。恰在这时，姚玲玲带信来，说有急事，让他去县城一趟。

来早了，办公室门关着，王红雷在走廊里踱了两个来回，有些着急，往大门口走。也是巧，姚玲玲来了。只见她上身穿了一件红得发亮的褂子，映得脸像红苹果。

好看！王红雷感觉。

二十年前在师范时，星期天到郊区玩，看着姚玲玲苹果般的脸，王红雷忍不住伸出一只手轻轻地抚摸。姚玲玲没有推挡，任他抚摸。世易时移，现在已不是那种关系，只能看着。

与你说一个事！姚玲玲往路边走。王红雷紧跟着她。姚玲玲站定，王红雷望着她。姚玲玲眨着葡萄大眼，问：嫂子在县城里上班吧？

王红雷略迟疑了下答：嗯。他迟疑，并不是问话不好回答，而是姚玲玲说"嫂子"二字触动了他的情感。姚玲玲说"嫂子"，王红雷心里一暖。"嫂子"的潜台词是"哥哥"。这说明姚玲玲没把他当外人。王红雷是富有诗情的人，是感性的人，他听到姚玲玲这么说，试想如何能不动情？

你家里现在住房怎么样？姚玲玲照样眨着葡萄大眼问。

王红雷没有回答，他不明白姚玲玲问话的意思。

你回答我现在住房怎么样？姚玲玲很急迫地重复了下刚才问的话。看来王红雷的答话对于姚玲玲来说很重要。

不怎么样！现在长青洲大多数单位职工都住在楼房里了，只有我们学校老师还住在平房里。

房子好住不好住？

宽敞是宽敞，就是光线暗，梅雨季节家里湿答答的，壁子上都冒水。

哦。姚玲玲表示知道了情况。

现在县里启动廉租房建设，像嫂子在县城里打工，你居住条件又差，是可以申请廉租房的。姚玲玲说出了让王红雷来的缘由。

什么是廉租房？王红雷眨巴着眼问。

廉租房就是政府建了，租给老百姓住的房子，套房，租金很便宜。姚玲玲闪着葡萄大眼。

随便什么人都可以租？

哪是什么人都可以租？一般人租不到的，只有符合条件的才可以租，可也不是符合条件的就可以租得到。

那我应该租不到吧？王红雷有些失望。

你想要不想要？想要的话我给你帮忙！

真的呀，那我想要！王红雷眼里闪耀着光芒。

那你回去，把这几项给办妥了，其余的我来给你办。姚玲玲一项一项地向王红雷交代。

姚玲玲只是二中的教导副主任，她为何有信心给王红雷办廉租房？缘由在于她丈夫是房产局副局长。她没有对王红雷说，王红雷也没有问。姚玲玲主动为王红雷办廉租房，说明她心中还有王红雷，她想竭尽所能地帮助改善王红雷的生活条件，这样心里对王红雷的歉疚也就少一些。

出了二中大门，王红雷一脸的喜气，手不自觉地摆动，惹得路人朝他惊异地看。这会儿他脑子极其兴奋，他在想，等廉租房办下来，我就可以住在城里了，周旭海还有那个令他讨厌的孙恒都只能羡慕、嫉妒、恨了。

他还在幻想，等住在城里，再找姚玲玲帮帮忙，调到城里，就彻底地离开长青洲了。

晚上雅丽刚进家门，他就乐滋滋地告诉她廉租房的事。

有这好事啊！雅丽眼睛放光。有了廉租房，不需要来来往往地坐渡轮，雅丽自然高兴。高兴了几分钟后，雅丽似乎醒悟过来，审视着王红雷，问：谁这么好心，给你帮这么大的忙？这一问，把王红雷给问倒了，他不知如何回答。

谁这么好心？王红雷不回答加重了雅丽的疑心。

是我一个同学！王红雷故作随意地答。

男同学？女同学？雅丽追问。

你管男同学女同学？王红雷有些不耐烦。

肯定是女同学！女同学对你这么好！你们两人肯定有关系！雅丽脸色陡变，生起气来。

我天天与你在一起，与人家哪有什么关系哟！

现在没有关系，说明以前有关系！

我与你无话可说！两个人你一句我一句地对呛了起来。

沉默了一会儿，王红雷赌气：那房子不要了！这句话非常起作用，雅丽马上接口说：要！要！

要！你还生什么气？

嘿嘿！雅丽笑了。

写家庭收入与居住情况证明，家庭收入得低于规定标准。按照这个标准，得把自己的中级职称写成初级，把雅丽写成无收入，除此外，还得补上跟父母在一起住，无收入。

王红雷写好后，满不在乎地找周旭海盖章，周旭海瞄了一眼后说，这不符合实际情况！这章学校不能给盖！

盖个章有什么？王红雷不以为然。

你说得太轻巧，盖了追究起来学校要负责！周旭海高声说。

你不给盖就是！王红雷把纸一扎，怒气冲冲地走了。

过了天把，周旭海还是给王红雷盖了章，他是在接到教育局副局长殷四法的电话后才给盖的。姚玲玲在背后起的作用。姚玲玲与殷四法的夫人、房产局副科长江小丽是闺密。姚玲玲找到江小丽，说：我有个同学，人老实，在长青洲一待就是二十年，他老婆在县城一个超市打工，天天要坐渡轮，挺不方便的。他想租套廉租房，可是学校不给盖章，无奈他找到我，我就想到了你，想请你家殷局长给想想办法。

江小丽打趣：你说的那个老同学是你的初恋吧！要不怎么这么尽心尽力？哈哈！

什么初恋，就是一般的同学哦！难道给同学帮忙也不许可吗？姚玲玲捶了一把江小丽。

许可！许可！给初恋帮忙当然许可！呵呵！江小丽开心地笑着。姚玲玲又捶过去。江小丽躲闪。

章盖不成，就意味着廉租房成泡影，王红雷非常地气愤，他与周旭海大吵。吵到后来，周旭海不理他，他只好气呼呼地离开。好在王红雷这人性格还憨，不太意气用事。若换邱长生碰上这事，情绪激动，有可能重现上次把桌上东西推到地上的情形，虽说那要付出代价，可情绪发作，顾不了那么多。

王红雷沮丧地来到二中，姚玲玲一见他表情，就明白没有办下来。她安慰王红雷说，没关系，没关系，盖章的事我来给你想法子！

王红雷嘀咕，你又不在长青洲，管不着周旭海，你能有什么法子？

你先回去吧，回头等我话！啊！姚玲玲温和地望着王红雷。末尾的一声啊，在王红雷听来，就像一块白净净的纱布轻柔地敷向他淌着脓血的创口。

第二天下午放学时，王红雷正准备回家，徐副校长站在楼上喊：王主任！你把那材料拿来，周校长同意盖章了！王红雷回头，往楼上望，他有些不相信。

你快把材料拿来！徐副校长对他做了一个盖章的手势。

真的呀？王红雷仍然有些不相信！

当然是真的了，快拿来，不然不给你盖了！

好！我这就来！瞬间王红雷的面部表情由愁苦变得喜庆。他几乎小跑着上楼梯，正好周旭海从楼上下来，周旭海望着欢喜的王红雷，脸色一沉。

周校长好！王红雷急忙收敛笑容。

周旭海没有应声。

王红雷不清楚是姚玲玲在背后起的作用，他猜测周旭海念旧情，以前他任教导主任时对周旭海工作很支持，两人感情还在，他还猜测周旭海大人大量，不与自己一般见识。然而所有的猜测都错了。他盖了章乐颠颠地到县城找姚玲玲。抖开证明兴奋地向姚玲玲报喜：你看！章盖了！章盖了！章盖好了！

姚玲玲没有像王红雷想象的那样欣喜，接过来看了下，然后对王红雷说，你回去等消息。

王红雷转身离开，姚玲玲喊了声，我还有话要对你说！王红雷望着姚玲玲，不清楚她要说什么，该不会说以前的事情吧，应该不会，说了彼此都尴尬，他大脑快速地转。

你回去低调点，与校长还有其他教师搞好关系。姚玲玲温和地望着王红雷，希望他能听懂她话中的意思。

嗯！王红雷听话地点了点头。姚玲玲满意地抿了下嘴唇。王红雷从姚玲玲看他的目光里读出了无限的温情。

两个当年相恋的情侣，如果和气分手，事实证明，日后没有爱情，相互间还有某种微妙的感情。这种感情是美好的！

一个月后，姚玲玲直接到超市里见雅丽，说廉租房的事情有变，让王红雷快来县城一趟。傍晚雅丽回家向王红雷描述了姚玲玲紧张的表情，王红雷意识到廉租房很可能泡汤了。章盖了怎么又不行了呢？王红雷一夜胡思乱想，迷迷糊糊到天亮。

清晨到周旭海那儿请假，周旭海瞥了他一眼说：你把课调好了。

王红雷说好！下楼碰到孙恒，感觉孙恒目光有些闪躲。心里又有什么鬼？王红雷嘀咕。

到了县城，王红雷搞清楚，是有人写信到房产局，反映王红雷不符合廉租房申请条件，还举报王红雷弄虚作假。鉴于这种情况，廉租房的事情往下办有困难。王红雷垂头丧气。姚玲玲给他鼓气，说：不要急，等等再说！等等再说！

在廉租房集中摇号分配的三个月后，王红雷在县城得到了一套七十平方米的廉租房。

王红雷弄到的廉租房位于县城西北角，从气象局与环保局的夹弄过去，向前二百米。三幢前后排列的黄颜色楼房，每幢都六层，不知是刚建好还是配套设施就这样，没围墙，也没绿植，从远处或高空看，就像荒地上隆起的三个山丘。后来王红雷知晓，不论是廉租房还是经济适用房，建设地点都偏僻。尽管如此，有这样一套二室一厅一厨一卫的房屋，王红雷感觉还是很幸福。

在县城已经居住了五六年了，王红雷像当年的赵正田一样早出晚归，这学年他带九年级，到了马上要中考的紧要关头，得铆足劲，争取教的成绩能过得去，为此他除了周末一般都住学校，在以前的房子里住着。

一周结束，王红雷过江回到居住的单元楼底下，天已经完全黑暗。他抬头朝楼上自家厨房窗户看，黑漆漆的。他纳闷，这时候，家里厨房灯应该亮的呀，雅丽应该在做饭才对呀。怎么回事？他加快脚步，噔噔噔地上到自家所在的四层，打开防盗门。

厅里也是漆黑的。咦？难道雅丽加班没回家？他按下开关，发现雅丽平躺在沙发上。

你怎么了？灯都不开。

雅丽不语。

你到底怎么了？王红雷追问。

雅丽仍不语。

王红雷走进厨房，按下开关，他还没有吃，肚子咕咕叫。

雅丽坐了起来。我们离婚！雅丽大声地嚷。

离婚？离什么婚？王红雷莫名其妙地望着雅丽。

你做的事你自己心里清楚！雅丽显得理直气壮。

王红雷明白雅丽说的什么事情了。

星期四下午放学后，他提着根莴笋在门口准备刨皮，李雁见了，说，你别刨了，我中午炒了个黄瓜丝，还烧了个茄子吃不掉，晚上如果再吃不掉就馊了，你帮我解决！

你这么客气，那我就不烧了！王红雷与李雁说话一向随意，他听李雁如此说，就答应了。

他回屋里。

菜现成的，热热就好！李雁说。

王红雷随手带上门，跟在李雁后面走。

李雁抢起铲子炒起菜来，她不仅热了两个菜，而且还炒了一盘鸡蛋。

喊吃饭喊出了问题，而且是大问题。

吃完饭王红雷如果及时从李雁屋里出来也许无事。坏就坏在他吃完了饭没有及时出来。李雁洗碗，他站在边上有一句没一句地搭讪。话语投机，李雁碗洗完了，他们还继续你一句我一句地说话。说什么呢？在说调动的事。

李雁说：王老师，你在县城有了廉租房，来回跑不是个事，干脆调到县城里去得了！

王红雷说：我现在真想调进县城里，可是又不是一句话能解决的事。

李雁说：现在大家都晓得你女同学马力大，你还是去找找她。

王红雷说：她刚帮了我忙，怎么好意思再找她？

那有什么不好意思的！李雁不以为然。

王红雷不说话了。

你那个女同学是你当年的那个初恋吧？李雁突然想起似的望着王红雷笑。

是！王红雷对李雁不设防，加上他本身也想说，于是就说了。

我猜得准吧！李雁得意。

她还在你房间住过哩！王红雷话匣子打开。

是啊！想起来了，当年我把房间钥匙留给你了！李雁眸子晶亮亮地闪。

王红雷向李雁描述了当年情形。

在我的床上睡过，那我以后有事情也找她！李雁开起玩笑。

王红雷望着李雁笑。

两个人聊着聊着，忘记了时间，直到晚上十一点半王红雷才从李雁房间出来。出来的时候，前面空场子上站着一个人，看身形，像孙恒。就聊了会儿天，开着灯，王红雷没觉得有什么不妥，他没有多想，迈开步子向自己屋里走去。与李雁聊得很开心，下半夜王红雷做了个梦，梦见与李雁在江滩上走，你对我笑一下，我对你笑一下，走着走着然后就醒了……

灯开到晚上十一点半在长青洲学校正常，一男一女在一起谈到晚上十一点半在长青洲学校就不正常了。第二天，王红雷与李雁交谈到晚上十一点半的时间段被演绎成了后半夜，交谈被演绎成了在一起亲热，灯开着被演绎成了黑灯瞎火，王红雷光明正大地出来被演绎成了先探出头，瞅瞅外面无人，再快速地闪出了李雁房门。

真有想象力！也真能演绎！

一起偷情的桃色新闻一天之间传遍整个长青洲，然后又辐射到了县城。

百分百是孙恒散布出去的。把我染黑！这个家伙！王红雷咬牙切齿。可是他是个善良的人，不知道如何对付孙恒，也没有想如何来对付孙恒。他渴望出现一个神人，能把他一把拽着腾空，然后把他撂到县城那边。

赵正田给王红雷打来了电话。

红雷，你不能再在长青洲上待了，要想法子调出来。我现在在市里，生活丰富多彩得很，晚上有朋友聚会，周末到处玩，以前待在长青洲上真是井底之蛙。

正田，我也想调出去呀，可是没有人脉关系呀！王红雷诉苦。

红雷，我有一个病人，是你们县教育局的，听他说你们县三中暑期要招五个教师，这次是公开招考，估计七月份才对外宣布，你好好准备，不要对外人说。

接到赵正田的一通电话，王红雷因为情绪不好软塌无力的身体瞬间精神起来，沮丧的脸变得开朗。

王红雷琢磨，公开招考，自己比别人早知道，准备时间长，占有优势。他内心里希望公开招考的消息千万千万不能让别人提前知晓。

复习按计划进行，当初底子打得牢，复习起来轻快，为了把时间都利用起来，有些记忆的内容他放在学校里，得空嘴巴轻轻地嚅动。

像是在背东西，李雁好奇，问：你是要参加什么考试吧？

突 围

王红雷一惊，他想对李雁说，又担心万一李雁嘴巴不严漏出去了，急忙遮掩说，哪里要参加什么考试？

你不参加考试，嘴巴一天到晚在嚅动什么？李雁瞧着他的嘴巴笑。

我嘴巴在嚅动吗？王红雷抹了一下嘴唇。

七月份，公开招考的通知下来，王红雷是从姚玲玲那里得到信息的。学校可能接到了通知，也可能接到通知不告诉教师，怕教师报考。可公开招考的通知让王红雷非常非常地失望，甚至可以说是绝望。上面规定，年龄不超过三十八周岁，而王红雷今年已经四十二周岁，大了四周岁。

不能把年龄放宽点呀！我们在基层多不易啊！王红雷向教育局苦苦哀求。人事科解释，年龄规定三十八周岁，够宽的了，已经充分考虑了基层教师的实际情况，再者说，如此规定也不是一家能做主的，是教育局、人事局等多家单位在一起共同研究决定的，改不了。

多年如一日，傍晚王红雷习惯沿着洲北边堤埂散步，常常会走下堤，甩掉鞋，在江滩上走，任细软的江沙揉搓自己的脚板与脚背，或坐在沙滩上，朝对岸江堤上望。

从教育局回来，王红雷心情还没完全平复下来，不过不要紧，他现在已经四十出头了，经历了一些事情，对有些事情也看淡了。再者，江边是美妙的地方，到这里随便一走，心中的郁闷也就烟消云散。

王红雷目光跳跃地移向江水。日出江花红胜火，清晨的江水美，其实日落时候的江水更美。日落时候的江水黄亮亮的，阳光在一个个细小的波峰上跳跃，像无数颗晶莹闪亮的小星星在闪耀。他无数次静观，无数次被感动。刚到长青洲的时候，王红雷写过关于长江日落的七八首诗与三四篇散文，有两首诗与一篇散文还刊登在了县报副刊上。在长青洲上住，除了能欣赏到日落美景，还能品尝到城里人难得吃到的江中小鳜鱼，这是王红雷二十多年来待在长青洲上感到自豪与满足的地方。

王老师，散步呀！江中木划子上的曹大海对着江滩上的王红雷喊。

今天收获还好吧？

还好！捡了两条半斤的鳜鱼。曹大海兴奋地指着木划子。

那不错呀！王红雷恭维。

江里鳜鱼稀罕，能卖上好价钱！曹大海生怕王红雷不知道。

江里鳜鱼是稀罕，王红雷附和。

王老师，你喜欢吃鳜鱼，这两条你拎回去，煮煮喝杯酒！曹大海人豪爽。

不啰！不啰！你难得捕到这么大的鳜鱼，还是卖了！王红雷推托。

王老师你还与我客气什么！曹大海放下手里的网，向江边划来。

曹大海对老师尊重，对外来的老师更加地尊重。他常说：人家跑到我们这"孤岛"上来图什么，还不是为了我们孩子能学点文化。

刚到长青洲学校时，王红雷性子急，对学生要求严。教师不准体罚学生，作为念过师范的他懂得，可是实际上他没有做好。曹大海女儿英子在他班上，他在讲台上面大讲，英子在下面与一个叫李沁的女生小讲，他眼睛瞄着英子，英子停止了讲话，等他目光收回，英子又开始讲话，反反复复，气坏了他。

站起来！王红雷对英子大吼。英子无动于衷，安然端坐。学生们目光齐刷刷地投向王红雷，看老师如何处置。师道尊严，英子不起来，王红雷面子挂不住，他上前动手拉英子，英子哎哟一声，腰杠到了桌拐。

中午王红雷正准备睡觉，砰！砰！砰！门被拍得直响。一点都不礼貌！他有些生气。打开门，只见一个鼻子上长着一颗黑痣的中年妇女脸色铁青地看着他。

身后站着英子，当时王红雷还不认识曹大海。

你是王老师吧？妇女气势汹汹地问。

是啊！王红雷点头。

老师，你拖我孩子，把孩子腰杠了！妇女说话很冲。

王红雷一惊。

你看看！你看看，这腰红肿了！还不知有没有骨折！妇女扯了一下英子的衣服，随即迅速放下。王红雷听妇女这么说，不知真假，感觉问题大了。

王老师，我也不是不讲理的人，孩子到底有没有骨折，我们一起到县医院去检查一下，如果没有骨折就算了，骨折的话……妇女停下不说了。王红雷觉出了麻烦。走！老师！我们一起过江去！妇女提出了要求，也可

突 围

以说是在勒令。

王红雷望着妇女，心里生气，这地方的家长怎么这样？不去看来不行，他硬着头皮跟在妇女后面，神情沮丧得就像犯了错误的小学生。

走了一截路，一个稻草胡子的汉子从后面追上来，截住了妇女。这个汉子就是曹大海。

就这点皮外伤，你找老师麻烦做什么？曹大海大声呵斥他老婆。

假如腰骨折了呢？

不会骨折的！

到县医院看看放心！

到什么县医院？先到卫生院看看，需要到县医院时再说！曹大海果断地对他老婆说。

那好吧！曹大海老婆态度软了下来。

到了卫生院，正好赵正田在门诊室，他见王红雷萎靡的样子，问怎么一回事？王红雷告诉他事情经过。赵正田准备检查，曹大海老婆不让，说，你们熟悉，我找郑院长检查。

找来了郑平路，郑平路看了看英子腰部，轻描淡写地说，皮外伤，不要紧！

没有骨折？曹大海老婆有些怀疑。

没有骨折！有骨折你找我！郑平路语气肯定，开了点活血止痛膏。

曹大海要付钱。他老婆把钱一把抢过去。王红雷从腰里摸钱，还好腰里还装了钱。

一下午王红雷都闷闷不乐。晚上，砰砰砰！又有人敲门，王红雷怕妇女又来找麻烦，紧张极了，不敢开门。

王老师，是我！曹大海在门外喊。王红雷不知道开门好还是不开门好。我给你送钱来了！曹大海喊。王红雷还是没有开门。王老师，英子她娘太过分了，你让英子站起来，是为了她好，多学点文化，回到家我狠狠地骂了她。王红雷打开了门。曹大海将钱放到桌子上，拉住了王红雷的手说：王老师，对不住你！委屈了一下午的王红雷像遇到亲人，泪腺通了。

……

不能再在长青洲待了，一定要离开这地方！王红雷这回态度坚决得像当年的赵正田。

考试这条路走不通了，调出去的唯一路子就是求助姚玲玲帮忙。姚玲玲应该还会帮助自己的，王红雷很自信。

与赵正田当年狼狈地出现在吴安平面前不同，王红雷找姚玲玲之前洗了一把脸，还特地将头发梳顺了，力图给姚玲玲整洁的形象。可是他脸上的愁容是洗抹不了的。他也不想洗抹，他要让姚玲玲看到，他真的很苦闷，很郁闷，姚玲玲如果不再帮他一把，他可能就疯了，人就毁了。

在长青洲我待不下去了，再待下去我要疯了！求助老同学再帮帮忙，把我调到江这边来！王红雷见到姚玲玲开口就是这样的话。他在姚玲玲面前不需要丝毫的掩饰。

怎么了？姚玲玲不解地望着他。

王红雷直截了当地把事情经过说了一遍。

是这样的呀！姚玲玲淡淡地说。

王红雷揣测不出来姚玲玲听了他话的反应，他心里开始忐忑，姚玲玲会不会对他有不好的看法，认为他花心，与别的女人真的有关系。

他不安地望着姚玲玲。

这样我找找教育局，看能不能把你调出来。姚玲玲还是轻描淡写地说。

王红雷一听这话，来了精神，急忙说：那敢情好，又给老同学添麻烦了。

王红雷要走，姚玲玲说：你可以打个报告给教育局，把你在长青洲这么多年的奉献写一下。

王红雷神情瞬间暗淡，他吞吐地说：这个……打报告给教育局，需要学校先盖章，盖章这一关恐怕……他吧嗒了一下嘴巴。

上次廉租房盖章的事情姚玲玲清楚，于是姚玲玲说，那你就暂不打报告吧，等教育局这头说好了，再打报告。

好的！王红雷神情变得兴奋起来。他转身要走，姚玲玲叮嘱，这段时间你要尽可能与校长和同事把关系搞融洽点。

王红雷点头。

突 围

　　王红雷情绪变好起来，见到每个人都笑笑的，都打招呼，甚至见到孙恒也笑笑的。王红雷二十年来从不对孙恒笑，出现"绯闻"的事情后，孙恒怕王红雷找他，见到王红雷怯怯的，有时还躲他。王红雷对孙恒笑，这种现象很反常，把孙恒搞得莫名其妙，他不知王红雷在搞什么名堂，心里七上八下的。

　　王红雷主动放低姿态，什么都听周旭海的，与周旭海关系有了一定程度的改善，但两个人闹过矛盾，心里还是有隔阂，这种隔阂不是一时半会儿能化解的。

　　王红雷在熬着日子，他盼着暑假快些到来，暑假来了，教育局研究人事调动就快了，自己调动的事情就有谱了。有了上次周旭海后来给盖章的经历，他现在倒不担心周旭海到时不给他盖章了。因为他对姚玲玲有信心，姚玲玲能耐大着哩！

　　　　走在槐花飘香的路上
　　　　清晨来临，一切归于宁静
　　　　宁静亦如白色的槐花

　　　　昨夜，槐花轻柔地飘
　　　　我在水一方
　　　　月光之诗隐于路边的槐树上

　　校园外头有一排槐花树，几天之间，槐花全开了，粉白一片，香气扑鼻。生活磨灭了王红雷的情趣，他多年没有诗情了，马上要被调动到长青洲外了，心情好，诗情又上来，诗句不觉地冒了出来。

　　快了！快了！六月底，槐花快落尽的时候，王红雷心情也好到一定的程度，这时周旭海连续几天没有来学校。

　　他干什么事去了？王红雷关切周旭海的动向，又不便明问，便竖着耳朵听。

　　周校长胃有些不舒服，疑心，到县医院检查，查出胃癌。孙恒惯常以新闻发言人的派头发布小道消息。这回他发布了周旭海生病的消息。

周校长怎么得了胃癌呢？教师们语调低沉地议论起来，语气中含有不忍、不希望。

周校长得了胃癌，那肯定是徐副校长接任校长，徐副校长对自己好，调动再不担心学校不给盖章了。王红雷听了瞬间有些惊喜。片刻钟后，他又有些自责，不管周旭海如何对待自己，人家得了重病，幸灾乐祸不对。

回到县城家里，王红雷告诉雅丽，周旭海得癌症了，盖章的事情不麻烦了！

雅丽问，你听谁说的周校长得癌症了？

孙恒说的，应该是真的！

雅丽皱了一下眉头说，周校长好好的，怎么得了癌症呢？那他现在在哪里？

王红雷答，在县医院。

雅丽说，过几天我们去看望一下。

我去看望可好？不尴尬呀？

那有什么尴尬！你与周校长是为工作上的事闹的矛盾，又不是为个人的事情。雅丽破解给王红雷听。

与上次看望周旭海小姨妹一样，王红雷夫妻二人买了苹果到县医院。肿瘤科，周旭海躺在病床上，脸色苍白。在进病房的时候，王红雷有些犹豫，雅丽用胳膊捅了他一下。

周校长，我与红雷来看你！雅丽微笑着上前，把苹果放在柜子上。

你们来了！周旭海做了个起身的姿势，他对王红雷来看望他觉得有些意外。

周校长你不要起来！雅丽急忙上前，按了按周旭海的胳膊。

九

五一快到了，我们到西湖去玩如何？王红雷与雅丽商量。

你就知道玩！雅丽嗔骂。

人家出去带情人，我带你，你难道不幸福？

你有本事也带情人呀，把李雁带上！雅丽捂着嘴笑。

你怎么又来了！王红雷摇头。

"我像只鱼儿在你的荷塘……"手机响了，王红雷一看号码，是赵正田的。

春节他带雅丽到市里去逛，赵正田热情接待，把他们夫妻俩带到郊区一个叫"澄湖小院"的酒店，那里环境幽雅极了，夫妻俩算是大开了眼界。一个面积不小的湖，东南面上铺展着密密的青碧碧的荷叶，顶头冒出尖尖的嫩绿的花苞。一幢二层木楼依傍着湖，一座 U 形供观光的简易木桥连接着木楼与湖中的一座亭子。

这是王红雷极喜欢的格调，他又想作诗了……

王红雷接过赵正田电话。没等他开口，那头的赵正田就嚷开了：红雷呀！五一准备到哪去呀？该不会到西湖去吧？哈哈！从电话声音听出赵正田现在的精神状态非常地好，充满了乐观与自信，与在长青洲上时简直判若两人。

神了！你怎么知道我去西湖？王红雷边接电话边吃惊地望着雅丽。雅丽用手指向他的嘴巴，意思是你肯定说漏嘴了。

你真的去西湖呀？那坏了！坏了！赵正田拿腔作调地嚷。

什么事坏了？王红雷疑惑地问。

欲把西湖比西子，淡妆浓抹总相宜。西湖美呀，猜到你要去西湖，哪知你真去西湖。我原本五一让你陪我去一趟长青洲，离开这么多年了，还真有点想啊！赵正田在那头发起了感慨。

老赵让我陪他上长青洲。王红雷转头望着雅丽。

红雷呀，夫人在边上吧，不同意吧！呵！你对夫人说，国庆去西湖，我开车带你们夫妻去，好不好？赵正田的情绪非常地好，可以看出，离开长青洲后他的日子过得非常滋润。

我……我……说真话，我真——真不想去！王红雷话语吞吐。

我知道你不想去，长青洲对于你来说是伤心地，你心里有过不去的坎，可是，红雷呀，这么多年了，人应该向前看，把过去的事情淡忘掉，才能活得愉快。你看我，现在不就活得很愉快？赵正田就像在王红雷面前说话。

王红雷默不作声。

长青洲于赵正田来说，有太多的纠葛与不愉快，甚至有沉重压得他喘不过气来的负疚感，然而赵正田怎么就超脱了呢？是跳出了长青洲，视野开阔让他心境博大，还是读书悟道让他悟出了人生美妙，快乐的人生是不被任何东西束缚的。

王红雷何尝不想解脱，前一阵子读了一篇小说，说的就是超脱的故事，里面蕴涵了极深的哲理。说大圆代表大能力的人，小圆代表小能力的人，三角形、梯形以及各种不同的形体代表不同能力的人，生活在二维空间的人们，自得其乐。突然有一天，二维世界发生魔幻，先是出现了一个点，然后变成了小圆，再变成了大圆，圆越变越大，最后又变小了，直到形成一个点又消失了。二维世界的人们惊恐万状，不知道发生了什么事情。其实，这只是一个三维的球体，通过二维平面，在二维平面上形成的一种现象。生活在三维世界里的人们见多不怪。究其原因，他们站在新的高度和境界，也就超脱了。

纠葛、不愉快与快乐的人生相比又何足挂齿？

他也想过很多释怀的方法。

突 田

譬如他想起长青洲上很多温馨的场景。他想起长青洲上那些他教过的活泼、可爱又调皮的孩子，犹记得早年那几个下课"老巴巴"拥进他房间、往他床沿上一坐、星期天带他到船上做客的孩子，他们给他带来了多少的陪伴、新鲜感与欢乐。想起有年五一，他带着班上男女同学过江爬县城边上的一座高山，同学们兴致好浓厚，一路上说说笑笑的，爬山时争先恐后，回来时累得走不动躺在江滩上的情景。想起叶校长夜晚带着他家访去那个小村庄，他认识妻子雅丽，想起李雁时时处处关心他，想起曹大海爽快大方送鳜鱼给他吃，想起教育局那个罗副主任，想起周旭海曾经很欣赏他……

譬如他换位思考。他想起在长青洲上的二十多个年头，孙恒与自己不对付，究其根源，还是早年孙恒偷拆了自己信，自己怒对孙恒；假如自己当年大度，事后无所谓，孙恒没有把柄在自己手上捏着的心理阴影，或许不至于长期与自己过不去。他还想，后来与周旭海闹僵，自己也有责任。学生纷纷转学，作为校长周旭海自然着急，自己当初即使认为星期天加班的做法不妥，也可以婉转地表达意见，寻找折中的办法。他还想……

他有时候想开了，有时候转回去，就这样反反复复，心中的疙瘩始终没有像赵正田那样解开过。

5月1日上午八点，赵正田开着车子来到了县城。一个女子从车子上下来，这个女子高高的个子，披肩长发。

赵正田向王红雷介绍，这是刘桃。

刘桃来，王红雷很诧异。她与赵正田又和好了？太阳从西边出来了，刘桃肯与赵正田来长青洲？

刘桃的确与赵正田和好了。经受了两次婚姻的挫折，刘桃身心疲惫，没有再嫁人，赵正田调到市里后，打听到刘桃的情况，约她出来喝茶，就这样两个历经磨难的人终于走到了一起。

当年是赵正田苦苦地邀请刘桃来长青洲上看看，刘桃看不上长青洲，死活不肯来，现在是她主动要求来，想看看长青洲到底什么样子。

你是王老师吧？刘桃主动向王红雷伸出手。现在的刘桃已经恢复了气色，心情好，眼睛部位挤在一起的褶子全舒展开，整个面部呈现饱满润滑的状态。王红雷朝刘桃瞄了一眼，他发现刘桃气质的确不凡。他喜欢看教育电视台，知道教育电视台有个叫荆慕瑶的女主持人气质非凡，他感觉刘桃相貌虽比不上荆慕瑶，可气质接近。

他明白了当年赵正田为何一门心思在刘桃身上了；刘桃提出分手，赵正田为何缠着；分手后为何那么消沉。

红雷，你调出长青洲真的没有再回去过？我有些不信！赵正田盯着王红雷的脸看，似乎要从他的脸上找出说谎的蛛丝马迹。

王红雷没有回答赵正田的话。那年雅丽嚷着要离婚，其实也就在气头上，过阵子就好了。雅丽了解王红雷，他不是那种见异思迁的男人，李雁也不是那种见异思迁的女人。两人和好后，又是姚玲玲帮忙，雅丽挂靠在棉麻厂买了养老保险，50岁就退了休，在家闲不住，前些年站超市额外挣点钱，现在歇在家了。王红雷也多亏了姚玲玲，从长青洲学校调到了三中，在赵正田离开八年后也离开了长青洲。

虽然离长青洲不远，王红雷自此后再也没有上过长青洲，有人提到长青洲，委屈甚至屈辱就会立马涌上他的心头。他还经常做噩梦，梦醒一身大汗。

而李雁呢？发生了那件事情后，丈夫提出离婚，她爽快地答应。

李雁在长青洲，王红雷自我感觉她有点孤单。他动过无数次找姚玲玲帮忙把李雁也调过来的念头，可是他既怕姚玲玲对他有看法，又担心雅丽知道莫名其妙地与他争吵，最终没有向姚玲玲提。不过他心里一直惦念着李雁，感觉对不起她。

你调出长青洲真的没有再回去过？赵正田追着问。刘桃碰了碰赵正田胳膊，意思你不要弄得人难堪。

长青洲这些年可有什么变化？赵正田转换了话题。

离开长青洲，王红雷虽然没有再回去过，可毕竟县城就在长青洲边上，无论他愿不愿意听，长青洲的信息还是通过各种渠道源源不断地灌进他的脑子里。

这几年，随着城镇化进程的加快，以及政府考虑到抗洪转移群众压力巨大，配套安置资金动员村民外迁，长青洲上已经没有多少村民。

实 田

王红雷调离长青洲学校的时候，长青洲学校已经没有多少学生，随着村民这些年大量外迁，长青洲学校已经不存在了。教师都零散地安置到江这边其他学校，李雁被安置在城郊小学，孙恒是工人身份，在安置前就退休了，住在长青洲。卫生院还在，不过院落后面的平房拆了，新建了楼房，业务也从过去的医疗为主转化为公共卫生服务为主。

最大的变化还是长青洲上搞起了旅游。

把过去零零散散的塘连成了三个彼此相望的湖。湖里种植了荷花，环湖建有木质栈道，隔一段就有栈道伸到湖中央，游客可以在湖中的亭子里休闲，观赏荷花。还可以坐着载十个人的木划子在湖中荡漾，闻荷香。当然也可以将手伸进湖水里，感受湖水酥酥润润的美妙。湖岸建有休闲屋。可以喝茶打牌，还可以开房间枕着水波睡觉。

在当年王红雷带姚玲玲玩的洲头建了一座三层八面的亭榭，站在上面可以俯视浩浩荡荡的长江，摄影家与摄影爱好者站在亭榭上架起长枪短炮，把一江风光都揽进镜头。

利用枯水季节长青洲北面江滩细沙柔软的资源，办起了江滩步行与日光浴休闲体验。

配套观赏、摄影与休闲，长青洲村民纷纷办起了农家乐、渔家乐。

王红雷还听说，现在的长青洲乡党委书记是从县旅游局下派的，学历高，思想开放。李小应虽然脑子活，但有些搞歪门邪道，受过处分，没有再提拔，在副乡长的位置就停了，现在退到二线任副主任科员。

江支应被判了死刑。他在长青洲上承包工程，长青洲范围小，工程量有限，就在他考虑要不要再次转行时，过去一起做卫生院门诊楼的"电线杆子"邀他去南方。"电线杆子"说他的一个朋友在那里赚大发了，打电话来让他也去发财，他感觉自己一个人去孤单，就想到了江总。

一听说能发大财，江支应眯缝着小眼笑了。

江支应到南方不到几年就发了大财，春节回家时包里装着整捆的钱，他炫耀，拉开包链子给长青洲上人看。长青洲上不少人都很羡慕。

不过也有清醒的人私下说：做什么生意能赚那么多的钱？该不是搞传销吧？

乡里乡亲的，谁也没有把江支应往更坏处想。江支应到南方是去贩毒，一次警方行动中，他被抓获。由于贩毒数额巨大，而且他还是贩毒组织的小头目，被法院判处死刑。

王红雷虽然心里有些勉强，可还是坐上赵正田的车子到了长青洲，开始嘴始终抿着，腹部积着一团气流。等过了渡轮，上到长青洲堤埂，从车窗往外望到宽阔的大湖，他马上张开嘴巴，长青洲的空气把他腹中的那团气给排挤掉了。

其实赵正田提出回长青洲看看，王红雷也想，毕竟在那里生活工作了二十多个年头，最美好的年华都奉献给了那里。培养了那么多的学生，得到了那么多家长的肯定，欢笑多于苦闷，成就多于失落。

现在这口气终于消了。一切不快都成了过眼烟云。

往乡政府的路两边，都开办着农家乐饭店，门前水泥场子上都停放着车辆。车子经过，王红雷好奇地朝两边看，饭店的老板与老板娘十分殷勤地招揽生意。

长青洲变了，变得像旅游区了，王红雷感觉。他不由得想起了歌曲《在希望的田野上》里的两句词：

我们的未来
在希望的田野上
人们在明媚的阳光下生活
生活在人们的劳动中变样
……

他感叹：长青洲的村民用勤劳与智慧创造着幸福的生活。

车子继续往前开，突然"曹大海鳜鱼宴"的招牌闪入王红雷的眼帘。

停下！停下！王红雷对着赵正田喊。

赵正田也看到了路边"曹大海鳜鱼宴"的招牌，本来他也想停车，听见王红雷喊，急忙把车子停在了曹大海家饭店的场子上。

来了客，曹大海急忙从饭店里迎了出来，脸上堆着笑容。

一行人从车子上下来。老板屋里请！曹大海上前，程序化地招呼。

哈哈！不认识我们啊！老曹！曹大海！赵正田与王红雷一起欢呼起来。王红雷上长青洲，最想见的人就是曹大海了——曹大海讲义气、豪爽。

啊哈！是你们！是你们啊！真的没有想到！真的没有想到！曹大海高兴得嚷了起来。

曹大海脸上刮得干干净净的，一点胡碴都没有，应该是开饭店，讲究整洁。

刘桃见他们两个人与这个粗壮汉子如此亲热，好奇地望着他们。

我在长青洲提副院长多亏了他！赵正田笑着对刘桃介绍。

赵医生是神医，针灸治好了我的腿病，多谢了赵医生！曹大海拱起了手。随即亲热地与王红雷打招呼：王主任稀客！真的是稀客！一走就没有再上我们长青洲！

这不回来了吗！王红雷有些尴尬地笑着。

进饭店！进饭店！今天中午请你们吃你们最喜欢的鳜鱼！红烧鳜鱼！糖醋鳜鱼！清蒸鳜鱼！……一毛钱不收！曹大海红光满面。

我们先去里面转转！两个人对曹大海说。

你们可要来！我请客！专门给你们留一个包间！

赵正田心情急迫，车子直接开到长青洲卫生院。卫生院果如王红雷所说变得更有规模了，现在政府有钱了，公共卫生服务做得更周到了。

卫生院服务的范围也扩大到游客。

刘桃用好奇的目光打量着卫生院的楼房、房间及卫生院的医生与病人。这里是赵正田工作了近二十年的地方，她想从这里找到破解赵正田感情生活的密码。

赵正田极想见到卫生院的一些老人，当然包括郑院长……叙叙离别八个年头的想念，这八年间卫生院的情况……

可是走进卫生院内他大失所望。他走进门诊室，里面两个年轻的医生诧异地望着他，他也诧异地望着年轻医生。他朝刘桃摇摇头，连说，都不认识！都不认识！他快速地走向注射室，里面三个护士正在忙碌，他辨认了一下，也不认识。怎么都换了呢？他嘀咕。

时代不同于以往了，以往二十年基本上看不出变化，如今日新月异，天天都在变化，何况八年，变化何其之大！物是！人更是！

来到门诊楼后面的院落，如王红雷所说，赵正田住了近二十年的平房不见了，竖在面前的是一幢新建不久的二层楼房，在赵正田原来住的位置，门是开着的，赵正田快速地走进去，只见一个身着短裙的女子在屋里走动。

请问，郑院长住哪个房间？

哪个郑院长？女子问。

噢！郑平路郑院长！

女子摇摇头。

那童院长呢？

童院长调走了！女子说。

童院长也调走了，人事变换如此之快！赵正田心里感叹。

见不到其他人赵正田倒还好，见不到郑院长赵正田异常地失落，见到郑院长就仿佛见到了某个人，见不到郑院长就无缘知道某个人。

赵正田此行是有目的的，他瞒了刘桃。也可能刘桃猜到了，但不计较。毕竟都经历了那么多的感情风波，都老了，能走到一起不易，他们都珍惜这份感情。

长青洲学校，铁门锁已经锈蚀。院子里杂草丛生，灌木超过了人高。这就是王红雷曾经工作的学校，曾经奉献的地方，曾经获得荣耀的地方，也是曾经遭遇龌龊之事的地方。王红雷望着校园，一颗泪珠滚了下来。

在这所学校奋斗了二十多年，总是有感情的，何况这二十多年是人生最美好的年华。

酸甜苦辣咸，五味杂陈。

王红雷木木地站在围墙外。

红雷上车！走！赵正田提醒王红雷。

王红雷恋恋不舍地转背，恰在这时一个他极不愿意见到的人迎面走过来，他急忙把脸偏向一旁。

这不是孙主任嘛！难得见到一个熟人，赵正田兴奋异常。

多年不见，你是赵院长吧，回长青洲玩玩？孙恒也很兴奋。

红雷！这是孙主任！王红雷往车边走，准备上车，赵正田喊。

是王主任吧！孙恒主动打招呼。

王红雷本来不想与孙恒搭腔，见还有刘桃在场，觉得就这样上车不好，回过头，僵硬地点了下头。王红雷注意到，几年不见，孙恒变得异常苍老，头发几乎全白了，像个老头子。

你住在洲上？赵正田疑惑地问。

嗯！退休了，住洲上，没有事，闲逛。孙恒回答。

到我家去吃中饭！孙恒像不记得往事似的热情挽留，看他的表情，不像以往虚假，也许到了这样的年龄，对过往有了一定的反思吧，他尽管文化程度不高，但毕竟当过教师。

不了！我们还转转！赵正田握了握孙恒的手。

怪事！王红雷感觉对孙恒的坏印象似乎跑了。

学校左面三百米处有一个三个塘串在一起的湖，湖边建有面积达六七亩的木质会所。四个人颇有兴致地沿着建在岸边的木质走廊向会所走。

你看那船，好玩！刘桃指着湖中荡漾的一只木划子兴奋地说。

> 小划子装着裂变的大山
> 穿越黎明前的海岸线
> 向东，向东
> 在海天相接的地方
> 化为一个点，若隐若现
> ……

王红雷心情好，多年未见的诗情又冒上来了。

木划子在水中打转。游客要求船工让自己划几下，游客不会划，桨在湖中乱荡，结果船打转。

呵呵，呵呵，红雷，你可记得当年我们俩划木划子的情形？赵正田咧着嘴笑。

呵呵，怎么不记得！王红雷想起往事也忍不住笑了。

当年他们俩初到长青洲的时候，一个星期天中午见塘边靠着一只种珍珠的木划子，便跳到木划子上，两个人胡乱划着就到了塘中央，结果木划子不听使唤，在塘中央打起了转，这时起了风，两个人慌乱，找不到办法。

老师！不是你们那么划，是这边划两下，再那边划两下，平衡，划子就朝一个方向！塘边一个学生对着王红雷喊。王红雷与赵正田按照学生教的方法划，费了好一阵工夫才到了岸上。

你没有见到他们那时的狼狈相！雅丽笑着对刘桃说。雅丽也一起到长青洲来了。

怎么你当时在场？刘桃好奇地问。

你在场呀？怎么那么坏，都不救场？王红雷假装生气地对雅丽斜睨着眼。

在场呀，为什么要给你们救场？雅丽嘿嘿地笑。

当时雅丽的确在场，她在塘埂上走，见到木划子在塘中打转，她想喊，可又害羞，没有喊出口。

四个人到达会所门口，一个粉面含春的村姑朝他们浅浅一笑，诗性的王红雷顿时醉了。

赵正田大踏步地跨进去，他朝吧台一望，望到了一个似曾相识且模样儿俊俏的女子。